Leopold von Sacher-Masoch

Katharina II.
Russische Hofgeschichten

CLASSIC PAGES

Sacher-Masoch, Leopold von

Katharina II.
Russische Hofgeschichten

Reihe: *classic pages*

ISBN: 978-3-86741-490-6

Auflage: 1
Erscheinungsjahr: 2010
Erscheinungsort: Bremen, Deutschland

Inhaltsverzeichnis

Nerro im Reifrock

I.

»Eine neue Verschwörung der Garden ist entdeckt!«

Das war der Morgengruß Orlows am 23. Mai 1765 an die Zarin Katharina II.

Sie sprang mit beiden Füßen aus dem Bette und fasste den Günstling bei dem Goldkragen seiner Uniform. »Hast Du sie verhaftet, Gregor?« rief sie zornig.

»Sie sind in Deiner Hand, Katharina.«

Die Kaiserin nickte und zeigte vergnügt lächelnd ihre schönen Zähne, dann warf sie einen mit flandrischen Spitzen besetzten leichten Schlafrock über sich, riss an der Glocke und berief ihre Vertrauten. Ohne Orlow weiter zu beachten, ging sie, die Arme auf der Brust verschränkt, mit großen Schritten in ihrem Schlafgemache auf und ab. In wenigen Minuten waren die Fürstin Daschkow, Graf Panin, Geheimrat Teglow, Generallieutenant Wegmare um sie versammelt.

Zuletzt erschien Frau von Mellin, die schöne Amazone, welche das Regiment Tobolsk als Oberst kommandierte, im grünen militärischen Überrock, den kleinen dreieckigen Hut kokett auf das Toupet gestülpt, die Reitpeitsche in der Hand. Zu ihr wendete sich die Kaiserin zuerst.

»Setzen Sie sich zu Pferde, liebe Mellin,« rief sie noch immer erregt, »teilen Sie scharfe Patronen an Ihre Soldaten aus und führen Sie das Regiment hierher zur Ablösung der Garden. Eilen Sie!«

Der schöne Oberst salutierte und flog dann rauschend aus dem kaiserlichen Schlafgemache.

»Eine neue Verschwörung der Garden«, fuhr Katharina fort, »will die Empörung gegen mich kein Ende nehmen? Was wollen die Menschen, die sich unter meine Räder werfen, wie wahnsinnige Inder vor dem Wagen ihrer Göttin? Ich muss sie zermalmen und ich will doch kein Blut sehen. Seit zweiundzwanzig Jahren ist kein Schafott in meiner Hauptstadt aufgerichtet worden, heute will ich aber ein Exempel statuieren! Graf Panin, eilen Sie in die Kaserne unserer Garden und sprechen Sie den Verführten zu; Sie, Taglow, versammeln den Senat. Ihre Truppen, General Wegmare, besetzen die Straßen zum Palast, Ihre Geschütze, Orlow, fahren unten auf dem Platze auf.«

Die Kaiserin machte eine Bewegung gegen das Fenster.

Jeder neigte sich tief und eilte, den Befehl der unumschränkten Herrscherin Russlands zu vollziehen.

Nicht lange darnach verlangte eine Deputation der Garden, welche die Wache im Palaste bezogen hatten, von ihr Gehör. Katharina erbleichte, aber befahl kurz und stolz, sie einzulassen. Die Deputation marschierte herein, zwei Offiziere, zwei Unteroffiziere, zwei Soldaten, und stellte sich in Reih und Glied.

Die Kaiserin schritt langsam ihre Front ab. Mann für Mann fest ins Auge fassend, und blieb dann vor ihrem Toilettentisch stehen, die Hände nach rückwärts auf denselben gestützt.

»Wer hat Euch gewählt?«

»Unser Regiment.«

»Zu welchem Zwecke?«

»Wir verlangen Gerechtigkeit für unsere Kameraden.«

»Ihr bittet um Gnade.«

»Um Gerechtigkeit.«

»Gerechtigkeit soll ihnen werden«, rief die Kaiserin rot vor Zorn, »und Euch! Bei dem nächsten Komplotte lass ich Eure Regimenter dezimieren.«

»Wenn Ihr es wagt«, rief der Sprecher der Soldaten, ein junger Offizier.

»Es wird sich zeigen, was ich kann, adieu!« Katharina kehrte ihnen den Rücken und trat an das Fenster. »Geht!«

Die Garden rührten sich nicht.

»Geht!« herrschte sie ihnen zu.

»Wir gehen nicht! – Gebt unsere Leute heraus!« schrieen sie tumultuarisch durcheinander.

»Gib sie heraus!« rief der junge Offizier, unsanft Katharinens Arm fassend.

Die Fürstin Daschkow riss ihn zurück. In demselben Augenblick tönten die Trommeln des Regimentes Tobolsk, und der weiße Federbusch der Frau von Mellin winkte die Straße herauf.

»Ich gebe sie nicht«, erwiderte Katharina kalt. »Strenge Strafe wird die Empörer treffen. Und nun zu Euch. Wer für Rebellen bittet, ist selbst Rebell.« Sie trat rasch auf den jungen Offizier zu und riss ihm den Degen aus der Scheide. »Ihr seid mein Gefangener. Und Ihr« – rief sie majestätisch den andern zu – »gebt Euch gutwillig, Ihr seid in meiner Hand.«

Kolben rasselten nieder, Frau von Mellin erschien in der Türe, ihre Soldaten hatten alle Ausgänge besetzt. Stumm, das Haupt gesenkt, ließen sich die Deputierten der Garden verhaften und abführen. Bald rasselten von allen Seiten die Trommeln, die Geschütze Orlow, Wegmare folgten Frau von Mellin auf dem Fuße; das Volk wogte auf und ab, planlos, mehr neugierig als aufgeregt, die Garden hatten sich gefügt und baten durch Panin um Gnade für die Schuldigen. Die Empörung war zu Ende.

»Ich will ein Exempel statuieren«, sprach Katharina, »ich gab mein Wort.« Zugleich streifte sie den Spitzenärmel empor und besah den Fleck, den die raue Hand des jungen Rebellen in ihren vollen Arm gedrückt hatte. »Ich will ihre Köpfe fallen sehen.«

»Für diesmal lass Dir den Appetit vergehen«, entgegnete Orlow, »es ist nicht zu wagen. Eine öffentliche Hinrichtung kann uns neue unermessliche Gefahren wecken.«

»Sind wir so schwach?«

»Wir sind es, so lange Prinz Iwan lebt«, sprach Panin, »ihn nannte man den Garden als den rechtmäßigen Zar.«

»Wer nannte ihn?«

»Die Priesterschaft, die Dir misstraut, die Du mit Deinen Reformen beleidigst.«

»Sollen die Rebellen deshalb straflos ausgehen?« fragte die Daschkow.

»Sie müssen sterben«, rief die Kaiserin mit funkelnden Augen, »man begrabe sie in den Kasematten ohne Licht, ohne Speise und Trank, dort sollen sie verfaulen.«

Während sie mit heftigen Schritten durch das Gemach ging, zeigte die schöne Frau ihren Anhängern den üppigen zornig wogenden Busen ebenso erbarmungslos wie sie das Todesurteil ihrer Feinde sprach.

»Zieht die Truppen im Palaste, in den Kasernen zusammen und lasst sie unter Waffen bleiben bis zum Abend. Ich werde zu Pferde steigen und mich dem Volke zeigen. Jetzt aber will ich mich ankleiden«, fügte sie schelmisch lächelnd hinzu. »Au revoir.«

Sie waren allein, Katharina die Große, wie Voltaire die Zarin getauft hatte, und Katharina die Kleine, wie der Hof scherzweise die Fürstin Daschkow nannte.

Die Kaiserin war in der vollen Blüte ihrer Schönheit, eine mittelgroße Gestalt von den feinsten Proportionen, etwas zu üppig für den Reifrock, wie modelliert für das Piedestal einer antiken Göttin. Die Ungebundenheit ihres Spitzennegligees zeigte bald die kleinsten Füße, die niedlichsten Hände, bald den prächtigen Busen.

War sie auch eine Meisterin der Verstellung, ihr Kopf verriet sofort das große Weib, das zum Herrschen geboren war. Auf ihrem Antlitz lag eine naive Selbstvergötterung, eine sonnige Freude an sich selbst. Die hohe edle Stirne, das große, klare blaue Auge, die kühnen, zornigen Brauen, die feine schwungvolle Nase, dieser kleine Mund mit den allerliebsten dicken Lippen, beinahe zu klein zum Küssen, dieses auffallend entwickelte runde harte Kinn, dieser Amazonenhals, die kleinen neronischen Ohren, das üppige, trockene, rotblonde Haar, das unter dem Kamme knisterte und sprühte wie ein Miniaturgewitter, das alles sprach deutlich: dieses Weib verlangt unbändig nach Herrschaft und Genuss, aber sie hat auch das Genie zu lenken, zu gebieten, zu genießen, den starken Willen, den Hindernisse nur spornen. Es fehlt ihr aber auch nicht an List, dieselben zu umgehen, wenn sie nicht zu zertreten sind.

In diesem Weibe ist keine Spur von Sentimentalität, aber auch keine Grausamkeit. Sie wird kein Mittel scheuen, ihren Zweck rasch und vollständig zu erreichen, sie wird durch das Blut ihrer Gegner waten, wenn es sein muss, aber sie wird niemand quälen. Ja, es spricht ein feiner menschlicher Geist aus ihrem Antlitz, es liegt eine gewisse Güte auf demselben, die Güte des Löwen gegen die Maus.

Sie ist die gefährlichste Despotin, sie strömt eine wollüstige Atmosphäre aus, vor ihr beugt sich freiwillig jedes Knie, und jeder Nacken ist bereit, sich ihr Joch aufzuladen. Die »kleine Katharina« bildet den größten Gegensatz zu ihr. Die Fürstin Daschkow ist eine schmächtige geistige Frau mit unruhigen Bewegungen, einem bleichen, nervösen Gesichtchen, das unendlich gescheit, unendlich veränderlich und unendlich pikant ist.

Die beiden Damen schweigen geraume Zeit, dann sehen sie sich einen Augenblick an. Sie haben sich sofort verstanden.

»Wollen wir Toilette machen, Katinka?« spricht die Kaiserin und öffnet ihr Haar. »Nein!« ruft sie plötzlich und stampft mit dem Fuße. »Wir wollen plaudern.«

Die Fürstin ging rasch zu der Türe, welche in den Vorsaal führte, öffnete sie, blickte hinaus und schloss sie wieder. Dann setzte sie sich auf ein Tabouret zu den Füßen der Kaiserin und sagte leise: »Iwan muss sterben.«

»Ja, er muss sterben«, sprach die Kaiserin trübe, dabei stützte sie den Kopf schwermütig in die Hand, wie ein verliebtes Mädchen.

»Du darfst nicht dulden, dass sich Dir etwas entgegenstellt«, flüsterte die Daschkow eifrig fort, »jeder Tag bringt neue Gefahren, neue Hemmnisse. Du hast das Recht, sie aus dem Wege zu räumen, und die Pflicht, denn Deine Bahn geht aufwärts. Du verfolgst große menschliche Ideen, ihnen musst Du diesen blöden Knaben opfern. Iwan muss sterben.«

»Du bist die einzige Seele, der ich wahrhaft vertraue, meine einzige Freundin«, begann Katharina II.

»Nein, Du hast keine Freunde,« fiel die Fürstin ein, »Du machst aus Freunden wie aus Feinden Werkzeuge Deiner Taten. Du hast Recht. Auch ich bin nur Dein Werkzeug, aber Du bindest mich mit den stärksten Banden echter Sympathie. Ich liebe die Menschheit, ich liebe mein Vaterland, und beiden dienst Du, indem Du die Zügel führst.«

»Ich will es«, entgegnete Katharina II., »ob ich es kann, wird die Zukunft, wird die Geschichte entscheiden. Siehst Du, ich denke so. Die französischen Philosophen haben die große Wahrheit entdeckt: der Mensch ist zur Freiheit geboren, frei kann er aber nur durch Bildung werden. Ich beherrsche ein Riesenreich. Ich will in diesem Reiche Bildung säen, damit auch hier einst die Saat der Freiheit reift.

Ich weiß, dass kein Mensch das Recht hat, andere zu knechten, aber meine Natur verlangt nach Herrschaft, nach unumschränkter Herrschaft. Und wenn ich Bildung, Freiheit erst zertreten müsste, um zu herrschen, ich zweifle keinen Augenblick, dass ich es täte und ohne Bedenken. In diesem Reiche aber hat mein Wille keine Schranken, ich kann hier gebieten, wie ein Alexander, jede meiner Launen sättigen, wie ein Nero, und für die Menschheit wirken, wie ein Philosoph. Die Gegenwart ist mein, die Zukunft kann ich neidlos meinem Volke geben. Die »Semiramis des Nordens«, wie Voltaire mir schmeichelt, will ich nicht bloß heißen, sondern wahrhaftig sein.

Glaube mir, man verzeiht uns Mächtigen der Erde unsere Laster, aber keine Schwächen, und sind meine Entwürfe nicht groß, nicht menschlich genug, ihnen manchen tollen Kopf zu opfern, manche Unmenschlichkeit zu vergeben?«

»Deine Politik überrascht Europa«, erwiderte die Daschkow, »Frankreich und Österreich sehen sich durch Dich getäuscht, indem Du mit Friedrich dem Großen Hand in Hand gehst. Die katholischen Mächte sehen staunend, wie Du die Dissidenten in Polen offen zu beschützen wagst, wie Du diesem unruhigen Volke in Poniatowski einen König gibst, der Dein gekrönter Sklave ist.«

»Mut ist alles, Katinka. Ich habe den Mut, der eine große Politik macht. Ich bin entschlossen, vorwärts zu gehen, ohne Rücksicht, ohne Erbarmen. Ich will Russland vor allem groß machen. Die Fäden meiner Diplomatie spielen mit Erfolg nach allen Richtungen, meine Heere bedrohen zugleich Schweden, Polen, die Türkei und Asien. Ich will die Türken aus Europa jagen und Polen teilen: mein Volk soll sich aus der Barbarei erheben. Große Reformen sind in das Leben getreten. In religiöser Duldung steht mein Reich oben an, der Handel, die Gewerbe blühen auf. Ich kenne das Übel, das unsern Landbau hemmt und will es an der Wurzel anfassen, ich will die Leibeigenschaft aufheben, ich will Deputierte aller Stände, aller Völker meines Reiches nach meiner Hauptstadt berufen, damit sie ein neues Gesetzbuch schaffen, und diese Versammlung soll der Anfang eines Parlamentes sein.

Hat je ein Monarch dies alles freiwillig getan wenn ihn keine Empörung dazu zwang?

Ich tue es, weil ich will, und dies gibt mir ein Recht zu herrschen. Dass ich dies Recht so schwer erkaufen muss, ist das meine Schuld? Ich hasse Maria Theresia, weil es ihr so leicht gemacht wird, zugleich groß und tugendhaft zu sein. Kein starkes Herz kann ohne Liebe und ohne Ehrgeiz leben.

Ich habe meinen Gatten gestürzt, getötet, weil ich musste, weil ich ihn nicht liebte und weil ich herrschen wollte. Er konnte es nicht. Hätte er mir den Thron freiwillig geräumt, ich hätte ihn geschont. Ich habe einmal Blut vergießen müssen, um zu regieren, jetzt kann von etwas mehr oder weniger nicht mehr die Rede sein. Wer sich gegen mich empört, soll in den Kasematten meiner Festungen verfaulen. Ich habe ein Recht zu herrschen und ich will herrschen!«

Die Fürstin sah sie mit einem bedeutungsvollen Blicke an.

»Du glaubst wohl, Katinka, ich täusche mich über meine Lage«, fuhr die Kaiserin fort. »Ich schrieb einmal an Voltaire – wie gleich?« – sie dachte nach.

»So war es:

»In der ungeheuren Ausdehnung Russlands ist ein Jahr nur ein Tag, wie tausend Jahre vor dem Herrn. Dies meine Entschuldigung, dass ich noch nicht so viel getan habe, als ich sollte. Dazu die vielen rohen und widerstrebenden Elemente, die Unzufriedenheit aller jener, welche auf die Thronumwälzung ihre Hoffnung gebaut haben und sich getäuscht sehen, aller jener, die sich durch meine Reformen in ihren Interessen bedroht finden. Bis jetzt habe ich glücklich laviert die Partei Orlow und die Partei Panin gegen einander abgenützt, mir beide dienstbar gemacht, meine Mitschuldigen vor meinen Triumphwagen gespannt. Liegt nicht sogar Humor darin, wenn ich den Arzt, der dem Vater das Gift bereitet, zum Leibarzt des Sohnes machte?«

»Zum Leibarzt Deines Sohnes, des Thronfolgers«, warf die Fürstin ein.

Die Kaiserin zuckte die Achseln. »Ich habe sogar aus dem Geliebten meinen Sklaven gemacht, und doch bedroht mich jeder neue Tag mit neuen schlimmen Zeichen. Als ich in Moskau festlich einzog, im kaiserlichen Hermelin, hat mich auch nur ein einziger Jubelruf begrüßt? Das Volk stand schweigend in den Straßen und staunte das Gepränge an. Die Garden bereuen ihre Tat, und diese ehrgeizige Priesterschaft, die ich mit den Waffen des Jahrhunderts bekämpfe, stellt mir diesen Popanz entgegen, diesen blöden Prinzen Iwan? Aber dieser Popanz hat zum Unglück Blut in den Adern, und ich werde dieses Blut vergießen müssen, gegen meinen Willen.«

»Aber wie?« fragte die Daschkow mit reizender Naivität.

»Wie?« die Kaiserin versank in Nachdenken. »Wie? – das ist es. Auf dem Hermelin sieht man jeden Blutfleck abscheulich. Ich darf kein neues Blut vergießen.«

»Ist das nötig?« lachte die kleine Fürstin mit den Spitzen spielend, welche den Schlafrock ihrer Herrin umsäumten. »Du wirst ihn liebenswürdig töten, ohne Aufsehen.«

»Meinst Du? – Apropos – Du siehst so blass aus. Härmst Du Dich um Deinen General in Polen? Soll ich Deinem Gatten einen Urlaub geben?«

»Um Gotteswillen«, fiel die Daschkow lebhaft ein, die Hände flehend zu der Despotin erhoben, »Du erschreckst mich.«

Die Zarin lachte und legte den Arm leicht auf ihren Nacken. »Hat Panin Deine Schlinge noch fest um den Hals, meine Kleine?«

»Er wohnt mit mir in Gatschina.«

»Sehr gut. Du darfst ihn jetzt am wenigsten los lassen, Katinka, Du musst ihn unter Deiner Aufsicht behalten. Der alte Geck hätte nicht übel Lust, meinen Sohn auf den Thron zu setzen, den Knaben Paul, und den Regenten zu spielen. Behalte ihn im Auge und – in der Schlinge.«

»Verlasse Dich auf mich.«

Die Kaiserin erhob sich, trat an das Fenster und schwieg.

11

»Es gibt doch Augenblicke, meine Kleine«, sprach sie dann nach einer Weile, »wo mich die Herrschaft müde macht und trostlos.«

Die Daschkow rührte sich nicht.

»Und was das schlimmste ist, Katinka, Orlow langweilt mich!«

Die »kleine Katharina« sah überrascht zu der großen Katharina empor, dann spielte ein allerliebstes mutwilliges Lächeln um ihre Mundwinkel.

»Jetzt wollen wir Toilette machen«, rief die Kaiserin lachend, »und dann zu Pferde steigen und unserem treuen Volke unser Antlitz zeigen.«

II.

Die Zarin gab Audienz im Sommerpalast.

Zwei Weltteile hatten die seltsamsten Typen in ihrem Vorsaal zusammengeworfen. Neben dem runden Kaufmann von Nowgorod mit vollem Barte, dicken goldenen Ringen in den fleischigen Ohren, stand ernst der magere Tartar mit bronzenen Zügen, langem schwarzem Schnurrbart. Über den gelben, kahlen geschlitzten Kopf des Kalmücken blickte das edle Antlitz, das kühne Auge des Kosaken. Leibeigene Bauern, mächtige Große, Soldaten, Popen, Juden, Lipowaner, Jesuiten. Eine wunderliche Antichambre.

Mitten drin stand ein junger Offizier, schlank, wohlgebaut, mit dem bleichen träumerischen Gesicht, den großen ruhigen Märtyreraugen eines Fanatikers.

»Leutnant Mirowitsch vom Regiment Smolensk«, rief der diensttuende Kammerherr. Wenige Augenblicke darnach stand der junge Offizier vor seiner Kaiserin.

Sie trug über dem schwarzen Kleide, das sich knisternd über dem weiten Reifrock bauschte, ein breites blaues Ordensband, in dem hohen weißen Toupet einen kleinen Reichsapfel aus einem einzigen großen Diamanten mit dem griechischen Kreuze, als die einzigen Attribute der Herrschaft.

Der junge Offizier sah aber nur den weißen Busen, der das blaue Band hob, die üppigen Locken, welche von dem gekrönten Haupte hinab fielen, er sah zum ersten male das schönste Weib seines Reiches, das ihn vom Kopfe bis zum Fuße wohlgefällig musterte und gnädig wie einen Sklaven. Er kniete nieder und überreichte seine Bittschrift.

»Steht auf.«

»Ich huldige der schönen Frau«, sprach bescheiden der Offizier, »von der Monarchin verlange ich mein Recht.« Damit erhob er sich und sah

Katharina II. furchtlos in das Auge, über dem sich die stolzen Brauen etwas zusammenzogen.

»Wie ist Ihr Name?«

»Mirowitsch.«

»Leutnant?«

»Im Regiment Smolensk.«

»Sie bitten um eine Gnade?«

»Um mein Recht.«

Wieder zogen sich die stolzen Brauen zusammen.

»Nun, was wollen Sie?«

»Vor allem eine Frage an Eure Majestät richten.«

»Nun, die Audienz ist mindestens originell. Fragen Sie also, Leutnant – wie gleich?«

»Mirowitsch.«

»Leutnant Mirowitsch, Sie unterhalten mich.«

Mirowitsch biss die Zähne zusammen und wurde blutrot.

»Nun fragen Sie mich. Ich befehle es.«

»Ertragen Sie die Wahrheit, Majestät?«

Die neronischen Brauen zuckten, aber im nächsten Augenblicke schon ruhte das schöne Auge der Monarchin mit wollüstigem Interesse auf dem jungen Offizier.

»Nun eine Frage an Sie, Leutnant – wie gleich?«

»Mirowitsch.«

»Leutnant Mirowitsch, lieben Sie die Lektüre?

»Leidenschaftlich, Majestät.«

»Sie lesen Romane, ich merke, Ihre Phantasie ist darnach. Ihr Ton – nun, ich habe auch lange Zeit Romane gelesen. Lesen Sie gute Bücher, Mirowitsch, allenfalls Voltaire. Ich lese eben seine Geschichte Peters des Großen und habe die Absicht, die Briefe des Monarchen, in denen er sich selbst malt, herauszugeben. Wissen Sie, was mir an seinem Charakter am besten gefällt? Dass auf ihn – so zornig er auch war – die Wahrheit jederzeit ihre volle Wirkung übte.«

»Majestät!«

»Nun, sagen Sie mir jetzt, was Sie wollen.«

»Ich bin ein Ukrainer, Majestät, der Sohn eines stolzen, freien Volkes, der Enkel jenes Mirowitsch, der mit Mazeppa focht, dessen Name in den Liedern der Kosaken lebt. Er büßte wie viele seines Volkes den Abfall vom Zar mit dem Verluste seiner Güter. Hier steh' ich als sein Enkel, Majestät, mit einem großen edlen Namen, arm und dürftig, und bitte um mein Recht. Vergebens habe ich dies Recht bei allen Ämtern, allen Gerichtshöfen dieses Reiches gesucht. Da dachte ich, das größte Herz in diesem Reiche müsste auch das Beste sein und das gerechteste, und nun steh ich vor Eurer Majestät und bitte jenen Spruch der Willkür aufzuheben, mich in das Besitztum meiner Väter wieder einzusetzen.«

Die Kaiserin lächelte. »Sie haben viel zu viel Romane gelesen, Mirowitsch«, sagte Sie mit der Gutmütigkeit der Löwin, »Ihr Recht soll geprüft werden, so sehr ich mir auch erlaube, an demselben zu zweifeln. Vertrauen Sie aber auf meine Gnade und – lesen Sie gute Bücher.«

Die großen Augen des armen Ukrainers fieberten der Kaiserin entgegen, er verneigte sich und machte eine Bewegung nach der Türe.

»Küssen Sie mir die Hand, Mirowitsch.«

Der junge Offizier warf sich der Zarin zu Füßen und zwei Tränen fielen auf ihre Hand.

»Sie sind ein Kind, Leutnant,« rief Katharina II. überrascht, »lesen Sie Voltaire und – warten Sie hier meine Entscheidung ab. Verstehen Sie, Mirowitsch?«

Verwirrt presste dieser die kleine warme Hand der Kaiserin noch einmal an seine Lippen und noch einmal. Dann erhob er sich und stürzte aus dem Kabinett.

Katharina II. blickte einen Augenblick lächelnd zu Boden, dann klingelte Sie und berief den Polizeiminister.

»Notieren Sie –«

Die Excellenz zog ihr Portefeuille.

»Mirowitsch, Leutnant im Regimente Smolensk.«

»Alter?«

»Sie sollen ja keinen Pass schreiben.«

»Also dieser Mirowitsch –?«

»Jung, schön, mutig, ehrgeizig. Legen Sie mir so schnell als möglich seine Konduite vor.«

Der Polizeiminister verneigte sich.

»Apropos, ich will auch wissen, ob er Liaisons gehabt hat und mit wem und – ob er in diesem Augenblicke eine Geliebte hat. Verstehen Sie?«

»Ich verstehe. Eine Geliebte.«

III.

Mehr als eine Woche war seit der Audienz des jungen Offiziers verflossen, er wartete noch immer auf eine Erledigung seiner Bittschrift.

Da fand er eines Abends, als er von einem Spaziergange zurückkehrte, ein elegantes Billet auf dem Boden seiner Stube liegen, es war offenbar durch das offene Fenster hereingeworfen worden. Die Adresse war an ihn gerichtet. Eine unbekannte Schrift, die kleinen, unruhigen Züge einer Frau.

Der Inhalt lautete:

»Mein Freund! Sie erwarten eine Entscheidung der Kaiserin über Ihr Schicksal. Sie können lange warten. Die Kaiserin ist gütig aber – vergesslich. Um an diesem Hofe etwas zu erreichen, brauchen Sie Protektion, die Protektion einer Frau, denn die Frauen regieren in Petersburg. Ich will Ihre Protektorin sein. Wenn Sie Mut haben, so finden Sie sich heute Nacht, wenn die Uhr elf schlägt, vor der Kirche von Kasan ein. Sie werden dort einen Wagen treffen. Man wird Ihnen die Augen verbinden, Hände und Füße schließen. Lassen Sie Alles mit sich geschehen, fragen Sie nicht. Ein süßer Lohn erwartet Sie.

Eine Freundin.«

Mirowitsch ging mit sich zu Rate, er fasste und verwarf ein Dutzend Entschlüsse.

Der Zeiger der Uhr gab zuletzt den Ausschlag. Er nahm seinen Mantel, drückte den Hut tief in die Stirne und verließ das Haus. Die Nacht war sternenlos finster.

Dichte Nebel wallten um die Kirche von Kasan.

Als Mirowitsch dem Portale nahte, trat der dunkle Wagen beinahe gespenstisch hervor, die schwarzen Pferde scharrten ungeduldig den Boden. Zwei Vermummte empfingen ihn, legten ihm schweigend leichte Hand- und Fußschellen an und verbanden ihm die Augen mit einem weißen Tuche.

Derlei Abenteuer waren in Petersburg zur Zeit des Frauenregiments unter drei Zarinnen – Anna – Elisabeth – Katharina – so gewöhnlich, dass kaum ein Vorübergehender über die geheimnisvolle Prozedur erstaunt gewesen wäre.

Es ging aber niemand vorüber. Mirowitsch wurde in den Wagen gehoben, der Schlag geschlossen, und fort ging es im rasenden Laufe.

Als das unheimliche Fuhrwerk hielt, und Mirowitsch wieder festen Boden unter den Füßen fühlte, wehte eine scharfe, schneidende Luft um ihn, er war offenbar im Freien.

Man führte ihn breite Steintreppen empor, durch einen Korridor, eine Reihe von Zimmern. Jetzt war er allein. Ein Lichtschimmer drang durch das Tuch.

Noch einen Augenblick, dann sprach eine angenehme weibliche Stimme: »Besorgen Sie Nichts, Mirowitsch, Sie sind in guten Händen.« Ein Frauengewand rauschte, zwei zarte Hände bemühten sich, den Knoten des Tuches zu lösen, die Binde fiel. Er sah sich in einem kleinen, mit orientalischem Luxus eingerichteten Gemache und wie er den Kopf wendete, erblickte er eine kleine zarte Frau in einem dunklen Überrock, eine schwarze Samtlarve vor dem Gesichte.

»Geduld, ich muss Sie vorerst von Ihren Fesseln befreien.« Sie nahm ihm die Handschellen ab. »Nun lösen Sie selbst den Rest Ihrer Ketten.« Mirowitsch gehorchte.

Eine kleine zitternde Hand fasste die seine und zog ihn auf eine Ottomane nieder.

»Verzeihen Sie meine Seltsamkeit«, sprach die Dame mit der Maske, »aber ein Kavalier darf sich von seiner Dame schon etwas gefallen lassen. Ich habe wichtige Gründe, mich mit Geheimnissen zu umgeben, aber nichts soll mich hindern, Ihnen zu nahen, Sie zu lieben, Sie mein zu nennen. Ich liebe Sie, Mirowitsch!« Sie lehnte sich an seine Schulter und schlang den Arm um seinen Hals. Mirowitsch fühlte sein Herz stärker schlagen, er fasste die Hand der geheimnisvollen Freundin, führte sie an die Lippen und sprach beinahe verschämt: »Vergeben Sie, dass ich Ihnen nicht von Liebe spreche, Madame, dass ich Sie bitte, mich sofort zu entlassen. Sie haben meinen Mut herausgefordert und mich so gezwungen, vor Ihnen zu erscheinen, aber ich kann Sie nicht lieben. Mein Geständnis kann Sie nicht verletzen, noch kenne ich Sie nicht, noch habe ich Ihre Züge nicht gesehen.«

»Sie sollen sie sehen.«

»Um Gotteswillen – nein!«

Die Dame antwortete mit einem mutwilligen Lachen und nahm die Maske herab. Es war ein fremdes, aber reizendes Gesichtchen, zwei große dunkle Augen schmachteten Mirowitsch entgegen, zwei rote Lippen boten sich dem seinen zum Kusse.

»Nun, gefall ich Ihnen nicht?«

Mirowitsch warf sich der reizenden Frau zu Füßen.

»Lachen Sie über mich, Madame, Sie verdienen, dass man Sie anbetet, dass man sich töten lässt, aber mein Herz verbietet es mir, Sie zu lieben, meine Ehre – Sie zu täuschen.«

»Sie lieben!« rief die Schöne überrascht.

»Ja, Madame«, entgegnete Mirowitsch, indem er sich erhob.

»Eine Andere?«

»Ja – eine Andere.«

»Und man sagte mir doch –«, murmelte die Dame.

»Was Madame?«

»Dass Sie keine Liaison haben, noch keine Liaison gehabt haben.«

»Man sagte Ihnen die Wahrheit.«

»Wie versteh' ich das?«

»O Madame, Sie sind schön, Sie sind vornehm, wenn Sie lieben, lieben Sie glücklich. Können Sie eine Liebe verstehen, wie die meine, eine Liebe ohne Glück, ohne Hoffnung, eine Liebe, die vor sich selbst erschrickt?«

»Ich verstehe Sie, Sie lieben eine Frau, die Ihnen unerreichbar scheint. Törichtes Kind, wer sagt Ihnen, dass für die Liebe etwas unerreichbar ist. Es wäre denn die Mutter Gottes von Kasan.«

»Es kömmt beinahe auf dasselbe hinaus, Madame.«

»Sie lieben –?« rief die Dame heiter.

»Meine Kaiserin! Der Untertan seine Monarchin, der Sklave seine Herrin!«

In diesem Augenblicke bewegte sich der Vorhang, welcher das Fenster des Gemaches von oben bis unten schloss.

»Das ist freilich schlimm«, sprach die Dame, »aber ich habe ein gutes Herz, ich will Ihnen helfen, so gut ich kann. Ich habe eine Freundin, Mirowitsch, welche die Gestalt der Kaiserin –«

»Nein, Madame, Sie verstehen mich nicht. Ich beschwöre Sie, entlassen Sie mich«, rief Mirowitsch.

»So sehen Sie sie doch nur an – es ist ganz Ihr Geschmack. Da ist sie.«

Der Vorhang teilte sich und eine hohe üppige Frau in einem schweren blauen Seidenkleide, das vorne nach der Mode viereckig ausgeschnitten ihre herrliche Brust unverhüllt zeigte, eine schwarze Samtlarve vor dem Gesichte, näherte sich dem überraschten Offizier. Ein Wink von ihr entfernte ihre Freundin, sie machte zugleich eine Bewegung nach dem Diwan und lud Mirowitsch mit der Hand ein, sich zu ihr zu setzen.

Dem jungen Offizier stand das Herz still. Diese Frau hatte etwas Wollüstiges in ihrer Erscheinung, das ihn berauschte, etwas Herrisches in ihrem Wesen, das ihn vollständig unterwarf. Nachdem sie, die Arme auf der Brust gekreuzt, ihn eine Weile angesehen hatte, lachte sie und fragte mit einer Stimme, bei der ihn ein tiefer, wollüstiger Schauer überkam: »Wirst Du mich lieben können, Mirowitsch?«

»Nein.«

Sie lachte wieder. »Du liebst also Deine Kaiserin?«

»Ich liebe sie und so leidenschaftlich, so wahnsinnig, dass eine Dame Ihres Standes dies nicht verstehen kann«, rief Mirowitsch.

»Warum nicht?«

Mirowitsch sprang auf und ging im Gemache auf und ab.

»Beruhigen Sie sich. Man sagt, dass die Kaiserin sehr verliebt ist und galante Abenteuer liebt. Vielleicht finden Sie Gnade vor ihren Augen.«

Mirowitsch blieb stehen und sah die üppige Schöne beinahe erschreckt an.

»Ich glaube, Sie würden sich vor Ihrem Glücke fürchten?«

Mirowitsch trat einen Schritt zurück, er war bis in die Lippen bleich geworden und bebte am ganzen Leibe. Jetzt kannte er diese wollüstige Stimme, er sank in die Knie und mit dem Antlitz zur Erde.

»Hast Du den Mut, Deine Kaiserin zu lieben?« rief sie und riss die Maske herab. Vor ihm stand Katharina II. gebieterisch in hinreißender Schönheit.

»Komm!« Sie hob ihn auf – »Du bist mein. Ich liebe Dich.« Die üppigen Arme der Despotin schlangen sich um ihn und zogen ihn an ihre leidenschaftlich wogende Brust. Mirowitsch fieberte.

Katharina II. stampfte mit dem Fuße.

»Mut. Mirowitsch, Du sollst mich lieben, ich will es. Du bist mein Sklave, *sans phrase*. Es gibt Stunden, wo ich ein Kind bin und ein Spielzeug brauche. Komm, ich will mit Dir spielen.«

Das war zu viel.

Mirowitsch riss seinen Degen aus der Kuppel und warf ihn zu Boden, dann fasste er die Zarin leidenschaftlich in seine Arme. Sie lag an seiner Brust, ihre Lippen sogen ihm die Seele aus, seine Hände wühlten in ihren Locken, dass der Puder wie ein leichter Reif auf seine Schultern fiel.

»Ich liebe Dich«, flüsterte die Kaiserin, »ich will Dich glücklich machen, wenn Du Mut hast, wenn Du ein Geheimnis bewahren kannst. Niemand darf ahnen, dass ich Dir gehöre. Hier im Schlosse von Gatschina, im Pavillon der Fürstin Daschkow sollst Du mich fortan an jedem Abend sehen. Aber es wird eine Zeit kommen, wo meine Liebe Dich erhöhen wird vor allen andern. Dein Schicksal ist in Deiner Hand. Sei kühn, sei vorsichtig und liebe mich. Es tut mir wohl, geliebt zu werden.«

IV.

Im Pavillon von Gatschina saßen Katharina II. und die Fürstin Daschkow im vertraulichen Gespräche. Die Zarin war zu Pferde gekommen, sie trug hohe Männerstiefel von Saffian, wie sie von russischen Bäuerinnen und Kaufmannsfrauen im vollen Staate getragen werden, einen dunklen Männerüberrock, wie ihn die Modedamen damals trugen, einen kleinen dreispitzigen Hut mit wallender weißer Feder. Voll Ungeduld klopfte sie den Absatz ihres Stiefels mit der Reitpeitsche, stand von Zeit zu Zeit auf und warf sich wieder unmutig in die Polster der Ottomane.

Die Daschkow betrachtete sie mit großer Neugier und plötzlich spielte ein feines Lächeln um ihre Lippen.

»Du lachst über mich, Katinka«, sprach die Zarin, »was lachst Du?«

»Du bist sehr verliebt.«

»Weiß Gott, sehr verliebt, in wahrhaft unkaiserlicher Weise.«

»Seit einem Monat siehst Du Mirowitsch bei mir Abend für Abend, und er ist Dein, wie ein Sklave, und doch hat sich Dein Vergnügen an ihm noch nicht abgenützt. Ich bewundere Dich. Und heute, nachdem er mehr als einen Monat Dir gehört, bist Du sogar die erste bei dem Rendezvous und kannst Deine Ungeduld, ihn zu sehen, kaum bemeistern. Du bist wahrhaftig verliebt.«

»Wahrhaftig«, nickte die Kaiserin und legte nachlässig ihr rechtes Bein über das linke. »Ich bin verliebt, das ist es aber nicht allein. Mirowitsch liebt mich. Man wird nicht zu oft geliebt und niemals so mit ganzem Herzen, mit ganzen Sinnen, dass kein Gedanke, keine Regung bleibt für eine Andere. Er ist mein mit Leib und Seele. Ich ergötze mich an ihm und seiner Liebe, wie ein Gourmand an einem seltenen Gerichte.«

Die beiden Frauen schwiegen eine Weile. Die Kaiserin horchte auf. »War das nicht der Hufschlag eines Pferdes!«

»Nein.«

»Mir schlägt das Herz«, sprach Katharina II. und legte die Hand gegen die Brust.

»Du große kleine Frau«, rief die Daschkow, »und was willst Du mit ihm anfangen?«

»Ich weiß es nicht«, entgegnete die Kaiserin und trat an das Fenster, um ihre Verlegenheit zu verbergen.

»Du weißt es nicht?«

»Das Eine weiß ich nur«, begann die schöne Despotin ernst, »gemein darf er nicht enden.«

»Wie also?«

»Wie eine Flamme, die sich selbst verzehrt.«

»Das ist ein grausamer Gedanke.«

»Vielleicht, aber ein Gedanke voll Poesie.«

»Muss er überhaupt enden?« fragte die Fürstin.

Die Kaiserin nickte. »Ich habe mich in ihm getäuscht, Katinka. Mein Herz ist befangen, aber mein Kopf ist frei. Mirowitsch ist kein Mann, um einen Orlow zu stürzen, zu ersetzen, er ist ein Schwärmer. Das, was ihn mir so liebenswürdig macht, macht ihn gefährlich für den Staat. Mit ihm kann es nur ein kurzes wollüstiges Intermezzo geben. Was aber dann mit ihm anfangen?«

»Deine Liebe hat eine furchtbare Logik.«

Katharina II. ging auf und ab, die Hände auf dem Rücken, das Haupt gesenkt. »Er wird mir unbequem werden, er liebt mich, er ist leidenschaftlich, mutig, er wird Spektakel machen, mich kompromittieren.«

»Und Dich langweilen«, warf die Daschkow ein.

»Vielleicht auch das. Was also mit ihm anfangen? Er muss entfernt werden, aber wie?« – Die schöne Frau dachte jetzt kalt und ruhig über den

Geliebten nach, wie über ein Staatsgeschäft: »Sein Fanatismus könnte mir vielleicht nützlich werden. Warte nur.« Sie stand still und verschränkte ihre Arme auf der Brust. Plötzlich flog ein grauenhaftes Lächeln über ihre strengen Züge. »Welch' ein Gedanke«, rief sie, »ich habe es! – Was sagst Du dazu,« ihre Stimme sank zum Flüstern herab, »wenn ich diesen Mirowitsch benütze – um mich von Iwan zu befreien?«

Die Daschkow schauerte zusammen.

»Fürchte nichts, Katinka, der sterbende Thronprätendent soll den unbequemen Liebhaber mitreißen in das Grab.«

»Wie?«

»Überlass das mir – ja, dabei bleibt es. Ich bin entschlossen. Zwei Sorgen fallen zugleich von meiner Brust, zwei ernste große Sorgen, die mir den Schlaf raubten und die Ruhe. Ich werde bald wieder schlafen können.«

»Du bist grausam, Katharina!«

»Nur klug, meine Kleine.«

Die Fürstin überlegte. »Kannst Du ihn für diese Tat gewinnen, so tue es bald«, sagte sie dann, »tue es heute noch. Iwan muss sterben und bald sterben, so bald als möglich. Gewinne Mirowitsch, wenn Du es kannst und heute noch.«

»Nein, Katinka«, erwiderte die Kaiserin, »noch macht er mir zu viel Vergnügen. Er soll enden in einer Tat, die mich befreit, die mich erlöst, aber dann – dann erst, wenn ich ihn satt habe – und heute! – O! –« sie schrie entzückt auf. »Das ist sein Schritt, seine Stimme!« Die Kaiserin flog Mirowitsch entgegen und warf sich mit zärtlichem Lachen an seine Brust.

Wenige Tage später erschien die Fürstin Daschkow im Kabinette der Kaiserin, welche eben an Voltaire schrieb.

»Es ist die höchste Zeit, Deinen Plan auszuführen«, sprach sie erregt. »Iwan muss sterben. Du kennst die Macht, welche die Priesterschaft über Dein Volk hat. Deine Reformen gefährden diese Macht, und sie kehrt sich, heute noch in voller Kraft, gegen Dich. Sie nennen Dich eine Fremde, eine Aufklärerin, welche das alte Recht verletzt, die alten Sitten, den alten Glauben, und nennen gegen Dich den rechtmäßigen Zar Iwan, den Erben Russlands, nach dem Testamente der Zarin Anna.«

»Verdammt«, rief die Kaiserin und stampfte mit dem Fuße.

»Du musst Mirowitsch opfern, die Liebe Deiner Größe opfern.«

»Wer sagt Dir, dass ich Mirowitsch liebe?« sprach Katharina II., »aber er ist mein liebstes Spielzeug. Ich werde weinen, wenn ich es zerbrochen habe.«

»Du findest kein besseres Werkzeug zu dieser Tat als Mirowitsch«, fuhr die Daschkow fort, »eile, ihn zu gewinnen.«

»Noch unterhält er mich, und ich soll –«

»Du musst – heute noch.«

»Nein, heute nicht. Heute will ich ihn noch einmal lieben, wie ein Weib liebt.«

»Also morgen«, fiel die Daschkow ein.

»Morgen? – *Eh bien!* Morgen will ich dafür ein Nero im Reifrock sein. Ist das nicht geistreich gesagt, kleine Daschkow? Das kommt daher, wenn man mit Voltaire im Briefwechsel steht. Ich muss morgen schön sein. Ich will eine Toilette machen, die ihm gleich von vornherein die Besinnung nimmt. Sonst schmückt man das Opfer, ich will mich für mein Opfer schmücken. Also morgen.«

V.

Als Mirowitsch an dem nächsten Abend in den Pavillon von Gatschina eintrat, lag die Kaiserin auf der Ottomane und schien zu schlafen. Sie lag auf dem Rücken, die eine Hand unter dem Kopfe. Ein halbdurchsichtiges Gewand von rosigem persischen Stoffe, ein offener dunkelgrüner Schafpelz, mit schwarzem Zobel verschwenderisch ausgeschlagen und gefüttert, umflossen sie. Ihre göttlichen Formen badeten sich in dem dunklen Pelze. Im Atmen wogte ihre Brust, zuckten ihre Lippen.

Mirowitsch näherte sich leise, kniete nieder und küsste ihren bloßen Fuß. welcher den Pantoffel abgestreift hatte.

Katharina II. schrak empor, stieß ihn von sich sah ihn mit großen Augen an und zog ihn dann rasch an ihre Brust. »Ich habe einen bösen Traum gehabt;« flüsterte sie, »mir war, als hätte ich Dich verloren. Liebst Du mich noch?«

Statt einer Antwort sank das Haupt des Geliebten auf ihre Knie, und er bebte am ganzen Leibe. Katharina betrachtete ihn mit grausamem Vergnügen. »Geh', Du liebst mich nicht«, sprach sie dann mit einem Tone, der ihm ins Herz schnitt. »Rühre mich nicht an, ich will nichts von Dir wissen.«

Entsetzt sprang Mirowitsch auf und warf sich im nächsten Augenblicke wieder leidenschaftlich zu ihren Füßen nieder. »Katharina, Du machst mich wahnsinnig«, schrie er auf, »binde mich an einen Pfahl und peitsche mich, bis mein Blut mich badet, ich werde jauchzen! Lege mich wie die christlichen Märtyrer auf einen glühenden Rost.«

»Narr!« rief die Kaiserin.

»Sag mir: Du langweilst mich, ich will noch Dein sein bis zum nächsten Neumond, dann aber fällt Dein Haupt, und ich will Dir danken wie meinem Gott.«

Katharina lachte. »Nun, womit wollen wir beginnen?« sprach sie, indem sie ihm das verwirrte Haar aus der Stirne strich, »mit dem glühenden Rost?«

Mirowitsch schlang beide Arme um sie, presste sein glühendes Gesicht an ihre Marmorbrust und zitterte.

»Rühr' mich nicht an«, sagte sie wieder lachend, »ich will Dich heute prüfen, ich will grausamer sein als Peitsche und Rost.«

Mirowitsch sah sie an. »Du hast heute etwas vor«, sprach er, »Du bist so seltsam schön.«

»Ja«, rief sie heiter, »ich will Dich fangen.«

»Bin ich nicht gefangen?«

»Noch nicht ganz.«

»Nun, so ziehe das Netz zusammen. Da hast Du mich«, flüsterte er in Liebeswahnsinn, »mache mit mir, was Du willst.«

»Narr! Bedarf ich dazu Deiner Erlaubnis?« entgegnete Katharina mit einem Blick, welcher Mirowitsch das Blut in den Adern erstarren machte.

Er küsste ihre üppige Schulter, von der der Pelz herabgesunken war.

»Küsse mich nicht«, rief die Kaiserin und stieß ihn roh und schnöde mit dem Fuße von sich. »Ich will Dich erst wieder lieben, wenn Du ganz mein bist, ein Ding in meiner Hand.«

»Das bin ich, Katharina«, beteuerte er mit feuchten weinenden Augen. »Ich verlange Dir nur etwas zu sein, ein Sklave, ein Ding, ein Spielzeug, ein Instrument, mache aus mir, was Du willst, und wirf mich weg, wenn ich Dir unnütz bin.«

Die Kaiserin sah ihn beinahe gerührt an. Dann beugte sie sich zu ihm und küsste ihn auf die Stirne. »Mirowitsch«, sprach sie mit sanfter Stimme, »wenn Du mich liebst, befreie mich von meiner größten Sorge – von –«

»Du hast Sorgen?« sprach Mirowitsch zärtlich leise. »O sprich, befiehl Deinem Sklaven.«

»Ich kann nicht ruhig schlafen, mein Geliebter« – sie beugte sich zu ihm und legte die Lippen an sein Ohr, »so lange Iwan lebt.«

»Prinz Iwan!« rief Mirowitsch.

»Er ist der rechtmäßige Zar durch das Testament der Kaiserin Anna. Ich muss es selbst bezeugen. Ich habe ihn nicht entthront, die Zarin Elisabeth riss ihn aus der Wiege in den Kerker. Dort wuchs er auf wie ein Tier im Käfig, fern von der menschlichen Gesellschaft. Ein Mann, mit den Gedanken, mit dem Herzen, mit der Ausdrucksweise eines Kindes, reizt dieser blöde Prinz jetzt den Ehrgeiz aller Unzufriedenen, aller meiner Feinde. Man stellt ihn mir entgegen, man will mich durch ihn stürzen.«

»Nimmermehr!« rief Mirowitsch. Er richtete sich groß auf, ein blinder Fanatismus lag in diesem Augenblicke auf seinem bleichen Gesichte, in seinen versunkenen Augen.

»Der nächste Tag kann meinen Thron zertrümmern, mein Geliebter, willst Du mich im Kerker sehen, oder« – – sie presste die Hände vor das Gesicht.

»Soll ich ihn morden?« flüsterte Mirowitsch, »Geliebte!« Seine Stimme war heiser vor Aufregung.

»Mirowitsch!« schrie Katharina auf, sie schien erschreckt.

»Du musst ihn aus dem Wege räumen«, fuhr er eifrig fort, »so sprich sein Todesurteil, und ich vollstrecke es. Lass mich dann auf das Rad flechten, rette Deinen Namen, ich sterbe gerne für Dich Katharina!« Er küsste ihre Hände, ihre Füße und weinte.

»Beruhige Dich, mein Freund,« sprach die Kaiserin, »ich werde Deine treuen Hände nicht mit Blut beflecken. Ich habe einen Plan. Du sollst ihn erfahren. Willst Du also in dieser Sache ganz nur mein Werkzeug sein?«

»Ich will«, entgegnete Mirowitsch, »ich bin ja Dein – Dein bis in den Tod.«

»Sprich nicht vom Tode«, flüsterte die Kaiserin, »mir schauert.« Einen Augenblick war ihr schönes Antlitz grauenhaft entstellt. »Heute winkt uns das Leben, Mirowitsch«, rief sie dann mit dem Lachen einer Bacchantin, »küsse mich! –«

VI.

»Die Kaiserin geht nach Livland«, flog es von Mund zu Mund. Die widersprechendsten Meinungen über den Zweck dieser Reise wurden laut. Zuletzt einigte man sich darin, dass Katharina II. dieselbe unternehme, um mit Poniatowski zusammen zu kommen. Sie habe Orlow satt, hieß es, die Liebe zu dem ritterlichen Polen sei wieder mächtig in ihr erwacht, und dergleichen mehr.

Ehe der Nero im Reifrock den Reisewagen bestieg, wurde die Fürstin Daschkow in das kaiserliche Kabinett berufen.

Katharina II. ging unruhig im Zimmer auf und ab. Sie schien ausnehmend heiter, summte eine frivole italienische Arie und betrachtete sich von Zeit zu Zeit mit einem gewissen Stolze im Spiegel.

»Ich bin schön«, sprach sie lebhaft, »ich habe Mirowitsch glücklich gemacht, seine kühnsten Träume überflügelt, er kann nun für mich sterben. Aber ich will ihn nicht mehr sehen, der Abschied würde mich aufregen. Hier sind die Instruktionen für ihn, hier die Summen, die er braucht.« Sie übergab beides der Fürstin, schritt dann zu ihrem Schreibtische, nahm ein Aktenstück von demselben, las es noch einmal aufmerksam und unterzeichnete hierauf rasch. »Lies.«

Die Daschkow las. Es war eine Ordre an die beiden der Kaiserin treu ergebenen Offiziere, Kapitän Wlassiew und Leutnant Tschekin, welche den Prinzen Iwan in seinem Kerker in Schlüsselburg bewachten und mit ihm in einem Zimmer schliefen, und enthielt den Befehl, sobald ein Versuch zur Befreiung des Gefangenen gemacht werde, denselben auf der Stelle zu töten. Begründet war derselbe durch die Aufregung welche zu Gunsten des Prinzen immer bedrohlicher an den Tag trat.

»Für Petersburg habe ich meine Maßregeln getroffen«, sprach Katharina II. mit imposanter Ruhe, »Orlow nehme ich mit mir, Panin bleibt, ich überlasse ihn Dir, Du bewachst ihn, Du haftest mir für ihn. Mein Sohn, der Thronfolger, bleibt in seinen Händen.« Die Daschkow machte eine Bewegung. »Ich kenne Panin«, fuhr die Zarin majestätisch fort, »es könnte ihm einfallen, meine Abwesenheit zu benützen, den Großfürsten Paul zum Kaiser auszurufen und für den Knaben zu regieren, aber Panin ist vorsichtig und unentschlossen. Bei der ersten Regung einer Empörung bemächtigst Du Dich meines Sohnes und bringst ihn zu mir. Die besten Offiziere der Garde begleiten mich, was hier bleibt, sind junge Leute ohne Kriegserfahrung. Im entscheidenden Augenblicke werden an die Feldregimenter scharfe Patronen ausgeteilt, und wagen die Garden den Aufstand mit der blanken Waffe, dann habe ich die Armee in

Livland, und wehe ihnen, wenn ich als Siegerin in meine Hauptstadt einziehe. Lebe wohl! –«

An demselben Tage, an welchem die Kaiserin Petersburg verließ, kehrte auch Mirowitsch zu seinem Regimente zurück, welches eben in der Stadt Schlüsselburg in Garnison lag. Die Kompanien desselben zu hundert Mann lösten sich Woche für Woche bei dem Dienste in der Festung ab.

Acht Mann bewachten den Gang zu der Kasematte, in welcher der rechtmäßige Zar Iwan gefangen gehalten wurde.

Mirowitsch verbrannte sofort nach seinem Eintreffen in Schlüsselburg seine Instruktionen sorgfältig in dem Feuer seines Kamins und ging dann mit ebensoviel List als Fanatismus an die Ausführung derselben.

Mit dem Gelde, das ihm die Fürstin Daschtow eingehändigt hatte, bestach er drei Unteroffiziere und zwei Soldaten seines Regiments. Er sagte ihnen, der Prinz Iwan sei ihr rechtmäßiger Zar nach dem Testamente der Kaiserin Anna, und er habe den Entschluss gefasst, denselben aus seinem Kerker zu befreien.

Kurz darauf traf ihn selbst der Wochendienst und er benutzte denselben, um alle Verhältnisse der Festung auszukundschaften, und bestimmte endlich die Nacht des sechzehnten Juli für den Losbruch.

An demselben Abende ging sein Dienst zu Ende. Er bat den Kommandanten Berednikow um die Erlaubnis, denselben noch fortsetzen zu dürfen. Der Festungskommandant erteilte sie ihm nicht nur bereitwillig, sondern vergaß sogar, wie es schien, ihm die Schlüssel der Festung abzufordern.

In der Nacht des sechzehnten Julie 1765, Schlag ein Uhr öffnete Mirowitsch seinen Mitverschworenen die Ausfallspforte. Sie eilten auf die Wache, riefen die Kompanie zusammen, und Mirowitsch las den Soldaten mit lauter Stimme einen falschen Ukas des Senates vor: »Da die Kaiserin Katharina II. müde ist, über barbarische, undankbare Völker zu herrschen, die ihren ruhmwürdigen Bemühungen in keiner Weise entgegenkommen, hat sie den Entschluss gefasst, das russische Reich zu verlassen und sich mit dem Grafen Orlow zu vermählen;« – bei diesen Worten zitterte seine Stimme – »jetzt, wo sie an der Grenze ihres Reiches angelangt ist, will sie die Kaiserkrone dem unglücklichen Fürsten Iwan zurückgeben. Darum befiehlt der Senat dem Leutnant Mirowitsch, denselben aus dem Gefängnisse zu befreien und sofort nach Petersburg zu bringen.« Die Soldaten brachen in wilden Jubel aus, mehr als fünfzig derselben griffen sofort zu den Waffen, einige hoben Mirowitsch auf die

Schultern und fort ging es unter Hurrahrufen zu der Wohnung des Kommandanten. Berednikow war seltsamer Weise noch nicht zur Ruhe gegangen und kam ihnen in voller Uniform entgegen.

»Im Namen des rechtmäßigen Kaisers Iwan, den Ihr ungerecht gefangen haltet, Euren Degen!« rief Mirowitsch.

Berednikow übergab ihn schweigend und wurde auf Mirowitschs Befehl von zwei Verschworenen in seiner Wohnung bewacht.

Mirowitsch drang nun mit seiner Schar in die Kasematte, welche zu Iwans Kerker führte. Die Wachen gaben Feuer. Von beiden Seiten fielen Schüsse, ohne dass jemand verwundet wurde. Man hatte den Soldaten blinde Patronen ausgeteilt.

Mirowitsch erreichte zuerst die Türe des Gefängnisses und pochte mit seinem Degengefäß an dieselbe

»Wer da?« rief Kapitän Wlassiew.

»Gute Freunde«, schrie Mirowitsch, »öffnet, im Namen des Senats, öffnet!«

»Wir dürfen nicht«, entgegnete Leutnant Tschekin.

»Dann brechen wir die Türe auf«, rief Mirowitsch, zugleich stemmten sich mehrere der Empörer gegen dieselbe. »Gebt unseren Zar heraus!«

»Wir können keinen Widerstand leisten«, schrie Wlassiew »wir müssen den Prinzen töten, so lautet unsere Ordre.«

Prinz Iwan war eben durch den Lärm erwacht und saß bleich mit erschrockenen Augen auf seinem Bette.

Die beiden Offiziere warfen sich mit einem male auf ihn. Iwan sprang auf Wlassiew los und suchte ihm den Degen zu entreißen, in demselben Augenblicke stieß ihm Leutnant Tschekin den seinen in den Leib. Der Prinz wankte und brach mit einem Schrei zusammen. Beide stachen nun in ihn hinein, bis er mit acht Wunden in seinem Blute lag. Dann öffnete Wlassiew die Türe mit den Worten: »Da habt Ihr Euren Zar.«

Mirowitsch und die Soldaten, welche mit ihm in den Kerker gedrungen, standen gesenkten Hauptes schweigend um einen Sterbenden. In wenig Augenblicken war alles vorbei. Mirowitsch wandte sich erschüttert ab, »Flieht!« rief er den Soldaten zu, »der Zar ist tot. Unsere heldenmütige Tat hat diesen traurigen und verderblichen Ausgang herbeigeführt. Ich gebe mich der Kaiserin gefangen.« Damit reich seine ernte Degen dem Kapitän. Die Empörer warfen zugleich die Waffen weg und baten um Gnade.

Noch in derselben Nacht sandte der Festungskommandant einen Courier an die Kaiserin. Als Katharina II. die Nachricht empfing, leuchtete einen Augenblick eine entsetzliche Freude in ihrem Antlitz. Dann biss sie die Zähne zusammen. Sie dachte an Mirowitsch.

Eine Stunde später war sie auf dem Wege nach Petersburg.

VII.

Der Tod des Prinzen Iwan rief in der Hauptstadt eine ungeheuere Aufregung hervor, man beschuldigte den Hof, die Kaiserin, geradezu des Mordes. Der Pöbel, die Garden zeigten eine verdächtige Bewegung.

Die Fürstin Daschkow gab sofort im Namen der Kaiserin dem Generalleutnant Wegmare den Befehl, die Feldregimenter in den Kasernen zu konsignieren und ließ scharfe Patronen an dieselben austeilen.

Mitten in der Verwirrung erschien die Kaiserin, ruhig, siegesgewiss. Sie betrachtete die Volkshaufen, welche ihrem Wagen folgten, mit einem verächtlichen Lächeln, indem sie mit den Fingern auf dem Wagenschlage trommelte.

Noch an demselben Tage trat sie vor den Senat mit eiserner Stirne im vollen kaiserlichen Pomp.

»Eine entsetzliche, blutige Tat ist geschehen«, sprach sie majestätisch, »eine Schar von Wahnsinnigen hat sich gegen Uns empört und in der Absicht, den unglücklichen Prinzen Iwan zu befreien und auf Unseren Thron zu erheben, dessen Tod herbeigeführt. In Bezug auf diesen von meinen Vorgängern als Staatsgefangenen behandelten Prinzen habe ich nur die Befehle bestätigt, welche den mit seiner Bewachung betrauten Offizieren von der letzten Regierung erteilt worden sind. Ich hätte als absolute Herrscherin in diesem Reiche das Recht, den Zusammenhang des Schlüsselburger Attentates durch eine von mir ernannte Kommission unmittelbar unter meinen Augen untersuchen zu lassen. Mir ist aber dieses verabscheuungswürdige Verbrechen so sehr zu Herzen gegangen, dass ich mich für diesen ganz besonderen Fall meiner höchsten Gewalt entkleide und dem Senate hiermit die Machtvollkommenheit erteile, die Untersuchung über die bei diesem Attentate verwickelten Personen zu führen und in letzter Instanz ohne Appellation über dieselben die rechtskräftigen Urteile zu fällen.«

So groß die augenblickliche Wirkung dieser Erklärung auf den Senat war, nahm das Volk dieselbe doch nur mit Misstrauen auf und in der Gesellschaft flüsterte man, die zwölf Senatoren, welche in diesem Gerichtshof gewählt wurden, seien durchaus ergebene Kreaturen des Hofes, das Ganze ein abscheuliches abgekartetes Spiel.

Indes waren Mirowitsch und seine Mitschuldigen in Ketten nach Petersburg gebracht worden. Der erstere zeigte einen Gleichmut, ja, eine Heiterkeit, welche neuen Verdacht erregte. Gleich im ersten Verhör sagte er ruhig, er habe die Absicht gehabt, die Kaiserin zu stürzen, den wahren Herrscher zu befreien. In diesem Sinne beantwortete er alle Fragen, welche im Laufe des Prozesses an ihn gerichtet wurden, klar, besonnen, ohne Umschweife, ohne sich nur ein einziges mal in Widersprüche zu verwickeln. Der »Nero im Reifrock« konnte mit seinem Opfer zufrieden sein.

Am 20. September 1765 wurde endlich das Urteil in diesem historischen Prozesse gesprochen.

Mirowitsch wurde mit Zustimmung des Synods, der Inhaber der drei ersten Rangklassen und der Präsidenten der Kollegien als Aufrührer und Reichsverräter schuldig erkannt und zur Enthauptung durch das Beil verurteilt. Er hörte das Urteil schweigend, mit kaltem Blute an, dann senkte er das Haupt und ein seltsames Lächeln flog über sein bleiches Gesicht. Seine Mitschuldigen, 68 an der Zahl, wurden teils zu Spießruten, teils zu Zwangsarbeit verurteilt.

Das Urteil wurde der Kaiserin durch den Senator Neglujew zur Bestätigung vorgelegt.

Katharina II. saß an dem riesigen holländischen Kamine ihres Arbeitszimmers und las der Daschkow einen launigen Brief Voltaires vor. Neglujew übergab das Aktenstück, Katharina blickte hinein, warf es gleichgültig auf den Kaminsims und entließ den Senator mit einer gnädigen Kopfbewegung.

»Es ist das Urteil«, sprach die Daschkow erregt.

»Ja, Mirowitsch ist zum Tode durch das Beil verurteilt«, entgegnete die Kaiserin nachlässig.

»Wirst Du es unterzeichnen?« fragte die Fürstin rasch.

»Hör' erst den Brief zu Ende«, sprach Katharina heiter. Die Daschkow überlief es.

Als die Zarin zu Ende war, hob sie das Urteil vom Kaminsimse und breitete es auf ihren Knien aus.

»Gib mir eine Feder, Katinka.«

»Du wirst sein Todesurteil unterzeichnen?« schrie die Daschkow auf.

»Gewiss. Die Feder!«

Die Fürstin erhob sich langsam.

»Rasch!« Die Kaiserin ergriff die Feder, welche ihr die Daschkow zögernd reichte, und setzte mit einem energischen Zuge ihren Namen unter das Todesurteil des Geliebten.

»Du wirst es aber nicht vollziehen lassen, Du kannst es nicht!« rief die Fürstin.

»Und warum nicht, Kleine?«

»Panin war bei mir«, fuhr die Daschkow fort, »Mirowitsch rechnet zuversichtlich auf Gnade.«

Katharina zuckte die Achseln. »Ich könnte ihn begnadigen«, sprach sie lächelnd, »ihn verbannen, aber wird er leben können ohne mich? und könnte er es, dann ließe ich ihm das Haupt erst recht mit wahrer Lust herunterschlagen.«

»Du kannst noch scherzen!«

»Nun denn, Ernst, Katinka«, fuhr die Kaiserin mit strengem, unerbittlichen Gesichte fort. »Man klagt uns des Mordes an in ganz Europa, man beschuldigt uns des Einverständnisses mit Mirowitsch, wenn ich ihn schone, bestätige ich den Verdacht. Ich muss ihn opfern.«

»Und wenn Du Dich in seinem Charakter irrst?« warf die Daschkow ein, »er hofft auf Gnade. – Wenn er sich getäuscht sieht? Wenn er auf dem Schafott Enthüllungen macht?«

»Auch das ist zu bedenken«, sprach die Kaiserin, »er liegt nun zwei Monate in Ketten, und es muss erbärmlich kalt in einem Kerker sein. Wenn seine Gluten verloschen sind, wenn sein wollüstiger Rausch verflogen ist?« – –

Die Kaiserin lehnte sich zurück und hob die Augen zum Plafond empor. »Ich möchte ihn sehen – ich sollte ihn sehen. Der arme Teufel! Nichts kann ihn retten, er muss sterben, aber er muss bis zum letzten Augenblicke glauben, dass ich ihn liebe, dass das Ganze nur ein grausames Spiel ist, und in diesem Glauben muss ihn das Beil des Henkers treffen.«

VIII.

Es war die Nacht vor der Hinrichtung.

Mirowitsch lag auf dem feuchten Strohlager seines finstern kalten Kerkers, das Antlitz zur Erde, und seltsame Gedanken, seltsame Empfindungen zogen durch sein Hirn, seine Brust. Er sah die Mutter, die ihm am winterlichen Feuer die alten Geschichten seines Volkes erzählte und wunderbare Märchen und ihm Kosakenlieder sang voll wildem Freiheitssinn und Lebensübermut, er sah den alten Diener, der ihn zum Regimente geleitet und ihn bewacht hatte, wie seinen Sohn, der den jungen Fähnrich nach einer in Trunk und Spiel durchwachten Nacht am Morgen wie ein Vater schalt und meisterte. Beide lagen längst im Grabe, und er war allein, allein im Kerker, in Ketten, und auch sie hatte ihn verlassen, die er bis zum Wahnsinn liebte, für die er zum Rebellen, zum Mörder geworden war. –

– Nein – sie nicht.

Die Wand rasselte und tat sich auf, ein Luftzug kam über ihn, ein Gewand rauschte, er lichtete sich auf. Katharina II. stand an seinem Lager und er – er lag jetzt zu ihren Füßen und küsste diese kleinen Füße, und seine Tränen flossen auf sie herab.

Die Kaiserin war durch eine geheime Türe in seinen Kerker getreten, sie hielt eine Fackel in der Hand, welche sie in einer eisernen Schließe an der Wand befestigte, um sich dann zärtlich über ihn zu beugen.

»Es ist kalt hier«, sprach sie, indem sie fröstelnd den kostbaren Pelz über ihrer Brust zusammenzog. »Du bist so bleich. Wie ist Dir, mein Freund?«

Gut, gut«, sagte er leise und lehnte sein Haupt an ihr Knie, seine Augen glühten wie im Fieber »Nur manchmal –«

»Was sagst Du?«

»Manchmal fasst mich doch ein Schauer«, fuhr er fort, »ich bin so lange schon im Kerker in schweren Ketten und verurteilt, und Du hast das Urteil bestätigt. Das Spiel ist furchtbar ernst geworden, Katharina. – Ich habe mich, wie Du gewollt, ganz in Deine Hand gegeben. Da hast Du mich nun, wie ein Ding. Ja, schlimmer noch, denn das Ding hat kein Empfinden, keine Gedanken, keine Einbildungen. Und ich bilde mir mancherlei ein. Ich habe Dich so lange nicht gesehen. Du bist mir fremd geworden, und mein Leben und Tod ist bei Dir.«

Die Kaiserin schwieg.

»Liebst Du mich noch?« begann Mirowitsch wieder. »O, wenn Du mich satt bist und kein Erbarmen hast! und doch – dann – dann lieber sterben.«

Katharina hob ihren Pelzüberwurf graziös in die Höhe, ließ sich auf dem Stroh nieder und nahm das Haupt des Unglücklichen sanft in ihren Schoß. Es war ein wollüstiges Grauen, ein Kitzel für ihre weltmüden Nerven, zu denken, dass dieses Haupt, das so wahnsinnig von ihr träumte, das jetzt noch zwischen ihren Händen glühte, morgen durch das Beil des Henkers fallen sollte.

»Wir spielen ein furchtbares Spiel«, sprach sie dann, »aber das Spiel muss zu Ende gespielt werden. Ich kann es Dir nicht ersparen. Man klagt mich laut des Einverständnisses mit Dir an. Ich darf Dich erst auf dem Schafott begnadigen.«

Mirowitsch sah sie entsetzt an, mit großen Augen wie ein Kind.

»Fürchte nichts«, rief sie und zog ihn höher an ihre Brust.

»Verrate mich nicht«, flehte er mit zitternder Stimme. »Wenn Du mich töten musst, sag es, ich sterbe gern für Dich.«

Die Kaiserin lächelte sonderbar, und leise wie in Gedanken senkte sie die wollüstig feuchten Lippen zu den seinen und küsste sie wieder. Er fieberte in ihren Armen, die düstere Wölbung des Kerkers schwand für einen Augenblick.

»Steige mutig die Stufen zu dem Blutgerüst empor, mein Freund, denn ich will nicht, dass man sich an Deiner Todesangst ergötzt. Sei ruhig, ich selbst bringe Dir Gnade, und statt des weißen Tuches winkt von weitem schon mein Hermelin.« Die Kaiserin streichelte ihn, sah ihm lange stumm in das Auge und erhob sich dann.

Mirowitsch stützte das glühende Gesicht in beide Hände.

»Wenn Du mich täuschen könntest«, murmelte er, »wärst Du teuflisch grausam.«

»Ein Nero im Reifrock«, lachte die Kaiserin, aber ihr Lachen klang so hölzern, gezwungen, dass eine entsetzliche Angst über ihn kam, er warf sich vor ihr nieder und umfasste verzweifelt ihre Knie.

»Mir schaudert, Herrin, wenn Du mir nicht gnädig bist – wenn Du mich töten lässt. Ich zittere vor Dir. Erbarme Dich!«

Katharina II. lachte. »Es ist bloß kalt und feucht hier«, rief sie, »auch mich fröstelt. Ich werde gehen.« Kaltblütig machte sie sich von ihm los und nahm die Fackel. Seine Hände sanken herab, er kniete vor ihr stumm, apathisch, wie der Sklave vor der Gebieterin, der Verbrecher vor seinem Richter.

»Ich leide furchtbar, Katharina«, flüsterte er, »aber ich leide ja für Dich.«

In der Tür wendete sie sich noch einmal zu ihm.

»Du sollst bald erlöst werden«, sprach sie milde, »leb wohl.«

»Leb wohl!«

IX.

Der Tag brach an.

Tiefer Schnee lag auf Dächern und Straßen, die Sonne schwamm als eine rote Dunstkugel in dem weißen Himmel.

Das Kommando, welches Mirowitsch zur Hinrichtung abholte, fand ihn schlafend, ein heiteres Lächeln verklärte sein Gesicht. Er hörte die Kolben rasseln und richtete sich auf. Aus seinen Träumen schwebte das Bild des wahnsinnig geliebten Weibes in die furchtbare Wirklichkeit herüber und erfüllte sein Herz mit süßer Hoffnung. Sie konnte nicht so entsetzlich grausam sein, sie konnte ihn nicht verraten.

Mirowitsch stand auf und verließ festen Schrittes seinen Kerker, ihm winkte Glück und Freiheit. Er grüßte freudig die scharfe Luft, die seine Wangen kühlte, das rosige Licht, den heimatlichen Schnee.

Aufrecht, das Haupt stolz erhoben, ein Lächeln um die Lippen, schritt er im Zuge, den rauen Soldatenmantel um die Schulter. Seit zweiundzwanzig Jahren hatte die Hauptstadt keine Hinrichtung gesehen. Landvolk war herbeigeströmt, der Zug konnte durch die vollgepfropften Straßen nur langsam vorwärts kommen. Alle Fenster, alle Balkone waren besetzt, und Schritt für Schritt kam er dem Blutgerüste näher; der Gedanke machte Mirowitsch wieder erbleichen, ihn fröstelte. Der Priester sprach zu ihm von der Sünde, der Vergeltung und dem ewigen Leben. Er hörte nichts, ihm klang immer nur ihre Stimme im Ohr: »Ich selbst bringe Dir Gnade.«

Aber es war so früh, die Nebel lagen noch auf der Erde, wenn sie ihn vergaß? wenn sie die Stunde verschlief?

Schon sah er das Schafott, es ragte hoch über die Häupter des Volkes empor, welches es umgab. Ein Regiment Fußvolk hatte ein großes Viereck um dasselbe gebildet, nur einzelne Schlitten vornehmer Damen, welche in prächtigen Pelzen da saßen und ihn lorgnettierten, um jedes leise Zucken der Todesangst von seinem Gesichte herab zu lesen, hatten in demselben Einlass gefunden.

Am Fuße des Gerüstes empfing der Gerichtshof den Verurteilten. Noch einmal wurde feierlich das Schuldig über ihn gesprochen. Kalten Blutes, ruhigen Angesichts hörte Mirowitsch das Urteil verlesen, sah er den Stab brechen, die Kerze verlöschen.

Man übergab ihn dem Henker.

Als man ihm die Hände auf den Rücken band, überlief es ihn. Er fühlte sich nun vollkommen willenlos der Gewalt, der Gnade oder Ungnade der Geliebten hingegeben. »Ich selbst bringe Dir Gnade!« murmelte er, und ein sanftes Lächeln überflog sein entsetzlich bleiches Gesicht.

Man zögerte noch. Der Polizeimeister blickte auf die Uhr und flüsterte mit dem Henker, er hatte den Befehl, bis zu einer bestimmten Stunde und Minute auf Begnadigung zu warten.

Jetzt führten sie Mirowitsch endlich die Stufen des Schafotts empor, jetzt stand er oben und blickte umher. Eine unabsehbare Menge umgab dasselbe, totenstille. Noch keine Bewegung, welche das Nahen der Monarchin angekündigt hätte! Ein tiefer Schauer kam über Mirowitsch, die Knie bebten ihm. Da stand der furchtbare Block, der Henker stützte das blanke Beil auf denselben. Man wollte Mirowitsch die Augen verbinden, er wies es zurück und blickte gen Norden. Von dort musste sie kommen, kalter Schweiß stand auf seiner Stirne, das Herz schlug ihm bis zum Halse hinauf.

Da sah er einen Schlitten, der pfeilschnell herangeflogen kam, näher, immer näher, sie war es – ihr Hermelin glänzte im Sonnenlicht.

Lächelnd kniete er nieder, noch einmal blickte er hinüber, er erkennt sie, die Menge wogt auf und ab, er legt sein Haupt auf den Block und lacht.

Die Kaiserin fliegt im phantastischen Schlitten, in Zobelfelle köstlich gebettet, herbei, sie trägt einen Überwurf von blutrotem Samt mit Hermelin – er sieht alles deutlich – und hat eine hohe Mütze von Hermelin auf dem göttlich schönen Haupte. Heute ist sie eine Göttin, die Leben gibt und nimmt. An ihrer Seite sitzt die Fürstin Daschkow und zittert.

Der Schlitten der Kaiserin teilt die Menge, sie sieht das Schafott, sie sieht Mirowitsch knien – ein Blitz fährt durch die Luft.

Die Fürstin Daschkow schließt die Augen.

Jetzt hebt der Henker ein blutiges Haupt empor und zeigt es der Menge.

Amor mit dem Korporalstock

I.

Zwischen den gestutzten Taxushecken des Parks von Zarskoje Selo, welche rechts und links wie glattpolierte grüne Wände standen, promenierten zwei von schwerer Seide umbauschte junge Frauen in heiterer ungezwungener Unterhaltung. Wie sie lachten und von Zeit zu Zeit nach den bunten Frühlingsfaltern haschten, hätte niemand geahnt, dass die kleine, schön gebildete Hand der einen, welche jetzt so harmlos mit dem Fächer spielte, zu gleicher Zeit das Szepter des größten Reiches in Europa mit männlicher Energie führte. Es war die Zarin Katharina II., noch immer in voller, beinahe jugendlicher Schönheit strahlend. Sie war nur mittelgroß, aber ihre wahrhaft kaiserliche Haltung und ihre majestätische Büste ließen sie hoch und gebieterisch erscheinen, noch mehr jedoch wie ihre Gestalt imponierte ihr Kopf mit den schön strengen Zügen eines Nero, der kleine festgeschlossene Mund über dem runden, festen Kinn, die kleine, kühn gebogene Nase, der finstere Schwung der dunklen Brauen über den durchdringenden großen blauen Augen, und der Blick dieser Augen war es vor Allem, der die Millionen wie die Einzelnen zu ihren Füßen niederwarf, dieser Blick, in dem zu gleicher Zeit so viel dämonische Herrschsucht, selbstbewusste Gelassenheit und wohlwollende Güte lag.

Die Begleiterin der Kaiserin, im offenen Schlafrock von rosa Atlas *à la Wateau*, dieselbe um einen halben Kopf überragend, mit diabolischen schwarzen Augen und einem kleinen eigensinnigen Stumpfnäschen, ist eine junge Witwe, Frau von Mellin, von ganz aparter, man möchte sagen Furcht einflößender Schönheit. Sie hat etwas von einer Tigerin, vor Allem die ein wenig verkürzte grausame Katzenlippe, welche die herrlichsten Zähne hervorblicken lässt, und dann jenen weichen, elastischen sprungbereiten Gang wie auf Samtsohlen. Wenn sie lacht, wird sie erst recht unheimlich.

»Also Sie haben Ihren armen Seladon den Abschied gegeben, liebe Mellin«, sagte gerade die Kaiserin, »in aller Form?«

»Ich habe ihn wie einen Hund vor die Türe gejagt«, erwiderte die schöne Witwe; diesmal knisterte der Sand zornig unter ihren Füßen.

»Aber es wird Eklat geben,« fuhr Katharina II. fort, »er galt doch bereits als Ihr erklärter Bräutigam!«

»Majestät hätten in meiner Lage gewiss nicht anders gehandelt«, entgegnete Frau von Mellin.

»Wer weiß!« sprach Katharina II.

»Ich bitte Majestät, sich nur die Szene zu vergegenwärtigen«, erzählte die beleidigte Schöne; »Kapitän Pauloff hatte mich soeben verlassen, mich, die er anzubeten vorgab. Ein unglückseliger Zufall führt mich wenige Augenblicke später in den Vorsaal und was sehe ich – o! es ist schändlich, es ist ehrlos! – ich sehe ihn, wie er seinen Arm um die Taille meiner Zofe geschlungen hat und im Begriffe ist, ihr einen Kuss zu rauben.«

»Einen Kuss!« rief die Kaiserin lachend, »und deshalb –«

»Oh! Ich habe ihn gezüchtigt dafür«, fuhr Frau von Mellin fort; »aber damit ist es nicht genug; ich werde Rache an ihm nehmen an dem ganzen lügnerischen, treulosen Geschlechte: ich hasse die Männer mehr als je, ich verachte sie so sehr, dass ich nicht begreifen kann, wie es möglich war, dass diese schwachen willenlosen Geschöpfe so lange über uns geherrscht haben. Aber Sie werden die Welt umkehren, Majestät, schon haben sich die Frauen seit Ihrer glorreichen Thronbesteigung des Hutes, Oberrockes und Stockes des Mannes bemächtigt, sie haben sich den Sattel und die Waffen erobert, und mehrere der kühnen Amazonen dienen in den Reihen Ihres Heeres als Offiziere[1], eine Frau von hohem Geiste und tiefer Gelehrsamkeit hat sich den Präsidentenstuhl der Akademie der Wissenschaften errungen[2], wir dürfen nicht ruhen, ehe wir nicht regieren und die Männer uns vollständig untertan sind. Wie beneide ich Eure Majestät um die unumschränkte Macht, welche Sie über Millionen dieser Elenden haben, welche nicht viel mehr sind als Ihre Sklaven, Ihrer Willkür preisgegeben!«

»Sind Sie nicht im Kleinen eine absolute Herrscherin wie ich?« erwiderte Katharina II. heiter; »gibt es nicht mehr als zweitausend Seelen, welche Ihr Eigentum sind?«

»Aber ich möchte Sklaven haben«, rief die schöne Männerfeindin, »welche denken, fühlen, wie ich selbst, nicht vertierte Leibeigne, gebildete Männer –«

»Und vor Allem Pauloff –«, fiel Katharina II. ein.

»Ja – Pauloff.«

»Sie hassen ihn wirklich?«

---

[1] Es ist historisch, dass unter Katharina N. viele Frauen dienten und Regimenter kommandierten. Die Gräfin Saltikoff kämpfte tapfer gegen die Türken.

[2] Die Fürstin Daschkoff.

»Ob ich ihn hasse –«

»Es würde mich in der Tat unterhalten«, sagte die Zarin nachsinnend, »aber wie könnte man das machen?«

»Lassen mich Eure Majestät nur einen Tag an Ihrer Statt regieren«, flehte die schöne Witwe mit erhobenen Händen.

»Was fällt Ihnen ein?« antwortete die Kaiserin, ein wenig die Stirn runzelnd, »aber – ich hab's – Sie sollen ein Regiment bekommen –«

»Ein Regiment?« staunte Frau von Mellin.

»Das Regiment Tobolsk ist eben frei«, sagte Katharina II., »ich ernenne Sie zum Obersten desselben«.

»Welche Gnade!« – Die schöne Witwe küsste die Hände der Kaiserin.

»Als Herrin über Tod und Leben Ihrer Soldaten und Offiziere haben Sie Gelegenheit genug, Ihre grausamen Launen zu befriedigen. Aber, ich bitte sehr, ohne Ungerechtigkeit.« »Und ist Pauloff in dem Regimente?« fragte die rachlustige Schöne rasch.

»Nein, so viel ich weiß.«

»Aber Sie geben mir ihn, Majestät?«

Katharina II. lachte. »Wir werden sehen!«

»Ich bitte Eure Majestät kniefällig«, rief Frau von Mellin, indem sie sich vor der Kaiserin niederwarf, »geben Sie mir diesen Menschen – er verdient unter den Korporalstock zu kommen, er ist der frechste, leichtfertigste und hochmütigste Mann in Russland, und er hat unser ganzes Geschlecht beleidigt.«

»Indem er Ihre Zofe küsste?« lachte die Zarin.

»Er schmäht die Frauen bei jeder Gelegenheit«, fuhr Frau von Mellin fort, »ja, er wagt es, Sie selbst –«

»Mich?« Die Zarin biss sich in die Lippe.

»Eure Majestät können sich selbst überzeugen.«

»Ja, ich will mich überzeugen«, rief Katharina II. riss zornig einem Schmetterling, den sie eben gefangen hatte, die Flügel aus und warf ihn in die Dornen.

II.

Die Hauptwache der Garde in Zarskoje Selo war das Rendezvous sämtlicher junger Offiziere jener Regimenter, welche die schöne nordische Despotin zu hüten hatten vor Soldatenverschwörungen und Palastrevolutionen. Vom Morgen bis zum Abend und vom Abend bis zum Frührot rollten hier die Würfel, die Silberrubel mit dem Bilde Katharinas auf dem schmutzigen Tische von rohem Holze. Um Mitternacht, wenn die Kaiserin in ihrem Kabinette arbeitete, neue Gesetze prüfte, Depeschen las, an Voltaire oder Diderot schrieb, die Hofdamen sich hinter die Gardinen ihrer hohen Himmelbetten zurückgezogen hatten, der Palast und die Gärten der neuen Semiramis zu schlafen schienen, war hier der Lärm der Spielenden, Trinkenden, Betrunkenen, Streitenden am größten und artete nicht selten zur wüsten Orgie aus.

So auch heute. Die Talglichter, mit denen der kleine, unsaubere Raum spärlich beleuchtet war, und welche vollkommen heruntergebrannt waren, warfen ihre düsteren Lichter auf etwa zwanzig vom Wein erhitzte, gerötete, oder von der Leidenschaft bleich verzerrte Gesichter junger Leutnants und Kapitäne, welche durcheinander schrieen, johlten und sangen. Diesmal spielten sie *Onze et demi*.

Kapitän Pauloff hielt die Bank. Es war ein hoher, schlanker Mann mit hübschem Gesicht, großen, lebhaften Augen und einem Anstrich von Kühnheit, der ihm sehr wohl stand. Er saß in dem allgemeinen Toben ruhig, ja schwermütig, denn er verlor immerfort. Von Zeit zu Zeit biss er sich in die Lippe oder zerschnitt mit seinem Sporn unter dem Tische die Diele, aber er beklagte sich nicht und fluchte auch nicht.

Unbemerkt waren zwei neue Gäste an den Tisch herangetreten, offenbar Offiziere, denn sie trugen den russischen Soldatenmantel, aber sie hatten sich so eingewickelt und die dreieckigen Hüte so tief in die Stirne gedrückt, dass man das Regiment nicht erkennen und ihre auffallend hübschen, beinahe weiblichen Züge nicht unterscheiden konnte.

Eben rief ein Dragoner: va banque! –

Die Bank war gesprengt.

Kapitän Pauloff zog leise an seinem kleinen, schwarzen Schnurrbart, der glückliche Reiteroffizier strich das Geld ein – ein Rubel fiel zur Erde.

Pauloff hob ihn auf, betrachtete die imposante, von Hermelin umrahmte Büste der Zarin mit einem zweifelhaften Lächeln und warf ihn dann zu den anderen.

»Nimm sie, die silberne Dame«, rief er, »ist meine letzte, ich habe einmal kein Glück mit den Frauen.«

Die Kameraden lachten.

»Weil sie wissen, dass Du sie nicht liebst«, murmelte der höher Gewachsene der beiden Ankömmlinge.

»O! ich liebe sie schon«, entgegnete Pauloff, verächtlich mit den Lippen zuckend, »aber ich achte sie nicht.«

»Und warum nicht?«

»Warum? Weil das Weib an und für sich ein untergeordnetes Geschöpf ist«, sagte Pauloff, »indes war es doch auszuhalten, so lange die Frauenzimmer ihre Kinder aufzogen, kochten, spannen und nähten, jetzt aber präsidieren sie die Gelehrten und kommandieren Regimenter.«

Ein wüstes Gelächter folgte seinen Worten.

»Und gibst Du keine Ausnahme zu?«

»Eine Ausnahme?« antwortete Pauloff trocken, »ich weiß keine.«

»Nun – unsere Zarin!«

»O! das ist freilich eine große Frau, ein starker Geist«, spottete Pauloff, »die versteht das Regieren, wie eine Marionette das Komödienspielen, gestern hieß das Stück Orloff, heute heißt es Potemkin, und kein Mensch weiß, wie es morgen heißen wird!«

Diesmal entstand tiefe Stille, und ein jeder der Anwesenden sah den Andern misstrauisch an.

»Du hast zu viel getrunken«, sagte endlich der Dragoner.

»Fehlgeschossen«, fiel ein finnischer Jäger ein, »der spricht genau so, wenn er nüchtern ist.«

»Nimm Dich in Acht vor den Frauen«, sagte plötzlich eine sonore Stimme hinter Pauloff – in demselben Augenblick fühlte er eine Hand, die ihm auf die Schulter klopfte.

Zugleich erhoben sich die Kameraden, und in dem allgemeinen Tumult war es den beiden Vermummten gelungen, unbemerkt in das Freie zu gelangen.

»Was beschließen Eure Majestät?« begann der Größere der Beiden, welche rasch dem Palaste zuschritten. Es war Frau von Mellin.

»Der Unverschämte soll mir büßen«, rief Katharina II. stehen bleibend und zornig mit dem Fuße stampfend, »Sie sollen ihn haben, liebe Mellin, Sie sollen ihn haben!«

III.

Am nächsten Morgen unterzeichnete die Zarin zwei Dekrete. Das eine ernannte Frau von Mellin zum Kommandanten des Regiments Tobolsk, das zweite versetzte den Kapitän Pauloff aus dem Regimente Simbirsk in jenes des schönen weiblichen Obersten. Vier Tage später stand das

Regiment in dem großen Hofe seiner Kaserne im Viereck aufgestellt, um seinen neuen Befehlshaber im Reifrock zu erwarten. Die Offiziere witzelten unter sich halblaut, die alten grauen Soldaten machten finstere Gesichter, die Rekruten lachten und stießen sich mit den Ellenbogen.

Endlich kündigte ein Vorreiter in roter Livree auf weißem Pferde die Erwartete an, welche gleich darnach in vergoldeter Staatskarosse, von vier prächtigen Schimmeln gezogen, vorfuhr, und ehe der Oberstleutnant ihr den Schlag öffnen konnte, kühn und elastisch heraussprang. Sie trug über einem grauen Seidenkleide die Uniform des Regiments in Form einer eng anschließenden grünen Samtjacke mit rotem Aufschlag und goldener Borte, auf dem hohen schneeweißen Toupet einen kleinen dreieckigen Hut mit wallender weißer Feder und frischem Eichenlaub, an der Seite den Degen, in der Hand den langen Rohrstock mit Elfenbeinknopf, wie er damals bei Offizieren, Standespersonen und vornehmen Damen Mode war. Sie schritt, während die Fahne gesenkt wurde, die Trommeln wirbelten, die Pfeifen durcheinander schrillten, Musterung haltend die Front des Regiments ab, und blieb dann in der Mitte des Viereckes stehen, die Arme stolz auf der Brust gekreuzt.

»Soldaten«, sprach sie, »Ihr seht in mir Euren neuen Obersten. Indem Ihre Majestät, unsere glorreiche Kaiserin Katharina II., mich zu diesem ehrenvollen Posten berief, wollte sie weniger mich und meine geringen Verdienste, als vielmehr ihr Geschlecht ehren, das bisher eine unverdiente Zurücksetzung erfahren hat. Meine Aufgabe ist es, Euch nun zu beweisen, dass die Hand einer Frau Euch sanft und gütig leiten kann, ohne jener Festigkeit zu entbehren, welche irrtümlich dem Manne als ein Vorzug seines Geschlechts zugeschrieben wird. Ich werde liebevoll gegen Euch sein, so lange Ihr Eure Pflicht tut, jederzeit gerecht – aber streng und unerbittlich, wo es der Dienst Ihrer Majestät, die Ehre unserer Fahne verlangt. Sie, meine Offiziere, ersuche ich, in meine Absichten einzugehen, Ihre Untergebenen als Menschen zu behandeln und, wo Strafen unvermeidlich sind, solche zu wählen, welche das Ehrgefühl des Soldaten schonen, insbesondere verbiete ich den Stock und will, dass, wo körperliche Züchtigung unvermeidlich ist, dieselbe durch die Peitsche oder das Gassenlaufen vollzogen wird. Die Peitsche ist poetisch, der Stock gemein und entehrend.«

»Es lebe unser Mütterchen Oberst!« riefen die Soldaten nach dieser originellen Anrede.

Zuletzt ließ sich Frau von Mellin die Offiziere vorstellen. Als die Reihe an Pauloff kam, heftete sie ihre schwarzen blitzenden Augen geradezu drohend auf ihn.

»Nehmen Sie sich in Acht, Herr Kapitän«, sagte sie, »ich höre, Sie sind ein wenig leichtfertig, ein Nachtschwärmer und Spieler und dazu noch ein Feind meines Geschlechtes, von welchem doch alle Verfeinerung der Sitten kommt. Ich wünsche nicht, dass Sie sich nachlässig im Dienste oder in irgendeiner Weise widerspenstig gegen meine Befehle zeigen, es würde die schlimmsten Folgen für Sie haben.« –

Es wurde ihm nun eine Kompanie zugeteilt, in der sich sehr viele Rekruten befanden. Der leichtlebige junge Offizier musste in Folge dessen beinahe den ganzen Tag auf dem Exerzierplatze zubringen und fand Gelegenheit genug, sich in dem Reglement wie in Geduld zu üben. Sein schöner Oberst erschien auffallend oft auf dem Platze und sah mit einem ganz besonderen Interesse zu, wie Pauloff seine Rekruten drillte. Bis jetzt hatte sich der sonst so leidenschaftliche Mann keine Blöße gegeben, aber deshalb entsagte seine Feindin der Hoffnung nicht, ihn doch einmal zu fangen, und war er einmal nur in ihre Hand gegeben, dann Gnade Gott!

Als der Kapitän wieder einmal damit beschäftigt war, seine Wilden zu drillen, geschah es, dass ein alter Korporal einen Rekruten, welcher sich besonders ungeschickt zeigte, mit dem Kolben seines Gewehres auf das Bein schlug. In diesem Momente erschien Frau von Mellin.

»Herr Kapitän Pauloff!« begann sie kalt im Befehlshaberton. Der Kapitän grüßte mit dem Degen und näherte sich dann.

»Wie können Sie dulden«, fuhr der weibliche Oberst fort, »dass dieser Mann so misshandelt wird?«

»Ich habe nichts bemerkt«, erwiderte Pauloff.

»Sie sollen alles bemerken, was auf dem Exerzierplatze bei Ihren Leuten geschieht«, sprach Frau von Mellin trocken. – »Weshalb hast Du diesen Mann mit dem Kolben gestoßen?« wendete sie sich dann an den Korporal.

»Zu Befehl, gnädige Frau Oberst«, entgegnete der alte Soldat, »weil er nicht begreifen will.«

»Und da meinst Du, dass er den Kolben besser verstehen wird als Dich?« sagte Frau von Mellin, die Brauen zusammenziehend; zugleich trat sie rasch vor den Rekruten hin – blieb aber vor demselben geradezu sprachlos stehen.

Es war ein Mann von zugleich so blendender und vollendeter Schönheit, wie ihn Frau von Mellin noch nie gesehen hatte und wie er umso weniger an dem Hofe Katharinas zu finden war. Er musste auf eine Frau, welche weder die Gemälde der großen Italiener, noch die Bildwerke der Griechen kannte, einen wahrhaft unbeschreiblichen Eindruck machen. Kaum älter als zwanzig Jahre, bartlos, duftig, weiß und voll wie ein Mädchen, erschien der junge Grenadier trotz seiner Höhe von beinahe sechs Fuß eigentlich nicht groß, so proportioniert war sein Bau im Ganzen wie in den Einzelheiten. Am überraschendsten wirkten jedoch der Adel und die harmonische Feinheit seiner Gesichtszüge. Kurz, es war ein Adonis im Soldatenrock, welcher vor der Rokoko-Venus stand.

Nach einer Pause sagte Frau von Mellin zu dem Kapitän: »Wie nennt sich der Mann?«

»Iwan Nahimoff«, erwiderte der Gefragte.

»Wie lange dient er?«

»Kaum vierzehn Tage.«

»Um so mehr Nachsicht darf er für sich in Anspruch nehmen«, erwiderte der weibliche Oberst, »ich wünsche, dass Sie diesen prächtigen Rekruten nicht den rohen Händen und Stöcken der Korporale überlassen, sondern sich selbst mit seiner Ausbildung befassen!«

»Ich?«

»Ja, Sie.« Frau von Mellin nickte dem schönen Grenadier, der von dem Ganzen nicht viel verstand, gnädig zu und wendete sich nach einer anderen Abteilung ihres Regimentes.

»Also ich soll persönlich das Vergnügen haben, Dein Exerziermeister zu sein?« murmelte Pauloff, als seine Tyrannin ihm den Rücken gedreht hatte. »Wohl nur deshalb, weil Du ein bisschen länger und hübscher bist als die anderen! – Meinetwegen. Aber nimm Dich zusammen, Bursche, denn ich habe noch weniger Geduld als der alte Schnauzbart mit seinem Kolben. Also: Habt Acht! Marsch! Einundzwanzig, zweiundzwanzig!«

Der Kapitän nahm den schönen Grenadier tüchtig in die Arbeit. Anfangs war alles ganz gut, wie es aber an die Gewehrgriffe beim Laden ging, welche damals, nach preußischem Muster, sehr stramm und rasch eingeübt wurden, wollte es durchaus nicht klappen, und plötzlich pfiff das spanische Rohr Pauloffs, das er gleich jedem Offizier der Rokokozeit trug, über Iwans Rücken. Zu seinem Unglücke hatte sich sein schöner Oberst ihm eben wieder unbemerkt genähert.

»Pfui!« rief Frau von Mellin zornig, »habe ich meinen Offizieren nicht befohlen, ihre Soldaten gut zu behandeln? Ist dies das gute Beispiel, das Sie Ihren Unteroffizieren geben?«

»Vergeben Sie, gnädige Frau,« erwiderte Pauloff, dessen Antlitz flammende Röte bedeckte, »aber der Mann ist ungeschickt und fasst schwer auf.«

»Das wollen wir doch gleich sehen«, sprach Frau von Mellin. »Man muss eben Geduld haben und ein wenig Philanthropie.«

Sie nahm das Gewehr aus Iwans Händen und zeigte ihm die Griffe, einen nach dem andern, indem sie jeden für sich von ihm wiederholen ließ.

»Gut – sehr gut – sehen Sie, wie das geht – Sie haben keine Geduld – Sie haben Ihre Damen im Kopfe, anstatt Ihre Soldaten«, fielen inzwischen die Worthiebe auf Pauloff.

»So – jetzt – alles zusammen«, befahl der weibliche Oberst. Iwan machte die Tempos.

»Halt, Du hast vergessen, die Patrone abzubeißen«, rief Frau von Mellin. »Noch einmal!«

Iwan schulterte und begann das Laden von vorne.

»Halt, Du musst den Ladestock aufsetzen«, unterbrach sie ihn, »so – kräftig – kräftiger – noch einmal!«

Der schöne Grenadier schulterte und fing wieder mit der Wendung halblinks und dem Beifuß des Gewehres an.

»Aber, Iwan«, rief Frau von Mellin schon ein wenig minder sanft, »Du hast wieder die Patrone nicht abgebissen.«

Der Adonis machte ein unbeschreiblich dummes Gesicht; er begriff offenbar nicht, welche Bedeutung es für sein russisches Vaterland und sein Mütterchen, die Zarin, haben könne, ob er eine Patrone, die nur in der Einbildung seines Korporals, seines Kapitäns und seines Obersten existierte, abbeiße oder nicht.

»Also noch einmal!«

Wieder die unglückselige Patrone.

»Beiß sie doch ab«, fuhr der weibliche Exerziermeister auf.

Jetzt war es vollends aus; sobald Iwan sah, dass man mit ihm die Geduld verlor, stieg ihm das Blut zu Kopfe und er sah und hörte nichts mehr.

»Hörst Du, die Patrone –«

Iwan starrte vor sich hin in das Leere.

»So beiß doch!« schrie Frau von Mellin.

Der Rekrut machte ein rundes Maul wie ein Karpfen.

»Hörst Du nicht? –«

Iwan hörte in der Tat nichts mehr. Da klatschte eine tüchtige Ohrfeige auf seine Wange, welche ihn zur Besinnung brachte.

Pauloff, der sich bis jetzt heroisch bezwungen, brach in ein schallendes Gelächter aus. –

»Sie lachen,« stammelte der weibliche Oberst wütend, »Sie wagen zu lachen? – Das ist Insubordination, – das ist ein Akt der Widersetzlichkeit gegen Ihren Vorgesetzten.«

»Aber, Madame –«

»Kein Wort mehr –«

Pauloff lachte fort.

»Sie lachen noch immer?« sagte Frau von Mellin bleich vor Zorn. »Gehen Sie sofort zum Profossen.«

Pauloff verneigte sich und verließ, sich noch immer vor Lachen schüttelnd, den Exerzierplatz.

Der weibliche Oberst ging hierauf, die Hände auf dem Rücken, schweigend vor dem schönen Grenadier auf und ab, dann in einiger Entfernung vor ihm stehen bleibend, begann er: »Bist Du wirklich so ein Tölpel, Iwan Nahimoff, oder ist es mehr Trotz und Eigensinn bei Dir?«

Der Adonis gab keinen Laut von sich.

»Nun, antworte doch, kannst Du Dir nicht merken, dass Du die Patrone abzubeißen hast?«

»Nein«, sagte der Rekrut.

»Und weshalb nicht? Weshalb merkst Du Dir, dass Du den Ladestock in den Lauf zu stoßen hast?«

»Weil ich den Ladestock in Händen halte, die Patrone aber nicht«, entgegnete der Grenadier, »und überhaupt nicht weiß, wie eine Patrone aussieht.«

»Es ist Logik in dem, was Du sagst«, meinte Frau von Mellin. Dann rief sie den alten Korporal und befahl eine scharfe Patrone zu bringen.

Die Patrone in der Hand, machte sie jetzt das Exerzitium noch einmal durch und reichte sie dann Iwan.

»Wirst Du es jetzt treffen?«

»Ja.«

»Also – gib Acht auf das Kommando!«

Es ging vortrefflich.

»Sehr gut, noch einmal.«

Wieder lief die Sache ohne Anstand ab.

»Ah! ich merke, Du bist ein Sohn der Natur«, rief Frau von Mellin, »Dir taugt das Abstrakte nicht. Du musst sehen, hören oder in Händen halten, was Du auffassen sollst. Kannst Du lesen?«

»Nein.«

»Möchtest Du es erlernen?« fragte sie.

»O! für mein Leben gern«, antwortete der schöne Grenadier.

»Warte nur, wir wollen gleich einen Versuch machen.« Frau von Mellin zog ein kleines Buch aus der Tasche ihres grünen Samtüberrockes und begann, die kleine Hand auf die Schulter des Soldaten legend, ihm die Buchstaben zu zeigen und zu erklären.

»Aber dies sind keine russischen Buchstaben«, sagte Iwan.

»Woher weißt Du das?«

»Ich habe oft die großen Kirchenbücher gesehen bei unserem alten Kirchensänger.«

»Ja, Du hast Recht, es sind lateinische Buchstaben.«

»Und die Worte verstehe ich auch nicht«, sagte der Grenadier, »es ist nicht unsere Sprache.«

»Ganz recht«, gab Frau von Mellin zur Antwort, »es ist französisch, das Buch nennt sich Candide und der Mann, der es geschrieben, Voltaire, ist der größte Geist der Zeit, den die Kaiser und Könige wie ihres gleichen achten.«

»Ich möchte das Buch lesen«, meinte Iwan, »ich möchte überhaupt alles lesen, alles lernen, alles erfahren, was wahr und ist und die zukünftigen Dinge, ich möchte die alten Chroniken kennen und wissen, wie es in fremden Ländern ist, in Frankreich und bei den Türken.«

»Nun, Dein Wunsch soll in Erfüllung gehen«, sagte Frau von Mellin lächelnd, »Du gefällst mir, Du gefällst mir sehr gut, ich werde Dich unterrichten lassen, ja, ich selbst werde Deine Bildung übernehmen.«

»Gott soll es Ihnen lohnen«, rief der Grenadier, indem er sich nach der Art russischer Bauern vor seinem Obersten niederwarf und den Saum des hellen Frauengewandes küsste, »alle Heiligen sollen Sie beschützen, schönes Mütterchen, und werde ich auch französisch erlernen?«

»Ja, – auch französisch!« lachte Frau von Mellin.

IV.

Ein Jahr und darüber war seit dem Morgen auf dem Exerzierplatze des Regiments Tobolsk verflossen, und Iwan Nahimoff war Dank der von Rousseau'schen Prinzipien geleiteten Fürsorge seines schönen Mütterchen Oberst, seinen Lehrern und noch mehr der erstaunlichen russischen Bildsamkeit, aus einem unwissenden Bauern, einem halbwilden Leibeigenen ein Mann von Bildung und feinen Sitten geworden, freilich nicht in dem Sinne unserer Zeit, aber er wusste von der Welt, ihren Geschicken und Einrichtungen, von Geschichte, Geographie, Naturgeschichte und Literatur beiläufig so viel, wie die Hofleute Katharinas, er bewegte sich mit dem Anstand und der Grazie eines Kavaliers Ludwig XV., und was die Hauptsache war, er sprach französisch besser als die meisten Russen jener Zeit, und las französisch, was die wenigsten seiner »gebildeten« Landsleute imstande waren.

Und vor allem war er ein strammer Soldat, nicht allein, dass er nie mehr vergaß, die Patrone abzubeißen, er hatte es in den Ladetempos zu einer Schnelligkeit gebracht, wie sie nur den besten alten Grenadieren Friedrichs des Großen eigen war, und galt als der beste »Driller« junger Soldaten. Längst zierte die Auszeichnung des Sergeanten seinen Uniformrock, aber er strebte weiter. Es war eine Zeit, wo gemeine Soldaten durch ihre Tapferkeit vor dem Feinde, ihre Talente oder die Gunst schöner Frauen zu den höchsten militärischen Würden stiegen, die Zeit der Orloff und Potemkin. Auch Iwan Nahimoff träumte von goldenen Epauletten und dem breiten Bande des Georgskreuzes. Jede Minute, welche ihm der Dienst der Kaiserin frei ließ, verwendete er unermüdlich dazu, sich in militärischen Dingen zu unterrichten; mit einem preußischen Deserteur, einem deutschen Pastorsohne, studierte er die Taktik der Griechen und Römer und die Feldzüge der Preußen. Man begann sich in militärischen Kreisen und sogar am Hofe für ihn zu interessieren.

Böse Zungen nannten ihn den Potemkin der Frau von Mellin.

Indes ebenso gewiss Amor es war, der ihn mit dem Korporalstock in den verschiedenen Wissenschaften drillte, ebenso unschuldig waren bisher die Beziehungen des schönen Grenadiers zu seinem Oberst im Reifrock gewesen. Frau von Mellin selbst war sich über den Charakter ihres Interesses für ihm am wenigsten klar.

Eines Abends – Iwan Nahimoff hatte eben mit seiner Kompanie die Wache im Palaste bezogen – saß er in einem der duftigen Holunderbüsche des Parks von Zarskoje Selo gleich einem scheuen Vogel verborgen und las, als unerwartet ein Frauengewand ganz in seiner Nähe rauschte. Iwan hielt den Atem an, aber vergebens.

»Wer ist hier?« fragte eine schöne energische Stimme.

Iwan trat hervor und nahm Stellung. Vor ihm stand eine majestätische Frau, deren gebietender Blick freundlich auf ihm haften blieb. »Ein Soldat?« sagte sie lächelnd, »und ein Soldat, der liest? –«

Sie nahm das Buch aus seiner Hand. »Französisch sogar – der Anti-Marchiavell – nun, mein Bruder Friedrich kann zufrieden sein, er ist bei Lebzeiten in das Volk gedrungen. Wie nennst Du Dich?«

»Iwan Nahimoff.«

Die Dame zog ein Notizbuch hervor und schrieb den Namen hinein; dann gab sie dem Soldaten das Buch zurück, lächelte und ging weiter die Allee hinab.

Am andern Morgen, kurz vor der Ablösung, rief die Wache in das Gewehr. Iwan stand am Flügel, die Mannschaft präsentierte, die Fahne wurde zur Erde gesenkt, die Trommeln wirbelten, von vier Rappen gezogen flog eine schöne Frau im Hermelin vorbei. Iwan hatte sie sofort erkannt, es war die Dame von gestern.

»Wer war die Frau in dem Wagen?« fragte er leise seinen Nebenmann.

»Du kennst sie nicht?« erwiderte dieser, »wer kann es sein, als unser Mütterchen, die Zarin!«

Iwan wurde purpurrot.

»Warum bist Du wieder so rot im Gesicht?« rief Pauloff, indem er seinen Degen einsteckte, »das ist gegen das Reglement, es ist nicht erlaubt, dass ein Soldat im Gliede röter ist als die andern. Ich lasse Dich dafür auf vierundzwanzig Stunden krumm schließen.«

V.

Es schlug sechs Uhr abends. Die Stunde, zu der Frau von Mellin ihr großes Ziehkind, den schönen Grenadier, bei sich erwartete. Die junge reizende Frau schritt seit einer halben Stunde aufgeregt in ihrem Boudoir auf und ab, nur von Zeit zu Zeit vor dem großen Trumeauspiegel stehen bleibend, um von Neuem zu sehen, wie anmutig ihr der offene Schlafrock von weißem Mull mit den Rosabändern ließ. Noch ein halbe Stunde verstrich, Iwan kam nicht. Die Ungeduld der schönen Amazone, welche zu befehlen, alles ihrem Winke folgen zu sehen gewohnt war, wuchs von Minute zu Minute. Sie begann Klavier zu spielen. Es schlug sieben Uhr.

Der Oberst-Kommandant sprang zornig auf und schickte in die Kaserne. »Wo bleibt er?« rief sie dem zurückkehrenden Diener entgegen.

»Iwan Nahimoff ist im Arrest.«

»Im Arrest – wer hat gewagt –?«

»Der Herr Kapitän Pauloff hat ihn krummschließen lassen.«

»Krummschließen!« seufzte der weibliche Oberst. »Nun wohl – wir werden sehen!– –«

Als Iwan an dem nächsten Tage pünktlich zur festgesetzten Stunde erschien, fragte Frau von Mellin hastig: »Was hast Du begangen, weshalb hat Dich Dein Kapitän krummschließen lassen?«

»Weil ich rot geworden bin.«

»Weil Du – ah! es ist nicht zu glauben, der abscheuliche Tyrann!« rief die schöne Amazone.

»Und bei welcher Gelegenheit bist Du rot geworden?« forschte sie weiter.

»Als Ihre Majestät, die Zarin vorbeifuhr«, berichtete Iwan in aller Unschuld.

»So – dann hast Du es verdient«, stotterte Frau von Mellin; ihre Lippen zuckten unheimlich, ihre dunklen Augen loderten. »Was hast Du rot zu werden, wenn Du die Zarin siehst, gefällt sie Dir so sehr, bist wohl verliebt, was? Weißt Du nicht, dass das ein Verbrechen ist, wenn Du in Deine Kaiserin verliebt bist, ja, wenn Du überhaupt verliebt bist? – Du sollst nur an Deine Flinte denken und an Deine Bücher. O! es gibt indes noch Mittel, Dich zu kurieren, siehst Du hier!« Die eifersüchtige Frau hatte ihren Rohrstock ergriffen und hielt ihn ihrem erschreckten Günstling unter die Nase.

»Verstehst Du mich?«

»Ja, ich verstehe«, sagte Iwan, aber er hatte von der ganzen Sache nichts weiter verstanden, als dass Iwan der Schreckliche und sein Leibwächter, wie sie im Volksliede verkörpert sind, wahre Engel gegen seinen Kapitän und seinen Obersten waren.

»So«, sagte Frau von Mellin, »jetzt wollen wir in Ovids Kunst zu lieben weiter lesen.« Sie setzte sich auf das kleine Sofa und Iwan auf ein Tabouret zu ihren Füßen. Sie reichte ihm den französischen Ovid. Er

schlug das Buch auf, wo das rotseidene Merkzeichen darin lag, und las
– aber seine Stimme zitterte.

IV.

Das war ein böser Tag für das Regiment. Der schöne Oberst erschien in
der bösesten Laune beim Morgenrapport, in jener Laune, in der die
gefürchtete Soldatendespotin stets »gerecht«, aber mit unerbittlicher
Strenge und ohne das geringste Erbarmen so lange Knute und Spießruten spielen ließ, bis die Falten von ihrer Stirne verschwunden waren.
Auch heute musste sie Strafen diktieren, Seufzer hören, Blut sehen, und
das alles nur, weil sie Iwan gestern Abend trotz seiner Versicherungen
nicht verstanden hatte.

Ihre düstere Toilette, ein Oberkleid von schwarzem Samt mit dunklem
Zobelpelz besetzt, das über dem Unterkleide von gleichem Stoff und
gleichen Farben eng in die Taille schloss und dann weit nach rückwärts
auseinanderfloss, passte vortrefflich zu ihrer neronischen Stimmung. Sie
hätte am liebsten gleich die Kaserne angezündet und ihr ganzes Regiment verbrannt.

Vor ihr standen Offiziere und Unteroffiziere und erstatteten ihre Berich-
te.

»Der Soldat Peter Repkin wurde auf frischer Tat bei einem Einbruch in
das Gewölbe des Kaufmanns Nowasilkoff ergriffen«, meldete ein Kapitän.

»Ist dies sein erster Fehltritt?« fragte Frau von Mellin.

»Allerdings, er hat sich bisher ganz gut aufgeführt –«

»Er soll also nur gepeitscht werden.«

»Wie viel Hiebe?«

»Fünfzig.«

»Dimitri Paschkan hat seinen Kameraden bestohlen –,« sagte ein anderer Kommandant.

»Paschkan? War der nicht schon abgestraft?« fragte der militärische
Nero, die Brauen zusammenziehend.

»Allerdings, wiederholt abgestraft.«

»So, da muss man den Burschen diesmal schärfer fassen,« entschied
Frau von Mellin böse lächelnd, »er soll mir vorerst durch eine Woche in
den Bock gespannt werden und zwar in einem finstern Kerker bei Was-

ser und Brot, und dann soll er Spießruten laufen, zehn Mal durch zweihundert Mann.«

»Das wird der Mann kaum aushalten,« sagte der Kommandant, »er ist noch jung und schwächlich.«

»Nun, soll er meinetwegen in der Gasse sterben!« rief die schöne Frau, »an so einem Menschen verliert die Gesellschaft nichts.«

»Der Sergeant Isidor Tscholowik hat sich bei einem Raufhandel in der Schenke seinem Leutnant widersetzt und die Hand gegen ihn erhoben.«

»Solche Fälle müssen besonders streng gestraft werden,« sagte Frau von Mellin, »sonst lösen sich alle Bande der Disziplin. Der Mann ist zu degradieren und zwanzig Mal durch zweihundert Mann zu jagen. Hält er es aus, so ist er nach Sibirien abzuführen.«

Nach einem köstlichen Diner sich halb träge, halb missmutig auf dem Balkon ihres kleinen Palastes die Zähne stochernd, sah Frau von Mellin den Exekutionen zu, welche auf ihren Befehl auf dem großen Platze vor der Kaserne vollzogen wurden. Sie sah kaltblütig die von ihr Verurteilten an den Pfahl binden, unter der Peitsche des Profossen bluten oder in der Gasse vor den Bajonetten, welche dieselbe sperrten, zusammenbrechen, und warum nicht? – Sie tat kein Unrecht, sie quälte niemand, sie fand nur Vergnügen an der Gerechtigkeit, welche sie nach Recht und Gewissen übte.

Plötzlich trieb es sie, in die Kaserne zu gehen. Sie konnte sich keine Rechenschaft von dem geben, was sie dahin zog, aber sie musste hin. Sie setzte eine kleine runde Mütze von Zobelpelz auf ihr weiß gepudertes Haar und schritt, ihr spanisches Rohr in der Hand, rasch über den Platz hinüber. Welch' ein Schauspiel bot sich ihr im Kasernenhofe! Vor der Front seiner Kompanie stand Pauloff auf den Degen gestützt, während zwei Korporale ihren Günstling Iwan, welcher die Hände gebunden hatte und in höchster Verzweiflung Verwünschungen ausstieß und weinte, auf die bereit stehende Prügelbank zu schnallen suchten. Schon schien der Widerstand des schönen Grenadiers fruchtlos und die Kameraden freuten sich, ihn, der längst ihren Neid erregt, unter dem Korporalstock stöhnen zu hören, da brachte Frau von Mellin Hülfe zu rechter Zeit.

»Was geschieht hier?« rief sie von weitem schon.

Sofort hielten die Korporale ein.

»Ich strafe einen Soldaten«, sagte Kapitän Pauloff kalt, während in ihm alles kochte, denn auch er hielt Iwan für seinen glücklicheren Nebenbuhler.

»Wofür?« fragte der weibliche Oberst, »und mit welchem Recht?

»Mit dem Rechte, welches mir als Kompaniechef zusteht, meine Leute für Dienstvergehen zu strafen,« erwiderte Pauloff noch immer gelassen.

»Was hat der Mann begangen?« warf Frau von Mellin ein, »gewiss wieder eine Bagatelle, ist er diesmal vielleicht bleich geworden, als er im Gliede stand?«

»Er ist gestern Abend eine volle Viertelstunde nach dem Zapfenstreiche nach Hause gekommen«, sagte der Kapitän.

»Wahrhaftig, eine volle Viertelstunde?« höhnte der weibliche Oberst, »und dafür eine so unmenschliche, entehrende Strafe?«

»Ob der Zapfenstreich um eine Minute oder um eine volle Stunde überschritten wird«, entgegnete Pauloff, »ist gleichgültig – übrigens handelt es sich hier noch um etwas ganz anderes. Dieser Mann verschmäht es, sich zu rechtfertigen, ja, er verweigert trotzig jede Antwort darüber, wo er den gestrigen Abend zugebracht und auf welche Weise er abgehalten wurde –.«

»Wenn es nichts weiter ist,« sagte Frau von Mellin, »darüber kann ich Aufklärung geben. Ich weiß wo Iwan Nahimoff gestern Abend war. Dies wird Ihnen wohl genügen, Herr Kapitän.«

»Nein, dies genügt mir nicht«, rief Pauloff, dem die Zornesadern auf der Stirn schwollen, »ich muss wissen, wo der Mann war.«

»Müssen Sie das wirklich wissen?« spottete Frau von Mellin, »nun gut, Iwan Nahimoff war gestern Abend bei mir! –«

Pauloff entfärbte sich, in der Kompanie entstand eine unbeschreibliche Bewegung.

»Wenn der Mann trotzdem eine Strafe verdient,« sagte Frau von Mellin mit einer Würde, welche Pauloff förmlich zu Boden schmetterte, »so strafen Sie ihn menschlich... vergessen Sie nie, dass es einer Ihrer Brüder ist, der gefehlt hat.«

»O! wir kennen diese lächerlichen Sentenzen, diese modernen Ideen französischer Philosophen,« erwiderte Pauloff, welcher die Herrschaft über sich vollkommen verlor, »es stünde Ihnen besser an, nicht zu vergessen, was Sie mir, dem Edelmanne und Offiziere, schuldig sind, als mich – und sich selbst – eines gemeinen Soldaten wegen dem Gelächter Preis zu geben.«

»Glauben Sie?« sagte Frau von Mellin, deren Augen Blitze schossen, welche aber immer ruhig, ja spöttisch blieb. »Ich finde dagegen nichts lächerlicher als Pretentionen, welche sich auf Vorzüge stützen wie Adelsbrief und Offizierspatent, die man jeden Augenblick zerreißen kann. Was bleibt dann übrig, wenn das einzige nicht vorhanden ist, was heutzutage noch geachtet wird, der echte Menschenwert?«

»Noch bin ich Offizier!« rief Pauloff.

»Sie sind es nicht mehr,« gab der Oberst im Reifrock keck und schneidend zur Antwort und riss zugleich Pauloff die Epauletten herab.

»Sie wagen ...?« stammelte dieser, nach dem Degen greifend.

»Ich bin hier an der Zarin Stelle, wer mir ungehorsam ist, verletzt seine Pflichten gegen die Monarchin,« fuhr Frau von Mellin fort, während ihr Samtkleid drohend knisterte; »ich habe strengstens verboten, meine Soldaten mit dem Stocke zu strafen. Sie haben mein Verbot verhöhnt, Ihre Pflicht als Offizier mit Füßen getreten. Sie sind ein Rebell, Sie verdienen exemplarisch gestraft zu werden. Ich degradiere Sie hiermit zum gemeinen Soldaten und Sie, Iwan Nahimoff, ernenne ich zum Kapitän und Kompaniechef.«

Pauloff war nahe daran umzusinken. Er brachte keinen Ton hervor, Tränen füllten seine Augen, während Iwan, dessen Bande rasch gelöst wurden, vor der schönen Amazone dankend seine Knie beugte.

»Darf ich Sie an einem Tage, wo Sie mich so mit Gnaden überschütten«, sagte der neue Kapitän, »noch um eine besondere Gunst bitten, gnädige Frau?«

»Nun?«

»Geben Sie mir den Gemeinen Pauloff in meine Kompanie«, bat Iwan mit feindselig lauerndem Blicke.

Ein diabolisches Lächeln überflog das schöne erbarmungslose Antlitz der beleidigten Frau. »Es sei, aber unter einer Bedingung –«

»Sie haben zu befehlen,« sagte Nahimoff.

»Ich befehle also den Gemeinen Pauloff zu Ihrem persönlichen Dienst, Herr Kapitän,« sagte Frau von Mellin, »und was die lächerlichen philanthropischen Sentenzen der französischen Philosophen betrifft, so suchen Sie dieselben bei dieser Gelegenheit zu vergessen, lieber Nahimoff, und kaufen Sie sich bei Zeiten eine Peitsche, denn Hunde und Diener muss man peitschen!«

VII.

Wenige Tage nach der Katastrophe, welche Pauloff aus seiner eingebildeten Höhe zu den Füßen seiner Feinde herabstürzte und ihn rettungslos der Willkür und dem Übermute derselben preisgab, wurde das Regiment Tobolsk in das Lager beordert, welches zur Übung der Truppen nach preußischem Muster nur eine Stunde von Zarskoje Selo entfernt auf besonderen Befehl Katharinas, der Verehrerin Friedrichs des Großen, errichtet worden war.

Der neue Kapitän Iwan Nahimoff war hier der Gegenstand der lebhaftesten Aufmerksamkeit von Seiten der Offiziere wie der Damen des Hofes, welche ihn, wie es damals Sitte war, teils ungeniert vor aller Welt, teils ungenannt mit den kostbarsten Dingen beschenkten. Er saß eben mit einigen Kameraden in seinem Zelte beim Kartenspiel, als ein Lakai in der Livree, wie sie von der Palast-Dienerschaft der Zarin getragen wurde, eintrat, sich verneigte, dem Liebling Fortunas ein großes Paket übergab und sofort wieder verschwand.

»Ein neues Präsent, Du Glückspilz! Was mag das sein!« riefen die jungen Offiziere durcheinander.

Nahimoff öffnete vorsichtig die Umhüllung, sie enthielt einen jener kostbaren Pelze, mit denen Katharina II. die französischen Philosophen zu beschenken pflegte, wenn sie nach Petersburg sie zu besuchen kamen.

Ein allgemeiner Ruf der Überraschung folgte der Enthüllung.

Nahimoff hob das wahrhaft kaiserliche Geschenk empor und hielt es auseinander; es war ein großer weiter Pelz von grünem Samt mit dunklen Zobelfellen gefüttert und verschwenderisch ausgeschlagen.

»Ein Pelz für einen Großfürsten!« schrie einer der Kameraden.

»Ja, für den Zaren selbst«, beteuerte ein anderer.

»Aber was mache ich damit?« seufzte Nahimoff, der bereits eitel wie ein kokettes Weib war. »Ich kann ihn doch nicht zu meiner Uniform tragen!«

»Was fällt Dir ein«, unterbrachen ihn mehrere zugleich, »es ist ja ein Schlafpelz!«

»Komm, probiere ihn«, sagte ein junger Leutnant und wollte Iwan hineinhelfen.

»Nein, nein«, erwiderte dieser, »wozu hätte ich denn meinen Diener? He! Pauloff!«

Der ehemalige Kapitän trat rasch und gehorsam, aber durchaus nicht demütig herein. Er trug jetzt den gewöhnlichen Soldatenrock, war aber noch immer mit Sorgfalt frisiert.

»Hilf mir in den Pelz da!« befahl Nahimoff.

Pauloff gehorchte schweigend.

»Prachtvoll!« riefen die Offiziere. Nahimoff sah in der Tat wunderbar schön in dem Schlafpelz aus, beinahe wie ein verkleidetes Weib, eine der kühnen Amazonen Katharinas.

»Aber dazu gehören unstreitig türkische Pantalons und Hausstiefeln!« entschied ein junger Graf, der in Paris gewesen war.

»Glaubst Du?« sagte Nahimoff, »nun, das lässt sich ja machen.« Er setzte sich auf sein Bett und streckte Pauloff den einen Fuß hin. »Verstehst Du nicht?« schrie er auf, als der ehemalige Kapitän sich einen Augenblick besann. »Ausziehen! Du bist jetzt ein gemeiner Soldat, mein Diener, also so gut wie mein Sklave, gehorche, oder –«

Pauloff gehorchte. Als die Toilette beendet war, trat Nahimoff vor den Spiegel und betrachtete sich in demselben wohlgefällig von allen Seiten.

»Nun, Deine Schöne ist aber wirklich spendid,« sprach der junge Graf.

»Wie? Wer?« fragte Iwan erstaunt.

»Ich denke, unser schöner Oberst, Frau von Mellin!«

Pauloff erbleichte bis in die Lippen.

»Frau von Mellin!« staunte Nahimoff, »meinst Du, dass sie –«

Die Kameraden brachen in ein lautes Lachen aus. Zufällig hatte Nahimoff indes die Hände in die Taschen seines Schlafpelzes gesteckt. »Was ist das?« murmelte er, ein kleines Etui hervorziehend.

»Noch etwas? Lass sehen«, baten die Kameraden.

Nahimoff öffnete und blieb mit allen anderen sprachlos, denn das Etui enthielt das Bild der Zarin in Brillanten gefasst und ein Billet von ihrer Hand. »Dem ausgezeichneten Kapitän Iwan Nahimoff von seiner wohlaffektionierten Kaiserin

Katharina II.«

Nahimoff war bis an die Ohren rot geworden, aber nicht, wie die Kameraden glaubten, über die unverhoffte viel verheißende Gunst der Kaiserin, sondern über die Idee des Grafen, das Geschenk müsse von Frau von Mellin sein.

»Also es ist eine ausgemachte Tatsache,« sagte er zu sich selbst, »dass Dich dieses schöne Weib liebt, und dass Du sie wieder liebst. Alle wissen es, nur Du und sie, ihr selbst habt keine Ahnung davon. Aber die Kameraden haben Recht, – es soll anders werden!«

Und als wollte sie Antwort bringen auf seinen halb erbitterten halb lustigen Monolog, erschien zu rechter Zeit Frau von Mellin, von zwei anderen Amazonen, der Fürstin Lubina Mentschikoff und Hedwig Samarow, begleitet, auf der Schwelle seines Zeltes.

»O! gnädige Frau!« stammelte Nahimoff in unbeschreiblicher Verwirrung, »ich bin, wie Sie sehen, gar nicht in der Verfassung, Damen – diese Toilette –«

»Eine Toilette, die ebenso kostbar, als geschmackvoll und reizend ist,« sagte Frau von Mellin, den Adonis durch ihre Lorgnette betrachtend.

Pauloff stand seitwärts mehr tot als lebendig.

»Gewiss ein Geschenk,« begann Frau von Mellin, vor Eifersucht fiebernd.

»Ja, ein Geschenk,« erwiderte Nahimoff furchtsam wie eine Schulknabe.

»Von einer Dame?«

»Ja – von – einer Dame.«

»Wer ist diese Dame?«

»Es ist – es« – Nahimoff wischte sich den Armensünderschweiß von der Stirne – »es ist die Kaiserin.«

»Die Kaiserin!« wiederholte Frau von Mellin, scheinbar gleichgültig. »Das habe ich mir gleich gedacht, sie hat Geschmack, den besten feinsten Geschmack.«

»Aber wollen die Damen nicht Platz nehmen?« bat Nahimoff, dem das Blut zu Kopfe stieg. »He! Stühle, Pauloff!«

Frau von Mellin, welche ihren ehemaligen Anbeter erst jetzt bemerkte, ließ ihre dunklen Augen lange und seltsam auf demselben haften, dann ließ sie sich mit der Fürstin Mentschikoff auf eine Ottomane nieder, welche vor dem Zelte stand.

»Wir wollen im Freien sitzen,« sagte sie.

»Also Tische und Stühle vor das Zelt!« gebot Nahimoff.

Der ehemalige Kapitän gehorchte mit dem Eifer eines Sklaven, der die Peitsche fürchtet.

Nachdem alle Platz genommen hatten, befahl Nahimoff etwas kalte Küche und Wein.

Augenblicklich war alles zur Stelle.

»Wie sind Sie mit Ihrem Diener zufrieden?« fragte Frau von Mellin nachlässig, während Pauloff die Gläser füllte.

»Vortrefflich,« sagte Nahimoff, »er ist gehorsam wie ein Hund und schnell wie ein Blitz. Wäre er übrigens anders, so bin ich der Mann, ihn mir zu dressieren. Noch eine Flasche!«

Pauloff eilte sie zu bringen.

»O! wie schön Sie heute sind!« begann Nahimoff, seinen Feldsessel näher zu Frau von Mellin rückend.

»Ich? – und warum gerade heute?« lächelte Frau von Mellin, »Sie haben noch nie bemerkt, dass ich schön bin, Herr Kapitän.«

»Ich – in der Tat«, stammelte Iwan – »wie hätte ich auch wagen sollen, aber ich habe immer darauf geschworen, dass Sie die schönste Frau an unserem Hofe sind.«

»Ich bitte – nach der Kaiserin,« fiel Frau von Mellin boshaft ein.

»Nein, vor der Kaiserin.«

»Wie galant auf einmal!«

»Ich bin nicht galant, ich bin verliebt,« flüsterte Nahimoff.

Frau von Mellin zuckte die Achseln.

»Ich weiß, dass Sie eine Männerfeindin sind,« fuhr der Adonis fort, »dass ich ohne Hoffnung liebe.«

Eben war Pauloff zurückgekehrt und hörte, während er die Flasche auskorkte, die letzten Worte.

»Warum ohne Hoffnung?« erwiderte Frau von Mellin, kokett mit dem Fächer spielend.

»O! Sie machen mich zum glücklichsten der Sterblichen!« jubelte Nahimoff, »fülle die Gläser – Pauloff!«

Der ehemalige Kapitän zitterte am ganzen Leibe vor Wut und Eifersucht, und so geschah es, dass er den roten Wein statt in das Glas der schönen Frau, die er jetzt rasender als je liebte, über ihre weiße, mit Bouquets in farbiger Seide gestickte Robe goss.

»Wie ungeschickt!« rief Frau von Mellin.

Nahimoff sprang auf, riss die Peitsche, welche am Eingange seines Zeltes am Nagel hing, herab und wollte Pauloff schlagen, dieser zog aber blitzschnell ein Messer aus seinem Gürtel und stieß damit gegen die Brust des Übermütigen.

Nahimoff wich dem Stoß geschickt aus, stürzte sich mit überlegener Kraft auf den vor Erregung Bebenden, entwand ihm die Waffe, warf ihn zu Boden und setzte ihm den Fuß auf die Brust.

Dies alles war das Werk eines Augenblickes. Die Damen, welche entsetzt aufgesprungen waren, begannen zu lachen, als sie den unglücklichen Pauloff sich in ohnmächtiger Wut wie einen Wurm unter dem Fuße Nahimoffs krümmen sahen.

Soldaten liefen herbei und banden Pauloff an Händen und Füßen. Während sie ihn wegführten, sah er noch, wie Frau von Mellin ihr Glas gegen Nahimoff erhob und auf sein Wohl trank. Dann sah er nichts mehr. Es wurde Nacht vor seinen Augen.

VIII.

Pauloff hatte die Hand gegen seinen Vorgesetzten erhoben mit der offenkundigen Absicht, denselben zu töten. Das Kriegsgericht verurteilte ihn zum Tode. Frau von Mellin erwartete, dass er sie um Gnade bitten werde.

Drei Tage verstrichen. Pauloff bat nicht.

Es kam der Morgen, an welchem die Hinrichtung stattfinden sollte. Ein Offizier suchte, als der Tag graute, den Verurteilten auf und forderte ihn auf, um Pardon zu bitten.

Pauloff schüttelte den Kopf.

»Frau von Mellin selbst erwartet es,« sagte der Offizier, »ja ich darf beinahe sagen, sie hat mich hierher geschickt –«

»O! ich kenne diese Frau,« erwiderte Pauloff mit einem schmerzlichen Lächeln, »sie will nur sehen, dass ich mich vor ihr demütige, dass ich, wo möglich auf den Knien um mein Leben bettle, um dann um so gewisser keinen Pardon zu geben.«

»Sie irren sich.«

»Ich irre mich nicht, ich danke Ihnen, aber ich irre mich nicht und ich werde nie und niemals um Gnade bitten,« schloss der Verurteilte.

Als die schone Amazone von seinem Entschlüsse Meldung erhielt, stampfte sie zornig mit dem Fuße und befahl dann, auf der Stelle zur Exekution zu schreiten.

Es war ein Frühlingsmorgen voll Licht, Duft und Frische, als Pauloff in der Mitte eines Detachements Grenadiere den Weg zum Tode ging. Auf den blühenden Zweigen der Kirschbäume zwitscherten Sperlinge und Finten, vom nahen Dorfe klangen freundlich hell die Kirchenglocken herüber.

Auf der Richtstätte erwartete Frau von Mellin, ganz in grünen, zobelbesetzten Samt gekleidet, den Rohrstock in der Hand, vor der Front ihres Regimentes den Verurteilten.

Bei dem Anblicke des schönen, geliebten, grausamen Weibes durchschauerte es Pauloff – aber er verlor keinen Augenblick seine Fassung.

Noch einmal trat der Offizier, welcher das Exekutionskommando führte, an ihn heran und forderte ihn leise auf, eine Gnade zu erbitten.

»Ich danke Ihnen von ganzem Herzen«, sagte Pauloff, »und bitte Sie, nach meinem Tode Frau von Mellin und Iwan Nahimoff zu sagen, dass ich ihnen vergeben habe, aber ich bitte nicht um Gnade.« Zugleich warf er Rock und Mütze ab und trat festen ruhigen Schrittes vor den Sandhaufen.

Der Profoss verband ihm die Augen.

Das Exekutionskommando marschierte auf.

Sechs Mann traten vor, sechs Flintenläufe zielten auf Pauloffs Brust. »Feuer!«

Die Decharge knallte, exakt wie auf dem Exerzierplatze; aber Pauloff stand noch immer aufrecht.

Und ehe er noch verstehen konnte, was geschehen war, fiel die Binde von seinen Augen, und das schöne grausame, angebetete Weib lag unter Tränen lachend an seiner Brust.

So seltsam ist das weibliche Herz! So lange sie in Iwan Nahimoff den armen Leibeigenen, den gemeinen Soldaten, den Halbwilden sah, während ihr Pauloff als Ihresgleichen stolz und übermütig gegenüber stand, hasste sie den letzteren und glaubte den ersteren zu lieben. Wie sie aber einmal Nahimoff zu sich erhoben hatte, wie er durch seine Gaben sogar zu glänzen begann, war er ihr nicht mehr interessant und die Wagschale des unglücklichen, auf das tiefste gedemütigten Pauloff stieg.

Gerade in dem Augenblicke, wo sie ihn unter dem Fuße Nahimoffs sah, erwachte die Liebe zu ihm in ihrer Brust mit verdoppelter Gewalt, und sie war von da an entschlossen, ihm nicht allein das Leben, sondern auch ihr Herz und ihre Hand dazu zu schenken. Aber sie konnte es sich nicht versagen, seine Festigkeit, seinen Mut auf eine Probe zu stellen, welche er, so schwer sie auch war, glänzend bestanden hatte. »Sie lieben mich?« waren die ersten Worte, welche Pauloff stammelte, »und Sie haben mich so sehr gehasst?«

»Ich habe Sie nie gehasst,« flüsterte Frau von Mellin.

»Weshalb haben Sie mich dann so entsetzlich gequält?« sagte Pauloff.

»Nicht ich – Amor war es –.«

»Amor?«

»Ja – aber Amor mit dem Korporalstock.«

Eine Frau auf Vorposten

Auf allen Heerstraßen Russlands marschierten Regimenter, zogen Geschütze und Munitionskolonnen nach dem Süden. »Es gibt Krieg mit den Türken«, sagten die Soldaten, »unser Mütterchen, die Zarin, will Frieden haben, aber Potemkin will den Krieg, und so gibt es Krieg.«

Die armen Soldaten, welche scheinbar kampflustig, ihre Lieder singend, in das Lager von Cherson einrückten, dabei aber mit schwerem Herzen an die heimatliche Stube mit den rauchigen Heiligenbildern oder an ihr blauäugiges Liebchen zurückdachten, trafen in ihrer Naivität das Richtige. Katharina II. hatte alle Lust, auf den blutigen Lorbeeren, die sie geerntet, auszuruhen, und bot alles auf, den drohenden Zusammenstoß mit der Pforte hinauszuschieben, aber Potemkin, der Taurier, drängte zum Krieg und forderte durch seinen Hochmut den Sultan in beispielloser Weise heraus.

Schon wimmelte es um Cherson von Regimentern der regulären Linie und Kavallerie, von Kosaken und den neu ausgehobenen Tartaren, und man sprach in dem Kreise, der Potemkin umgab und den man in Petersburg im Hinblick auf die schönen Amazonen, welche in demselben den Ton angaben, das Serail Potemkins nannte, von dem Feldzuge als einer ausgemachten Tatsache und schien sich nur noch durch einige rauschende Feste für die bevorstehenden Gefahren und Entbehrungen entschädigen zu wollen, als unerwartet der Staatssekretär Fürst Besborodko im Lager erschien.

Potemkin stampfte zornig mit dem Fuße, als man ihm die Ankunft desselben meldete, denn er war keinen Augenblick darüber im Zweifel, dass die Mission des Fürsten Stillstand in seinen Unternehmungen zu bedeuten hatte und ein Werk seiner Gegner am Hofe sei, vorzüglich der Woronzow, mit denen Besborodko eng liiert war, aber der übermütige Taurier wusste eben so gut, dass der Fürst ein Liebling der Kaiserin sei und dass es in diesem Falle zuvorkommend und fein zu sein galt, er empfing daher den Staatssekretär mit ostensibler Liebenswürdigkeit.

»Mein lieber Besborodko,« rief er, ihn bei den Händen fassend, »was führt Sie zu uns, Sie, die Friedenstaube, hier, wo die Kanonen das große Wort haben?«

»Leider, leider, Exzellenz,« erwiderte Besborodko, »sehe ich mich hier, wo die Kaiserin vor Kurzem noch durch Werke des Friedens bezaubert wurde, in ein Heerlager versetzt, ohne dass ich ahnen könnte, welche Absichten Sie mit diesen Märschen und Rüstungen verbinden.«

»Sollten Sie, der gewiegte, gefeierte Diplomat wirklich nicht erraten, dass das, was Sie hier zu sehen bekommen, das Vorspiel eines Krieges ist?« sprach Potemkin mit einem spöttischen Lächeln.

»Ich denke, wir leben mit allen Mächten Europas im besten Frieden,« entgegnete Besborodko.

»Gewiss,« rief Potemkin, »meine Vorbereitungen gelten auch nur einer Macht, die nach Asien gehört und die wir hoffentlich in Kurzem dorthin gejagt haben werden.«

»Ihr alter Lieblingsgedanke,« gab der Staatssekretär zur Antwort. »Die Türken aus Europa vertreiben, welches Russenherz müsste sich nicht dafür begeistern, aber wir können nicht immer so handeln, wie wir wollen, es gibt Staaten ersten Ranges, welche ein Interesse haben, die Türkei zu erhalten. Was Sie hier begonnen haben, Excellenz, ist ein gefährliches Spiel, ich komme, Sie abzumahnen, es könnte unabsehbare Folgen haben für uns und auch für Sie.« »Sprechen Sie im Namen der Kaiserin?«

»Allerdings,« fuhr Besborodko fort, »Ihre Majestät hat Ihnen die Truppen gesendet, welche Sie gewünscht haben. Ein kaiserliches Handschreiben, welches ich überbringe, gibt ihnen den Oberbefehl über die Armee und unumschränkte Gewalt in jeder Richtung für den Fall des Krieges.«

Potemkin griff hastig mit unverhohlener Freude nach dem Handschreiben, das ihm der Staatssekretär übergab.

»Ich wiederhole ausdrücklich,« sagte dieser, »für den Fall des Krieges, aber es wird zu keinem Kriege kommen.«

»Lassen Sie mich nur sorgen,« fiel Potemkin ein.

»Wir haben im Gegenteil dafür gesorgt, dass der Friede erhalten bleibt,« sagte Besborodko. »Die Kaiserin hofft auf diesem Wege mehr zu erreichen, als durch siegreiche Schlachten. Das französische Ministerium hat an seinen Botschafter Choiseul in Konstantinopel einen Courier abgesendet mit der Mission, den Diwan zu besänftigen.«

»Den Diwan zu besänftigen,« brach Potemkin los, »als wenn wir Ursache hätten, seinen Zorn zu fürchten. O! Wankelmut des Weibes, wie groß dachte diese Katharina vor Kurzem noch, wie kühn war ihre Sprache, und jetzt ist ihre einzige Sorge, den Diwan zu besänftigen.«

Besborodko verzog keine Miene. »Mein Auftrag geht auch dahin, dass Sie so lange als nur möglich jeden Zusammenstoß mit den Türken zu vermeiden haben.«

»Also kurz und gut, wir werden den Türken den Krieg nicht erklären?«

»Nein.«

Potemkin ging mit großen Schritten auf und ab.

»Man bedauert in Petersburg allerdings, dass einem so ausgezeichneten Feldherrn neuerdings die Gelegenheit entgeht, einen Sieg zu erfechten,« fügte der Staatssekretär jetzt mit vernichtender Bosheit hinzu. Potemkin sah ihn einen Augenblick starr an, dann trat er ganz nahe zu ihm hin und schlug ihn derb auf die Schulter.

»Sie spielen auf das Band des Georgsordens an,« sagte er mit kalter Ruhe, »das mir fehlt, und das ein Feldherr nur nach einem entscheidenden Siege erhalten kann. Verlassen Sie sich darauf, Fürst, und vergessen Sie nicht, es ihren Freunden in Petersburg zu sagen, ich werde mit den Türken Krieg führen, nur weil mir das Band des Georgsordens fehlt, und werde sie so schlagen, dass es keinen Menschen in Russland geben wird, der es mir nicht zuerkennen würde. Adieu!«

Ohne sich um die Befehle der Kaiserin zu kümmern, setzte Potemkin seine militärischen Vorbereitungen fort und begann, zum Entsetzen des Staatssekretärs, der Miene machte, an seiner Seite zu bleiben, seine Truppen gegen die türkische Grenze vorzuschieben. Schon war Potemkin in Petersburg als Rebell bezeichnet, aber das Glück liebte ihn wie Wenige und auch diesmal kam es ihm zu Hülfe.

Während in seinem Paläste die schönen abenteuerlichen Frauen, welche die Kriegstrompete herbeigelockt hatte, und ein Teil seiner Offiziere beim Spiele versammelt waren, erschien Besborodko totenbleich, eine Depesche in der Hand. »Sie haben Recht behalten,« sprach er mit bebender Stimme, »der an Choiseul abgesendete Courier ist unterwegs von den Türken ermordet worden, und die Pforte hat uns den Krieg erklärt!«

»Hurrah!« rief Potemkin, »Champagner her, wir haben Krieg, Kinder; auf Wiedersehen, Besborodko, heute übers Jahr in Konstantinopel!«

»Meine Mission ist zu Ende,« sagte der Staatssekretär, »die Ihre beginnt.«

»Reisen Sie mit Gott,« erwiderte Potemkin, »und sagen Sie Denen in Petersburg, dass sie bald von mir hören werden.«

Während im Palaste die Champagnergläser an einander klangen, und der Jubel sich durch die Stadt in das Lager fortpflanzte, wo einmalhundertfünfzigtausend Mann unter wildem Hurrahrufen ihre Hüte mit Eichenlaub schmückten, hatte Potemkin sofort nach dem General Suwarow geschickt, dem Mann, der sein Vertrauen besaß, wie kein anderer.

Als Suwarow eintrat, saß Potemkin vor einem Tische, auf dem er seine Karte ausgebreitet hatte, mit ihm zugleich blickte seine Nichte, die Gräfin Branizka, ihre schönen Arme auf seine Schultern gestützt, in dieselbe; hinter dem Tische stand ein türkisches Ruhebett, auf dem zwei Frauen von blendender Schönheit, zärtlich umschlungen, das Haar von Juwelen funkelnd, die langen offenen Roben von persischem, golddurchwirktem Stoffe mit kostbarem Pelzwerk besetzt, gleich Sultaninnen lagen. Ihnen zu Häupten stand im grünsamtenen Reitkleide eine junge Frau, hoch und üppig gewachsen, mit reichem blonden Haare und jenem Blick, der Tiere bändigt und Menschen unterwirft; sie neckte die beiden Schönen auf der Ottomane mit einer Reitgerte, welche sie in der Hand hielt, und so gab es ringsum Geschrei und Gekicher, bis der schmächtige magere Mann mit dem fahlen kränklichen Gesichte in einer verschossenen Uniform seines Regiments an den Tisch trat und seine Hand nachlässig auf denselben stützte. Sofort herrschte tiefe Stille.

»Gut, dass Sie da sind, General,« rief Potemkin, ihm die Hand reichend. »Wir haben Krieg, wie Sie wissen, es gilt rasch vorzugehen, ich habe meinen Plan fertig, nun möchte ich aber ihre Meinung haben.«

Suwarow warf einen Blick auf die schönen Frauen, welche ihn neugierig musterten, er kannte die Gräfin Branizka und die beiden Favoritinnen Potemkins auf der Ottomane, von denen die eine, mit dem blauschwarzen Haare und dem edlen Antlitz einer Aspasia, eine Griechin Zeneide Kolokotonis, die zweite mit dem reizenden Stumpfnäschen eine Tochter des durch seine schönen Frauen berühmten Hauses Potozki war. Die Amazone im grünen Samtkleide kannte er nicht, aber sie schien Eindruck auf ihn zu machen, denn sein Auge weilte um Vieles länger bei ihr als sonst bei irgendeiner Frau.

»Ich habe wohl bereits über diesen Feldzug nachgedacht,« erwiderte Suwarow mit jener Trockenheit, welche bei ihm so charakteristisch war, »aber hier wäre es wohl nicht am Platze, davon zu sprechen. Pläne müssen, so lange sie nicht durch Taten an das Tageslicht treten, geheim bleiben, und Frauen plaudern.«

»Sie hören, meine Damen,« rief Potemkin lachend, »der General ist so unempfindlich gegen Ihre Reize, dass er durchaus nicht böse sein wird, wenn Sie uns allein lassen.«

Halb träge, halb unwillig erhoben sich die beiden Sultaninnen, die Gräfin Branizka folgte lachend ihrem Beispiel, nur die Frau mit dem gebieterischen Auge blieb.

»Mich trifft Ihr Verdikt wohl nicht, General?« sagte sie ruhig.

»Und weshalb nicht?« fragte Suwarow ebenso.

»Weil ich zur Armee gehöre.«

»Sie? Wie das?«

»Die Gräfin Iwan Soltikoff kommandiert das Regiment Simbirsk,« fiel Potemkin ein.

»Im Frieden wohl, wo das Soldatenspielen ein Zeitvertreib ist gleich einem Ball oder einer Amour,« sagte Suwarow, die Brauen zusammenziehend, »aber die Türken werden nicht blind laden wie die Garden bei den Manövern in Petersburg.«

»Sie lieben uns Frauen nicht, General,« rief die Soltikoff, »ich weiß es.«

»Besonders dann nicht,« unterbrach sie Suwarow, »wenn sie statt des Kochlöffels den Degen führen.«

»Sie gehören also auch zu jenen Helden, welche sich vor dem Weibe fürchten und demselben gern eine untergeordnete Stellung anweisen, weil sie fühlen, dass das Weib von der Natur zur Gebieterin des Mannes bestimmt ist,« entgegnete die schöne Amazone. »So lange indes eine Frau in Russland auf dem Throne sitzt, müssen Sie es sich schon gefallen lassen, dass wir dieselben Rechte in Anspruch nehmen wie Sie und folglich auch das schönste derselben, das Recht, für das Vaterland zu kämpfen und zu sterben. Die Gunst der Zarin hat mir ein Regiment anvertraut, General, und ich hoffe, Ihnen im Kugelregen den Beweis zu liefern, dass ich dieser Gunst auch wert bin.«

»Gegen die kommen Sie nicht auf, Sewarow,« rief Potemkin lächelnd, »machen wir Frieden mit ihr, sie soll an unserem Kriegsrate teilnehmen, schwatzen wird sie nicht, ich verbürge mich für sie.«

»Zur Sache also,« sagte Suwarow, »ich denke, wir beginnen damit, Otschakoff zu belagern und es zu nehmen, ehe die türkische Armee heranrückt.«

»Dies ist auch mein Plan,« erwiderte Potemkin.

»Damit aber die Einschließung der Festung eine vollständige wird und die Belagerung nicht gestört werden kann,« fuhr Suwarow fort, »muss ein selbständiges Corps sofort über den Bug gehen und gegen jene türkischen Truppen, welche sich bei Troitzkoje sammeln, operieren.«

»Und Sie wollen dieses Corps kommandieren?«

»Ja.«

»Gut, ich gebe Ihnen dieses Kommando,« sprach Potemkin, »aber Sie dürfen durchaus nichts wagen, sich vor Allem in keine Schlacht einlassen, da Sie überlegene Kräfte gegen sich haben werden.«

»Wer sagt das?«

»Meine Spione. Es ist die feindliche Hauptarmee, die sich dort konzentriert.«

»Glaube nicht,« sagte Suwarow trocken.

»Peter Ogrisch, mein bester Spion, hat den Großvezier im Lager gesehen, es ist also kein Zweifel.«

»Wer sagt dem Peter Ogrisch, dass es wirklich der Großvezier war, den er gesehen?«

»Er hat ihn reiten sehen in seinem Amtspelz von weißem Atlas mit schwarzem Zobel, dem Üscht-Türk, den, wie Sie wissen, kein anderer tragen darf als der Großvezier. Er hat auch die zwei brillantenen Reiherbüsche gesehen auf seinem Turban. Also nochmals Vorsicht und keine Schlacht.«

»Ich werde morgen in aller Frühe abmarschieren,« sagte Suwarow.

»Gregor Alexandrowitsch,« wendete sich jetzt die Gräfin Soltikoff rasch zu Potemkin, »gestatten Sie mir, mich mit meinem Regiment dem Corps des Generals Suwarow anzuschließen.«

»Ich bitte Sie Excellenz,« fiel Suwarow ein, »mich mit allen Unterröcken zu verschonen.«

»Warum, General?« entgegnete Potemkin, »lernen Sie doch galant sein gegen Damen.«

»Gott beschütze mich, das werde ich nie lernen,« murmelte Suwarow.

»Vielleicht doch, General,« lachte Potemkin, »wenn wir Ihnen einen so guten Lehrmeister mitgeben, wie die schöne, tapfere Gräfin hier.«

»Ich darf also mit?« fragte sie erfreut.

»Ja, Gräfin, aber vergessen Sie nicht, dass Sie dann unter dem Kommando Suwarows stehen,« antwortete der Taurier.

»O! Ich werde mir alle Mühe geben,« rief sie lachend, »dass, er bald unter dem meinen steht.«

Am nächsten Tage, im Morgengrauen, marschierte Suwarow mit seinem Corps aus dem Lager bei Cherson ab und rückte in Eilmärschen, indem er die Festung Otschakoff links liegen ließ, den Türken entgegen. Das Regiment Simbirsk, von der Gräfin Soltikoff befehligt, bildete mit einigen Sotnien Kosaken die Arrieregarde. Auf dem ganzen Marsche sah der General die schöne Amazone nicht. Als er durch Spione die Nachricht erhielt, dass die feindliche Armee bei Kinburn Stellung genommen und sich durch eine Rekognoszierung von der Richtigkeit dieser Meldung überzeugte, ging er direkt auf dieselbe los.

Es war ein regnerischer Sommertag, trübe und wolkig, die Truppen lagerten auf dem durchnässten Boden, während die Kosaken der Vorhut bereits Fühlung mit dem Feinde hatten und kleine Scharmützel mit den irregulären türkischen Reitern bestanden. Nach Sonnenuntergang versammelte Suwarow seinen Stab und seine Offiziere.

»Ich werde morgen den Türken eine Schlacht liefern,« sagte er trocken. »Mit Sonnenaufgang hat ein Jeder bereit zu sein, gute Nacht, Kameraden.« Dann wendete er sich zu der Gräfin Soltikoff. »Noch ein Wort mit Ihnen, Madame!« Als sie allein waren, sprach er, die Hände auf dem Rücken, auf und abgehend: »Ich rate Ihnen nochmals, Gräfin, mich zu verlassen, ich bin kein Paradegeneral, es ist eine gefährliche Expedition, der Sie sich angeschlossen haben. Potemkin versteht nichts vom Kriege. Ich werde die Türken nicht beobachten, wie er meint, sondern angreifen und schlagen.«

»General, vergeben Sie mir, wenn ich es wage, Sie an die Befehle, die Sie empfangen, und an die Taktik, welche vereinbart wurde, zu erinnern,« erwiderte die Gräfin, »ich tue es aus Teilnahme für Sie, ich würde bedauern, wenn Sie Unglück hätten.«

»Meine Taktik ist: »Vorwärts und schlage!« (*stubej i bij*), entgegnete Suwarow kalt, »und was Ihre Besorgnis betrifft, so verlassen Sie sich darauf, dass ich siege oder falle.«

»Gut denn, dann lassen Sie mich die Gefahr mit Ihnen teilen, General.«

»Ein Schlachtfeld ist kein Boudoir.«

»Wenn Sie mit Ihrem schwächlichen, leidenden Körper ein Held geworden sind, Suwarow,« entgegnete die schöne mutige Frau, »weshalb soll ich mit meinem kräftigen und gesunden nicht mindestens ein guter Soldat sein?«

»Ich bin ein Mann, Gräfin.«

»Und ich ein Weib, das ist noch mehr.«

»Wie Sie glauben.«

Suwarow setzte sich hierauf zu Pferde und ritt, unbekümmert um die türkischen Vorposten, welche wiederholt Feuer auf ihn gaben, ganz nahe an die feindliche Stellung, er überzeugte sich, dass dieselbe stark verschanzt sei und dass die Türken auf seinen beiden Flanken vorrücken.

»Sie wollen uns umgehen,« murmelte er, »gut, sehr gut, ich möchte nur wissen, welcher Dummkopf sie kommandiert.«

Der Morgen brach an, die Sonne schien kräftig und teilte rasch die Nebel, welche gleich Rauchsäulen gegen Himmel stiegen. Die Russen standen in Schlachtordnung. Suwarow ritt in seiner schmucklosen Uniform durch ihre Reihen und befahl der Infanterie, die Patrontaschen abzulegen. »Der Feind ist stark verschanzt«, sagte er, »wir müssen ihn mit dem Bajonett angreifen. Wer einen Schuss abfeuert, wird füsiliert.«

Das Regiment Simbirsk bildete die Reserve. »Was auch geschehen mag,« sagte Suwarow zur Gräfin, »Sie rühren sich nicht von der Stelle, nur im äußersten Falle, wenn alles flieht und die Gefahr groß ist, führen Sie Ihr Regiment gegen den Feind!«

Vor der Front des Regimentes lag ein kleiner Hügel, auf dem Suwarow mit seinem Stabe Posto fasste, neben ihn hielt die Gräfin auf einem feurigen schwarzen Pferde. So unempfindlich der berühmte Held sonst war, dieses Weib gefiel ihm, und die Gräfin war auch in der Tat in ihren hohen schwarzen Reitstiefeln, den weißen Beinkleidern, der grünen mit Gold verzierten Uniform, dem dreieckigen, mit Eichenlaub bekränzten Hut auf dem mit einer grünen Schleife gebundenen blonden Haar, der schönste Soldat, den man sich denken konnte. Suwarow zeigte sich auch um vieles gesprächiger als sonst.

»Sie fangen an, sich zu entwickeln,« sagte er, auf die Türken deutend, deren Fahnen und Flinten hinter den Schanzen sichtbar wurden. »Es sind Janitscharen, vortreffliche Truppen, sehen Sie ihre weißen Mützen, die umgestülpten Ärmeln gleichen?«

»Wie kommen sie zu dieser seltsamen Kopfbedeckung?« fragte die Gräfin.

»Als sie errichtet wurden, segnete sie der Scheich der Derwische und indem er den Ärmel seines weißen Oberkleides abschnitt und einem Soldaten auf den Kopf setzte, sprach er: »So sollen sie die Feinde schrecken und Janitschari, das ist neue Truppe, heißen.« Sie sind nicht wenig stolz darauf. Der Sultan selbst ist Janitschar des ersten Regimentes. An dem Tage seiner Krönung, wenn ihm nämlich der Ejab, der Säbel, umgeschnallt wird, zieht er an der Kaserne des 61. Regimentes vorbei, nimmt dort Kaffee und Sorbet und sagt zu den Janitscharen: »Will's Gott, zu Rom oder Regensburg sehen wir uns wieder.« Ein unschuldiges Vergnügen, das man ihnen gönnen kann.«

»Und was bedeutet die rote Fahne, die dort sichtbar wird?« fragte die Gräfin.

»Das sind die Spahis, ihre beste Reiterei,« erwiderte Suwarow, »aber es ist Zeit!« Er machte das Kreuz und gab dann das Zeichen zum Angriff.

Mit einem male wirbelten auf der ganzen russischen Linie die Trommeln, und sämtliche Regimenter gingen vor. Die Geschütze begannen das Feuer, und als die Russen sich den türkischen Schanzen näherten, wurden sie auch von der feindlichen Infanterie mit einer verheerender Decharge empfangen, zugleich wurde Sturmstreich geschlagen, und alles lief mit gefälltem Bajonett Hurrah rufend, auf den Feind.

Der Pulverdampf und der Staub, welcher aufstieg, entzogen für kurze Zeit das eigentliche Schlachtfeld den Blicken des Generals. Als sich die grauen Wolken teilten, sah er seine Truppen auf allen Punkten weichen. Er gab seinem Pferde die Sporen und ritt unter sie, ihnen Mut zuzusprechen.

Schnell ordneten sich die Glieder und die ganze Linie ging noch einmal zum Angriff vor, doch ebenso fruchtlos wie das erste mal.

Die Türken erhoben ein wildes Allahrufen und ihre Musikbanden fielen mit dem betäubenden Lärm ihrer großen Trommeln, Pauken und Halbmonde ein.

Angriff auf Angriff wurde abgeschlagen. Da stellte sich Suwarow selbst an die Spitze seiner Leute und führte sie im heftigsten Kugelregen bis zu der Schanze, schon war dieselbe an einigen Stellen von den Russen erstiegen, als Suwarow einen Schuss in den Leib erhielt und von seinem Adjutanten zurückgebracht wurde; jetzt wich alles in Unordnung zurück.

Noch einmal sammelten sich die Regimenter Dank der erbärmlichen türkischen Taktik, welche sie unverfolgt ließ, und noch einmal liefen sie Sturm. Diesmal artete aber ihr Rückzug in Flucht aus und zugleich fiel die türkische Reiterei den Russen in die Flanke.

Vergebens sendete Suwarow seine Kosaken den Spahis entgegen, sie wurden geworfen, die Verwirrung war unbeschreiblich, jeder dachte nur noch daran, sich zu retten.

Da stieg Suwarow, obwohl schwer verwundet, in den Sattel, sprengte den Kosaken entgegen und warf sich mitten unter sie vom Pferde herab. »Lauft nur, lauft,« rief er, »und gebt Euren General den Türken preis!«

Diese Worte wirkten wie ein Zauberspruch.

Im Augenblick stand die ganze fliehende Armee wie eine Mauer und wendete sich im nächsten gegen den Feind. Zugleich brach die Gräfin mit ihrem Regimente vor und führte es, den Degen hoch erhoben, gegen die Verschanzungen, welche die Janitscharen verlassen hatten, um die fliehenden Russen zu verfolgen. Sie kümmerte sich wenig um die Kettenkugeln, welche ihr die türkischen Geschütze entgegen sendeten und welche ganze Reihen ihres Regimentes niederrissen, schon stand sie auf der Schanze, um sie starrten die Bajonette ihrer Soldaten, die türkischen Artilleristen wurden niedergestoßen, die Geschütze waren genommen, die russische Fahne wehte hoch über ihnen, die Regimenter, die in der Ebene kämpften, ermutigend.

»Vorwärts und schlag!« das den Soldaten wohlbekannte Wort ihres Generals scholl von tausenden von Stimmen. Ein furchtbares Handgemenge begann, die Türken wichen, von ihren eigenen Schanzen aus im Rücken beschossen. Die Schlacht bei Kirnburn war gewonnen.

Suwarow setzte sich, während seine Kosaken den Feind verfolgten, auf eine Trommel und schrieb auf dem Rücken eines Soldaten folgenden denkwürdigen Bericht:

»Heute den Feind bei Kinburn getroffen und auf das Haupt geschlagen. Wie stark er war, weiß ich nicht, weil ich nicht darnach gefragt habe. Suwarow.«

Die Nacht war hereingebrochen, Suwarow lag in einem kleinen Zelte, das man schnell für ihn aufgeschlagen, auf Stroh, über das sein historischer Schafpelz ausgebreitet war. Der Feldscher hatte ihm eben die Kugel herausgezogen und den Verband angelegt, als die Gräfin eintrat, mit Blut bespritzt, mit Staub bedeckt, die gelbrote Gabelfahne des 37. Janitscharenregimentes in der Hand. Soldaten ihres Regimentes folgten mit den Kesseln, welche weit mehr als die Fahne, als Palladium der Janitscharen galten.

»Ich bringe Ihnen diese Trophäen, General,« sagte sie stolz, »als Beweis, dass eine Frau zu Zeiten auch mit etwas anderem umzugehen weiß als mit dem Kochlöffel.«

Suwarow lächelte und gab ihr die Hand. »Ich hoffe, dass Sie unverletzt sind,« sagte er.

»Aber Sie, Sie sind verwundet!« rief die schöne Frau mit lebhaftem Anteil.

»Die Wunde ist nicht gefährlich,« sagte der Feldscher, »aber der General braucht Ruhe und Pflege; ich werde die Nacht bei ihm wachen.«

»Nein, das ist meine Sache,« fiel die Gräfin rasch ein, »die Frau, welche Blut vergossen hat, hat um so mehr die Pflicht, Wunden zu heilen, aber Sie erlauben, General, dass ich es mir vorher bequem mache.«

Sie verließ das Zelt, um in kurzem in türkischen Pantoffeln und einem leichten Schlafrock zurückzukehren; dann schickte sie alle anderen fort und saß die ganze Nacht bei dem Verwundeten, ihm die Arznei reichend und von Zeit zu Zeit den Verband wechselnd.

Als am Morgen einer seiner Adjutanten in das Zelt Suwarows trat, winkte ihm der General, sich ruhig zu verhalten und auf die Gräfin deutend, welche auf einem Bund Stroh, den Kopf auf einen umgestülpten Feldkessel eingeschlafen war, sprach er:

»Sehen Sie an, können Sie sich ein schöneres Weib denken?«

So groß auch Potemkins Freude über den Sieg bei Kinburn war, so empfand er doch etwas wie Neid gegen Suwarow. Er beglückwünschte ihn in den schmeichelhaftesten Ausdrücken, aber er zog mehrere Regimenter seines Corps, darunter auch jenes der Gräfin Soltikoff, an sich, um Suwarow jene weitere Unternehmung unmöglich zu machen. Der Sieger von Kinburn war auf diese Weise den ganzen Sommer über verurteilt, die türkische Landarmee zu beobachten, während Potemkin im Juli 1788 die Belagerung der am schwarzen Meere gelegenen Festung Otschakoff begann. Die Belagerung machte indes nur wenig Fortschritte, die Beschießung belästigte die Türken bei weitem nicht so, als die Russen von der beispiellosen Hitze litten, und als endlich im Lager die Pest ausbrach, schien der so glücklich begonnene Feldzug eine unerwartet ungünstige Wendung nehmen zu wollen.

Der Winter setzte zwar der furchtbaren Seuche, welche die Reihen der Russen dezimiert hatte, Grenzen, aber dafür stellte sich jetzt, als eine natürliche Folge der ungenügenden Vorkehrungen Potemkins, der Hunger ein.

Da, als die Not am größten war, sendete Potemkin den General Hahn ab, um das Kommando des Corps zu übernehmen, das am Bug stand, und berief Suwarow zu sich.

Der General staunte, als er den Zustand der Truppen und der Belagerungsarbeiten sah und andererseits den prächtigen Holzpalast, den sich Potemkin im Lager erbaut hatte, und welcher, gleich jenem zu Cherson, durch die schönen Frauen in Prachtpelzen, die denselben belebten, mehr einem Serail als einem Hauptquartier glich.

Während die Soldaten froren und hungerten, gab es hier Feste, Schlittagen, Bälle und Konzerte, welche jenen in St. Petersburg nichts nachgaben. In einem Saale war ein kleines Theater aufgestellt, auf dem die reizende Polin Potozka, die Gräfin Münnich und eine echte Pariserin, Frau von Monsigny, auch eine der Favoritinnen Potemkins, im Verein mit einigen französischen Offizieren, französische Komödien aufführten.

Suwarow nahm das ihm angebotene Quartier in diesem Feentempel nicht an, sondern ließ sich ein Zelt mitten unter seinen Soldaten aufschlagen und bettete sich, gleich ihnen, auf Stroh.

So fand ihn am nächsten Morgen die Gräfin. Er lag in seiner Uniform, mit seinem alten Schafpelz zugedeckt, auf seinem spartanischen Lager und studierte einen Plan. Als er die schöne Frau erblickte, welche unerwartet, in ihrem kostbaren Zobelpelz, majestätisch wie eine Herrscherin, vor ihm stand, sprang er auf und streckte ihr herzlich beide Hände entgegen. »So früh auf?« rief er staunend.

»Gewiss!« entgegnete lächelnd die Gräfin. »Ich gehöre nicht zu den Odalisken Potemkins, die noch am prasselnden Kamin und in ihren Schlafpelzen der Frost schüttelt. Ich bade täglich, wie unsere Soldaten, im Schnee und das erhält frisch und gesund.«

»Und schön!« fügte Suwarow hinzu.

Die Gräfin schien von seiner Galanterie keine Notiz nehmen zu wollen.

»Nun, was sagen Sie zu unserer Situation?« fuhr sie, mit seiner Ironie um die blühenden Lippen, fort?

»So kommen wir nicht vorwärts,« murmelte Suwarow, »an eine Bresche ist nicht zu denken. Es bleibt nichts übrig, als einen allgemeinen Sturm zu wagen.«

»Sie wissen, General, dass Potemkin sich dazu nicht entschließen wird.«

»Er wird sich entschließen müssen.«

»Aber Sie erfrieren uns ja, Suwarow,« rief plötzlich die schöne Frau, »Sie haben kein Bett, ja nicht einmal einen Pelz!«

»Doch!« Der General zeigte lächelnd auf seinen alten Bauern-Schafpelz. »Dies und meine Uniform, das ist meine ganze Garderobe, und auf diesem Stroh schlafe ich ebenso sanft wie Sie in Ihren Eiderdaunen. – Aber, um uns noch einmal mit dem Krieg zu beschäftigen, dieser Potemkin versteht so viel von einer Belagerung wie Sie, Madame!«

Die Gräfin drohte Suwarow mit dem Finger.

»Nun, ich würde immerhin lieber unter Ihrem Kommando stehen, Gräfin, als unter dem seinen,« beeilte er sich hinzuzusetzen.

»Nun kommen Sie aber mit mir, General,« rief die schöne Amazone, »wir wollen unsere Batterien besuchen und dann zusammen frühstücken.«

Suwarow verließ mit der Gräfin sein Zelt und machte Miene, respektvoll einen Schritt entfernt neben ihr zu gehen.

»Nicht so, Ihren Arm!« befahl sie mit einem Blick, der unbedingten Gehorsam verlangte.

»Was werden die Soldaten sagen, wenn ich mit einer Dame –«, erwiderte Suwarow.

»Sie gehen mit keiner Dame, keiner Favoritin,« schnitt ihm die Gräfin das Wort ab, »sondern mit einem Kameraden, der Pulver gerochen hat!« Damit nahm sie, ohne weiter zu fragen, seinen Arm, und sie schritten durch die Zeltstadt, ein seltsames Paar, der schwächliche Mann in der armseligen Uniform und die große, schöne Frau im fürstlichen Pelz, die seidene Schleppe weit im Schnee nachschleifend.

Die türkischen Generäle in der Festung, welche durch Spione und Überläufer über die Lage der Russen wohl unterrichtet waren und täglich Feenmärchen von den schönen Sultaninnen und Amazonen hörten, mit denen sich Potemkin umgeben hatte, entschlossen sich endlich zu einem nächtlichen Ausfall, in der Absicht, die Belagerungsarbeiten zu zerstören, oder doch mindestens sich in der allgemeinen Verwirrung der russischen Houris zu bemächtigen. Vorher sendeten sie einen Parlamentär ab, um den Russen den Glauben beizubringen, die Festung sei unhaltbar und nahe daran, sich zu ergeben.

Mit dieser Mission wurde der Sagardschi-Pascha, der Kommandant der 64. Dschemaat (Regiment) der Janitscharen, der sogenannten Spürhundswächter (Sagardschi) betraut.

Der Zufall wollte, dass an dem Tage, wo er sich unter dem Schutze der weißen Fahne, den russischen Linien näherte, das Regiment Simbirsk die Vorposten bezogen hatte.

Die Gräfin Soltikoff empfing den Parlamentär in ihrem prachtvollen Zelte, das viel mehr einem eleganten Damenboudoir, als der Wohnung eines Obersten glich, und da es noch früh am Morgen war, im reizendsten Frauengewande. Der Türke staunte das schöne Weib, das in einem reich mit schwarzem Zobel besetzten Negligee von weißem Atlas unverschleiert und halb liegend auf einem Diwan saß, und dessen wie Gold schimmerndes Haar, nur von einem weißen Bande gehalten, über ihre üppigen Schultern herabfloss, sprachlos an, dann neigte er sich, die

Arme auf die Brust gekreuzt, demütig vor ihr. Er hielt sie nämlich, ihrer Toilette nach, welche an den Amtspelz des Großveziers mahnte, für eine Art weiblichen Großvezier der Russen, um so mehr, als auf seine Frage, wo der Kommandant sei, die Gräfin sich als denselben bezeichnet hatte.

Auch der Sagardschi-Pascha war ein Mann von seltener blendender Schönheit, welche durch seinen prächtigen schwarzen Bart und seinen reichen Anzug, das weite rotseidene Beinkleid, die Weste von Goldstoff, den grünsamtenen Zobelpelz und den Turban mit dem Reiherbusch auf brillantenem Stiel, nicht wenig erhöht wurde.

Einen Augenblick standen sich das schöne Weib und der schöne Mann, beide gewohnt und beide wert, Sklaven zu ihren Füßen zu sehen, schweigend gegenüber, dann brachte der Türke seinen Auftrag vor. Er bot die Übergabe der Festung an, verlangte aber für die Besatzung freien Abzug, mit Waffen und klingendem Spiel.

Die Gräfin erwiderte, man werde am folgenden Tage dem Kommandanten Antwort geben.

»Ich hoffe, Ihr nehmt die Übergabe nicht an,« sagte der Pascha dann, dessen dunkle Augen ohne Unterbrechung mit verzehrender Glut auf der schönen blonden Nordländerin ruhten.

»Und weshalb?«

»Weil Du das schönste Weib bist, das ich je gesehen habe,« sprach der Pascha, »und ich, wenn der Kampf fortgesetzt wird, meinen Kopf dafür wage, dass Du, ehe der Mond voll wird, meinen Serail schmückst, weiße Rose im Garten des Paradieses!«

Die Gräfin lachte. »Und wenn das umgekehrte geschieht, wenn Du in meine Hände fällst, Muselmann, was glaubst Du, das ich mit Dir anfangen werde?«

»Du wirst mich zu Deinem Sklaven machen.«

»Ich werde Dich wie einen Hund vor meinem Zelte an die Kette legen« rief die Amazone.

Damit entließ sie den Parlamentär.

Noch an demselben Tage kam ein russischer Überläufer in die Festung, welcher die Uniform des Regiments Simbirsk trug, und wurde vor den Sagardschi-Pascha geführt.

»Weshalb hast Du Deine Fahne verlassen?« fragte dieser.

»Weil ich es wagte, zu dem schönen Weibe, das uns befehligt, die Augen zu erheben,« sagte der Überläufer.

»Sprichst Du von Eurem Großvezier, dem Weibe mit dem goldenen Haar und den Augen, aus denen der blaue Himmel blickt?«

»Ja, mächtiger Vezier.«

»Und was tat sie Dir?«

»Sie ließ mich peitschen gleich einem Hunde.«

»Es sieht ihr gleich, sie hat den Geist eines Mufti und die Würde eines Sultans,« sagte der Pascha seufzend.

»Ich bin zu Dir gekommen, weil ich mich an dem stolzen Weibe rächen will; sie hat geschworen, Dich, ehe der Mond voll ist, gleich einem Hunde an die Kette zu legen; ehe der Mond voll ist, soll sie Deine Sklavin sein, herrlicher Vezier.«

»Wenn Du dies kannst, Giaur, sollst Du von mir kaiserlich belohnt werden, wie der große Sultan seine Diener zu belohnen pflegt.«

»Bis morgen früh hat sie den Vorposten,« sagte der Überläufer. »Heute gibt sie den Offizieren und Soldaten ein Fest, denn seitdem ihr die Übergabe angeboten ist, wiegt sich im Lager der Russen alles in vollkommener Sicherheit. Bis Mitternacht werden sie so ziemlich alle betrunken sein.«

»Was? Auch die Frauen?« rief der Türke entsetzt.

»Gewiss!«

»Allah! Allah!« seufzte der Pascha, »auch die weiße Rose im Garten des Paradieses trinkt?«

»Verlass Dich darauf, und mehr als Tau,« sprach der Überläufer, »sie wird nicht nüchtern sein. Wenn Ihr einen Ausfall wagt, und ich Euch führe, werden sie alle ohne Schwertstreich in Eure Hände fallen.«

Als der Abend kam, zeigte sich wirklich in dem Lager des Regiments Simbirsk eine ungewöhnliche Beleuchtung und auch Musik klang von Zeit zu Zeit herüber. Der Pascha hatte seine Vorkehrungen getroffen. Vor Mitternacht verließ er, von dem Überläufer geführt, an der Spitze seines Fußregimentes von 400 Mann und der 50 Reiter, die jeder Janitscharen-Dschemaat beigegeben waren, die Festung. Sie fanden die äußersten russischen Vorposten in der Tat vollständig betrunken und konnten sie, ohne dass Blut vergossen oder ein Schuss abgefeuert wurde, gefangen nehmen. Nun drangen die Janitscharen zu Fuß, von ihren Offizieren geführt, in das Lager des Regiment Simbirsk, während der Pascha mit seinen erlesenen Reitern, welche auf ihren feurigen Pferden, mit den helmartigen Hauben, auf denen hohe Federbüsche wehten, in den weißen Kaftans und den samtenen Fuchs- und Zobelpelzen, jeder selbst gleich einem Pascha erschienen, auf das von bengalischen Flammen beleuchtete Prachtzelt der schönen Gräfin lossprengte.

Statt aber, wie er erwartet, schöne Frauen und wehrlose Männer zu finden, regte es sich mit einem male ringsum in allen Zelten, Laufgräben und Batterien und Tausende von Bajonetten starrten ihm und seinen Janitscharen von allen Seiten entgegen. Der Überläufer war ein Abgesandter der Gräfin gewesen, der den Pascha in ihre Schlinge gelockt hatte.

»Ergebt Euch!« rief die Gräfin den Überlisteten zu, »oder ich lasse Euch allesamt über die Klinge springen!«

Die Türken beratschlagten und streckten endlich die Waffen.

Die Gräfin eilte, ihren Gefangenen in Empfang zu nehmen. »Nun,« sprach sie mit grausamem Spott, »Du hast Zeit, Dich heute Nacht im Bellen zu üben, denn Morgen wirst Du ohne Erbarmen an die Kette gelegt, wie ich es Dir versprochen.«

»Ich bin Dein Sklave, beginne mit mir, was Dir gefällt,« erwiderte der Türke und warf sich mit dem Antlitz zur Erde vor ihr nieder, um den Saum ihres Gewandes zu küssen.

Aber die schöne Frau blieb ungerührt. Sie ließ am nächsten Tage vor ihrem Zelte eine hölzerne Hundehütte aufrichten und den armen verliebten Türken in derselben anketten.

Am Abend, bei einem fröhlichen Mahle, das sie den Favoritinnen Potemkins und ihren Offizieren gab, kam sie plötzlich auf den barocken Einfall, ihren Hund, wie sie den Pascha nannte, bellen zu lassen.

Sie ließ es ihm durch ihre Kammerfrau befehlen, und als er ihr nicht gehorchte, sondern mit echt orientalischer Gleichgültigkeit liegen blieb, wie er seit vielen Stunden lag, den Kopf an das kalte Holz gepresst, sprang sie auf und rief: »Wir wollen doch sehen, wer jetzt Herr ist, er oder ich.«

»Ja, er muss bellen,« schrie die ganze mutwillige Meute schöner galanter Frauen, welche in ihrem Zelte versammelt war. Im Nu hatten sie sich Alle in ihre Pelze gehüllt, und eilten hinaus. Als sie ihn lachend umstanden, ließ der Türke überrascht und trunken von so viel weiblichen Reizen, die sie ihm ohne Scheu zeigten, sein dunkles Auge von einer zur andern schweifen, die schlanke, graziöse Potozka, wie die von Leidenschaft glühende Griechin, die elegante Monsigny und die üppige Münnich gleich bewundernd, aber zuletzt blieb es doch wieder auf der Gräfin Soltikoff haften, welche ihre Grausamkeit noch verführerischer erscheinen ließ, als sonst.

»Wirst Du bellen, Hund?« fragte sie ruhig. Die anderen Damen brachen in ein schallendes Gelächter aus.

Der Türke schüttelte trotzig den Kopf.

»Ich würde ihn an Ihrer Stelle so lange peitschen, bis er meinen Willen täte,« sagte die Polin, in deren lebhaften Augen etwas Diabolisches lag.

»Sie haben Recht,« sagte die Gräfin Soltikoff, und rasch holte sie die Peitsche, ein Attribut, ohne das eine russische Venus des vorigen Jahrhunderts nicht zu denken war. »Ich peitsche Dich tot, wenn Du nicht auf der Stelle bellst,« rief sie mit einem Blick, der jedes Erbarmen ausschloss.

Der Pascha ergab sich endlich in sein Schicksal und begann laut zu bellen, während die grausamen Schönen umherstanden und sich vor Lachen schüttelten.

Anfangs Dezember 1788 war ein neuer starker Schneefall eingetreten, welcher die ohnehin elenden Straßen des südlichen Russlands vollkommen unpraktikabel machte und der Armee vor Otschakoff jede Zufuhr abschnitt. Potemkin kam in ernste Gefahr, mit seinen Soldaten und seinen schönen Sultaninnen zu verhungern.

Als das Elend auf das Höchste gestiegen war, kamen die Soldaten zu Suwarow und baten ihn um Rat und Hülfe. »Väterchen Alexander Wassiljewitsch,« klagten sie, »wir haben nichts mehr zu essen, unsere Stiefeln sind durch, und in unsere Uniformen bläst bei hundert Löchern der Wind hinein. Rette uns, Väterchen Suwarow!«

»Für uns alle gibt es keine andere Rettung mehr, als Sturm,« erwiderte der General. »Wir müssen Otschakoff nehmen oder sterben!«

Der Ausspruch des von dem ganzen Heere angebeteten Suwarow ging von Mund zu Mund, endlich rotteten sich die Soldaten zusammen, Tausende zogen, grüne Tannenreiser auf den Hüten und brennende Strohbündel in den Händen, Abends durch das Lager vor den hölzernen Palast des Tauriers und verlangten den Sturm auf Otschakoff. Potemkin, durch die furchtbare Lage, die ihm keine andere Wahl mehr ließ, gezwungen, gab mit schwerem Herzen seine Einwilligung, ihm bangte um das Blut seiner Soldaten nicht minder als den Erfolg. Er übergab Suwarow das Kommando der Stürmenden, und dieser traf mit seiner beispiellosen Energie rasch seine Anstalten.

Am Abende des 17. Dezember wurden Freiwillige aus den Regimentern aufgerufen, welche die erste Sturmkolonne bilden sollten, die, da sie zuerst auf die Minen und spanischen Reiter stieß, in der Regel so gut wie geopfert war. Man brauchte 600 Mann, da aber Suwarow selbst sie führte, meldeten sich mehrere Tausend, unter denen gelost werden musste.

Die Gräfin Soltikoff befand sich gleichfalls unter denjenigen, welche sich als Freiwillige gemeldet hatten, und sie verstand es so einzurichten, dass auch das Los sie traf.

»General, ich werde an Ihrer Seite sein!« sagte sie zu Suwarow.

»Das verhüte Gott!« erwiderte er.

»Und weshalb?«

»Weil ich zum ersten Male in meinem Leben etwas wie Angst fühlen würde.«

»Angst um mich –?« fragte die schöne Amazone freudig überrascht.

»Ja denn, Gräfin,« murmelte er verlegen, »ich bitte Sie, bleiben Sie im Lager.«

»Nein, Suwarow, ich bleibe nicht,« sagte sie rasch mit ihrer herrlichen Energie, »ich würde wieder in Angst vergehen, wenn ich nicht bei Ihnen wäre. Sie müssen mir schon gestatten, heute mit Ihnen zu siegen oder zu sterben.«

Die denkwürdige Nacht des 17. Dezember brach an. Ohne Trommelschlag, die Füße mit Stroh umwunden, die erste Kolonne, von Suwarow geführt, ohne einen Schuss im Lauf und ohne Patrontasche, voran, die anderen in einer Distanz von 1000 Schritten folgend, setzten sich die Russen in Bewegung. Kein Laut verriet das große Unternehmen. Schon standen die Freiwilligen vor dem Festungsgraben, Suwarow machte das Kreuz und warf sich, der Erste, hinein. Die Anderen stürmten nach.

Der Überfall gelang vollständig, die türkischen Posten wurden überrascht und niedergemacht, der Wall erstiegen. Kein Schuss fiel, nur das Bajonett arbeitete. Aber jetzt entstand Alarm in der Festung, und die Janitscharen stürzten von allen Seiten auf die Basteien, die nachfolgenden Regimenter wurden überall von einem mörderischen Feuer empfangen, zugleich machte ein Teil der Besatzung einen Ausfall und schnitt Suwarow mit seinen sechshundert Mann von der übrigen Armee ab.

Die Gräfin hatte, nur von einigen Freiwilligen ihres Regiments gefolgt, zuerst die russische Fahne auf der Mauer von Otschakoff aufgepflanzt und die türkischen Kanoniere niedergehauen, dann war sie in die Straßen der Stadt vorgedrungen und hier von allen Seiten umzingelt worden.

In dem Augenblicke, wo es für Suwarow galt, die Verbindung mit den anderen Sturmkolonnen herzustellen, vermisste er die Gräfin, er rief ihren Namen, niemand antwortete. Todesangst fasste ihn, statt die eroberte Batterie zu behaupten, warf auch er sich mit seinen Leuten in die Stadt, nur von dem einen Gedanken beseelt, sie zu retten. Für kurze Zeit schien Alles verloren, die Stürmenden begannen zu weichen, die Türken erhoben ein bestialisches Siegesgeschrei. Da hörte Fürst Repnin, dass Suwarow abgeschnitten sei, warf sich vom Pferde unter seine Soldaten und rief, die Fahne ergreifend: »Suwarow, unser Vater, ist gefangen, mir nach, wer kein Feigling ist!«

»Suwarow, Suwarow gefangen, rettet Suwarow!« lief es von Mund zu Mund, und Alles lief von neuem zum Sturme. Fürst Repnin drang zuerst mit zwei Regimentern ein und brachte Suwarow, der sich bereits im Rücken bedroht sah, Hülfe zur rechten Zeit.

Unaufhaltsam führte der Held nun seine Leute vorwärts, die Janitscharen vor sich niedermetzelnd, bis er den weißen Federbusch der Gräfin wiedersah. Sie selbst stand, nur von wenigen Soldaten umgeben, an ein Haus gelehnt, die Flinte eines Gefallenen in der Hand, und wehrte sich mit der letzten Kraft der Verzweiflung.

»Tötet sie nicht, sie muss lebendig in unsere Hände fallen,« riefen die Türken einander zu, ein Jeder wollte das schöne Weib besitzen. Da fiel Suwarow, in einer Hand den Degen, in der andern die Lanze eines Kosaken, mitten unter sie, trieb sie auseinander und befreite so die Gräfin, welche seine Hand ergriff und in fieberhafter Aufregung an ihr Herz presste.

Jetzt erst bemerkte Suwarow, dass die Gräfin blutete. »Sie sind verwundet?« rief er.

»Ich glaube,« entgegnete sie matt.

»Wo, um Gotteswillen?«

Sie wies auf ihren linken Arm, er hatte die Stelle bald entdeckt, und während ringsum Schüsse fielen, das Gestöhn der Verwundeten und Sterbenden sich in das Feldgeschrei der Kämpfenden mischte, presste er seine Lippen auf die Wunde und begann so das Blut zu stillen.

Ein furchtbares Blutbad, ein Gemetzel ohne Gleichen folgte. Als die Sonne sich erhob, wehte die russische Fahne von allen Wällen und Türmen. Otschakoff war erstürmt.

Drei Tage lang wurde die Stadt geplündert. Dreißigtausend Gefallene von beiden Seiten bedeckten das Schlachtfeld von Otschakoff.

Als Potemkin dasselbe in Augenschein nahm und seine toten und verstümmelten Soldaten sah, begann er laut zu weinen. So seltsam waren in diesem großen Barbaren Selbstsucht und Rohheit mit Großmut und Güte gemischt.

Nachdem man die gefallenen Russen beerdigt hatte, wurden die Leichen der Janitscharen auf dem festgefrorenen Liman aufgeschichtet in der Absicht, dass sie der kommende Eisstoß im Meere begrabe. Die russischen Damen aus dem Gefolge Potemkins kamen nun in Schlitten, in ihre prachtvollen Pelze gehüllt, und fuhren um diese grauenvollen Pyramiden herum, die kraftstrotzenden Leiber der toten Janitscharen bewundernd.

Eine Szene, bei der sich das Haar emporsträubt.

Potemkin erhielt von der Kaiserin Katharina II. für den Sieg bei Otschakoff das große Band des Georgordens, hunderttausend Rubel, den Titel eines Hetmans der Kosaken und einen mit Diamanten besetzten und mit Lorbeer umwundenen Feldherrnstab.

Ein noch herrlicherer Lohn wurde Suwarow zu Teil.

Die Wunde der Gräfin Soltikoff war so unbedeutend, dass sie schon nach wenigen Tagen das Bett verlassen konnte. Als sie das erste Mal, in warmes Pelzwerk gehüllt, in ihrem Fauteuil saß, kam Suwarow, sich nach ihrem Befinden zu erkundigen.

»Sie sind noch recht bleich, Gräfin,« sagte er besorgt.

»Und Sie noch viel mehr, General,« erwiderte sie lächelnd, »man könnte beinahe glauben, dass Sie eine bei Weitem gefährlichere Wunde davongetragen haben.« »So ist es, Gräfin,« seufzte er, »der Volksglaube behauptet, dass man demjenigen, von dessen Blut man getrunken, mit Leib und Seele verfallen ist. An mir scheint dies zur Wahrheit zu werden. Sie haben mich an der Kette wie den armen Pascha, und wenn es Ihnen beliebt, werde auch ich in Kurzem vor Ihrem Zelte den Mond anbellen können.«

»Nein, General,« sagte die Gräfin mit einem Blicke, der den General süß durchschauern machte, »für Sie weiß ich eine bessere Stelle.«

»Und diese wäre?«

»Zu meinen Füßen, Suwarow, denn von da ist es nicht mehr weit zu meinem Herzen.«

Schon lag der Held von Kinburn und Otschakoff vor ihr auf den Knien, und die schöne mutige Frau schlang in inniger Liebe die Arme um ihn.

Die Kunst geliebt zu werden

In einem mit grüner Seide tapezierten kleinen Boudoir, das einer großen Gartenlaube glich, saß ein junger Mann von außerordentlicher Schönheit einer jungen reizenden Frau gegenüber und hielt ihr die Seide, welche sie auf eine kleine Rolle von Elfenbein wickelte.

»Wieder verknüpft,« rief die Dame, welche in einem wogenden Duft von Musselin und Spitzen dasaß, und stampfte dabei mit dem kleinen Fuße ungeduldig auf, so dass der goldbestickte Samtpantoffel und der durchbrochene Strumpf sichtbar wurde. »Sehen Sie mich nicht so verliebt an, Lanskoi, Sie sind schuld mit Ihren schmachtenden Augen, Sie allein!«

»Wie soll ich Sie aber ansehen?« fragte der schöne Lanskoi naiv, »ich kann nicht verbergen, was ich für Sie fühle, Gräfin Branischa, ich kann es nicht!«

»Bah! Sie fangen mir an langweilig zu werden mit Ihrer schwärmerischen Anbetung. Unsere Herren am Hofe haben insgesamt keine Gefühle mehr, sie empfinden nur noch Wallungen des Blutes, aber zu viel Liebe ermüdet auch.«

»Ermüde ich Sie, Gräfin?«

»Mehr als das,« rief die lebhafte kleine Frau, ihm die Seide entreißend, »Sie fangen an mir unausstehlich zu werden.«

»Weshalb dulden Sie mich dann um sich?« fragte Lanskoi mit dem Erstaunen eines Kindes.

»Weil ich eben ein viel zu gutes Herz habe.« sprudelte die Gräfin Branischa hervor, »dieses Herz bringt mich beinahe täglich zu Schaden, ich hätte Ihnen längst den Abschied geben müssen, aber ich fühle noch immer Mitleid mit Ihnen und Ihrer Verzückung; jetzt ist es aber vorbei, ich will rücksichtslos sein und Ihnen die Wahrheit sagen: Ich liebe Sie nicht, und was noch viel schlimmer ist, ich verzweifle, sobald Sie nur eintreten, denn ich weiß dann, dass Sie mich mit Ihrer Zärtlichkeit wieder zu Tode ennuyieren werden.«

»Sie geben mir also den Abschied, Gräfin?«

»Ja, ja, gehen Sie.«

»Sie schicken mich fort, weil Sie mich nicht lieben?«

»Vielleicht nur, weil Sie mich zu sehr lieben.«

Lanskoi erhob sich mit dem unschuldigsten und reizendsten Lächeln von der Welt, schnallte seinen Degen um und führte die kleine Hand der schönen Branischa galant an die Lippen. Wie er so vor ihr stand, war er der schönste Mann, den nur die Phantasie eines großen Malers ersinnen kann, das herrliche Bild frischer Jugend und ungezwungner Noblesse. »Ich danke Ihnen für die Kunst, die Sie mich gelehrt haben,« sagte er.

»Welche Kunst?«

»*Die Kunst geliebt zu werden*,« gab Lanskoi mit einer leichten, graziösen Verneigung zur Antwort.

»Wie das?« rief Gräfin Branischa, »was geben Sie mir da für Rätsel auf?«

»Sie haben mir eben eine Lektion erteilt, die für mich unbezahlbar ist.«

»Sie betrachten Ihre Entlassung aus meinem Liebesdienst –«

»Als eine kostbare Lehre,« fiel Lanskoi der Gräfin in das Wort.

»Die Sie durchaus nicht zu betrüben scheint,« sprach die reizende Frau, ärgerlich an ihrem Taschentuche zerrend.

»Im Gegenteil, die mich entzückt.«

»Sie lügen!«

»Ich spreche die Wahrheit, gnädige Frau,« fuhr Lanskoi mit steigender Heiterkeit fort, »ich liebe mit aller Leidenschaft und Schwärmerei –«

»O! ich weiß –«

»Nein, nein, Sie wissen nicht,« unterbrach sie Lanskoi, »ich liebe eine Dame, deren Besitz mich zum Gotte, deren Verlust mich zum Elendsten der Menschen machen würde. Um nun bei dieser Dame keinen *faux pas* zu machen, entschloss ich mich, mich ihr erst dann zu nähern, wenn ich ebenso sicher bin, sie zu erobern als zu behaupten, wenn ich also nicht mehr Schüler, sondern Meister bin, in der Kunst geliebt zu werden. Ich bin also drei Jahre in die Schule gegangen, Gräfin, und wie es scheint, mit dem besten Erfolg. Ich war schwärmerisch, zärtlich, hingebend, voll Anbetung und habe Sie – gelangweilt; ich werde also bei der Dame, die ich liebe, trocken, kalt, ablehnend, voll Gleichgültigkeit erscheinen und werde sie bezaubern. Diese Theorie verdanke ich Ihnen, und Sie werden jetzt wohl verstehen, weshalb ich mich so sehr für Ihren Schuldner halte.«

»Abscheulich!« rief die Gräfin, »Sie haben mich also nicht geliebt?«

»Aufrichtigkeit gegen Aufrichtigkeit: Nein!«

»O! Sie sind ein Ungeheuer, Lanskoi!«

»Ich war nur Ihr gelehriger Schüler, Madame.«

»Und diese andere, die Sie lieben,« sagte Gräfin Branischa nach einer Weile, »ist sie schön?«

»Alle Welt sagt es.«

»Schöner wie ich?«

»Man nennt sie die Krone ihres Geschlechtes.«

Die kleine Gräfin sprang von ihrem Sitze auf, mit einer Wildheit, die sich bei dem gepuderten Haarturm, den sie trug, dem Pompadourschlafrock und den Stöckelschuhen eigentlich recht komisch ausnahm, klapperte auf ihren roten Stelzchen mit der Tragik einer Schauspielerin von Versailles im Zimmer auf und ab, warf eine kostbare Schale an die Wand, dass die Scherben gleich den Splittern einer Granate umherflogen, ergriff den kleinen Schürhaken, um damit der Reihe nach alle die kleinen dickbäuchigen Porzellanchinesen auf dem Kaminsims zu köpfen, und brach endlich in lautes Weinen aus.

»Ich habe Sie gekränkt, Gräfin,« flüsterte Lanskoi, während er sich ihr näherte, »das lag nicht in meiner Absicht, vergeben Sie mir.«

»Sagen Sie, dass Sie mich lieben, dann will ich nicht mehr weinen,« gab die reizende Frau, wie ein kleines Kind schmollend, zurück.

»Welche Laune mit einem male!«

»Versichern Sie mir, dass ich schön bin,« fuhr die Gräfin fort, »dass es in Ihren Augen keine reizendere Dame gibt als mich, dass dies alles nur eine boshafte Komödie war, die Sie gespielt haben, mir nur zu beweisen, dass Sie amüsant sein können, eine Strafe, die ich durch meine Unart verdient habe –«

»Aber, Gräfin,« unterbrach Lanskoi das Wortgesprudel der kleinen Frau, »Sie lieben mich ja nicht –«

»Ich liebe Sie nicht?« Sie blieb vor ihm stehen und ballte die kleinen Fäuste, »Sie verdienen es gar nicht, dass ich Sie so sehr liebe –«

»Aber vor einer Viertelstunde schickten Sie mich doch fort!«

»Das war – vor einer Viertelstunde, jetzt liebe ich Sie und liebe Sie leidenschaftlich,« sie schlang rasch beide Arme um seinen Nacken und zog ihn an sich, »mich so zu quälen, nun sagen Sie mir endlich, dass – dass Sie mich anbeten.«

»Gräfin, Sie sind in der Tat eine bezaubernde Frau und Sie würden mich jetzt zu Ihren Füßen sehen, wenn ich nicht – eine andere lieben würde.«

»Sie wollen mich nicht?«

»Ich darf Ihnen nicht huldigen, mein Herz ist vergeben.«

»Schwören Sie.«

»Ich schwöre.«

»O! ich bin die unglücklichste Frau von der Welt!« Sie warf sich auf das Ruhebett und schluchzte heftig, während Lanskoi laut zu lachen begann. »Was, Sie können noch lachen, Sie Abscheulicher?«

»Ich freue mich nur des Sieges meiner Theorie,« sprach Lanskoi ruhig, »es scheint, dass ich die Kunst geliebt zu werden sehr gründlich bei Ihnen gelernt habe, da eine Viertelstunde der Kälte, der Gleichgültigkeit von meiner Seite genügt hat, diese Leidenschaft in Ihnen zu entzünden, die Sie meine Zärtlichkeit und Schwärmerei so langweilig, so unerträglich fanden.«

»Sie verschmähen mich also wirklich, Lanskoi?«

»Nein, reizende Gräfin,« entgegnete der junge Offizier mit einem feinen Lächeln um die vollen Lippen, »ich will Ihnen sogar recht eifrig den Hof machen, wenn Sie damit zufrieden sind, dass ich mich von Ihnen lieben lasse und dabei für eine andere Frau glühe.«

»Ach! ist sie denn wirklich gar so schön?« fragte die Gräfin. Sie richtete sich auf, trocknete ihre Augen und blickte mit süßem Verlangen auf Lanskoi.

»Die griechischen Bildner haben nichts vollkommneres geschaffen,« gab Lanskoi zur Antwort, »wenn die Welt gegen die Mitlebenden je gerecht sein könnte, würde sie dieses herrliche Weib in Marmor meißeln und in einen Tempel stellen als Göttin der Liebe.«

»Wirklich! Und ich kenne diese Frau? Ich will sie kennen, Lanskoi,« rief die Gräfin Branischa.

»Wenn Sie den Namen meiner Göttin erraten, werde ich nicht leugnen,« antwortete er.

»Sie rauben mir meine Ruhe,« sagte die reizende kleine Frau, »aber ich will mich schon rächen, ich werde Sie töten – mit Küssen natürlich.« Und mit einem male sprang sie wild-graziös wie eine Bacchantin im Gemach umher, sang, lachte, jubelte, umschlang Lanskoi mit ihren vollen Armen, küsste ihn bis ihm der Atem ausging und tanzte von neuem, bis der Haarturm zusammenbrach und eine Wolke weißen Puders aufstieg.

Als Lanskoi am folgenden Tage gegen Mittag in den Salon der Gräfin Branischa trat, fand er sie in *grande parure* zur Ausfahrt bereit, der Haarturm, welcher wie frischgefallener Schnee schimmerte, war mit blitzenden Juwelen in allen Farben durchflochten, die einen Regenbogen von seltener Kostbarkeit bildeten, zwei schwere seidene Roben, die untere in farbigen Blumen, die obere in Gold und Silber gestickt, bauschten sich über einander.

»Ich habe vernommen, dass man heute Nacht die Eisberge auf der Newa errichtet hat,« rief ihm die kleine Frau entgegen.

»So ist es, Gräfin.«

»Wir wollen hinfahren und sie ansehen,« fuhr die Gräfin Branischa fort, »ich freue mich kindisch, es gibt so viel Spaß dabei.«

»Ich stehe zu Diensten.«

»Vielleicht sehen wir auch bei dieser Gelegenheit die Göttin, welche Sie anbeten.«

»Es wäre ein Glück, das ich gar nicht zu hoffen wage.«

Die kleine Frau begnügte sich, den Frevler mit einem Fächerschlag zu strafen, barg ihren zarten Körper mit seinem ritterlichen Beistand in kostbare Winterhüllen, und bald saßen sie weich aneinander geschmiegt im Schlitten, der sie im Fluge entführte; mit hellem Schellengeklingel kamen sie auf der matt silbernen, fest gefrorenen Decke der Newa an und hielten in der Nähe der beiden Eisberge, welche dieselbe hoch überragten. Lanskoi hob die kleine Frau aus dem Schlitten und nun schritt sie fröhlich, von der Seite mit einem stolzen Lächeln zu ihm aufblickend, an seinem Arme dahin.

Zwei Gerüste von etwa fünfzig Fuß Höhe waren in einer Entfernung von achthundert Schritten von einander aufgestellt. Jedes derselben hatte in der Mitte eine Plattform, zu der man auf einer hölzernen Treppe gelangte, während die andere sich steil zur Erde neigende Seite mit Eisblöcken ausgefüllt war, die durch Aufgießen von Wasser während der Nacht zu einer spiegelglatten Schlittenbahn verkittet worden waren. Zu beiden Seiten standen hohe grüne Tannen in das Eis gepflanzt. Unablässig erstiegen Leute aller Stände, vornehme Damen, durch sibirische Wintertracht kenntlich, Offiziere, Kaufleute, gemeine Muschiks die Treppe, um sich oben in einen kleinen flachen Schlitten zu setzen und von einem der bärtigen Männer, die daraus ein Geschäft machten, gegen Zahlung einiger Kopeken, mit Hülfe eines mächtigen Schwunges die schimmernde Bahn mit fabelhafter Geschwindigkeit hinabführen zu lassen.

Tausende von Menschen wogten hin und her, kostbare Schlitten, in denen reich gekleidete Damen saßen, während die Herren gleich Dienern rückwärts standen, teilten die Menge, ein Musikcorps spielte und die armen Muschiks sprangen wie die dressierten Bären umher, lachten und sangen.

»Kommen Sie, Lanskoi,« sagte die Gräfin Branischa, nachdem sie eine Weile zugesehen und sich an der Geschicklichkeit und Ungeschicklichkeit der Fahrenden gleich erlustigt hatten, »wir wollen es auch einmal versuchen. Nehmen wir einen Führer, oder darf ich mich Ihrer Kunst anvertrauen?«

»Erlauben Sie mir den Schlitten zu lenken,« bat Lanskoi.

»Sehr gern,« lachte die kleine Frau, »aber unter der Bedingung, dass, wenn wir umwerfen, ich auf Sie zu liegen komme, ich werde Sie nicht erdrücken.«

Das junge, schöne, heitere Paar stieg rasch die Stufen des Gerüstes aufwärts, mietete oben einen bequemen Schlitten, in dem sich die Gräfin Branischa anmutig niederließ, während Lanskoi voran seinen Platz einnahm. Er blickte noch einmal lächelnd auf seine reizende Gefährtin zurück und gab dann dem Fuhrwerk den entscheidenden Stoß, es nur mit seinen Händen lenkend. Wie von Flügeln fortgerissen, rasten sie den Abhang hinab und kamen glücklich unter fröhlichem Lachen und Beifall der Menge unten an. Als sie ausstiegen, blickte alles auf das prächtige Paar. »Sie ist sehr hübsch,« sagte eine alte Schnapshändlerin zu einem Kuchenverkäufer, »er aber ist die Schönheit selbst.«

Immer von neuem stieg die Gräfin mit ihrem Anbeter empor, und jedes Mal führte er sie blitzschnell und sicher den steilen Abhang herab. Es war reizend anzusehen, wie sie vor Freude in die Hände klatschte, oder die Arme lachend von rückwärts um seinen Nacken schlang.

Wieder waren die beiden auf der Plattform angelangt und stiegen fröhlich in den Schlitten, den der Lakai der Gräfin ihnen jedes Mal nachtrug, wenn sie die Stufen erklommen, schon war der erste Schwung, der dem gefährlichen Fahrzeug die Richtung gibt, gelungen, schon sauste das Paar den Eisberg hinab und Lanskoi saß da, kühn und stolz wie Apollo, der den Sonnenwagen lenkt, da mit einem male verließ der Schlitten die Bahn, stieß mit aller Gewalt gegen das Geländer, schlug um, und eine bunte Masse flog den Abhang hinab. Ein allgemeiner Aufschrei begleitete den Unfall, aber schon erhob sich die Gräfin Branischa, welche auf Lanskoi wie auf einem Fauteuil saß, purpurrot zwar, aber kichernd und schüttelte die kleinen blitzenden Eissternchen ab, mit denen ihr Samtmantel übersät war, und auch Lanskoi zeigte sich unversehrt. »Mein Gott, wie sehen Sie aus,« flüsterte die Gräfin, als sie endlich Zeit gewonnen hatte ihn anzusehen, Lanskoi war totenblass, seine Augen schienen aus ihren Höhlen zu treten, er bebte am ganzen Leibe wie ein Fieberkranker.

»Kommen Sie, Gräfin, kommen Sie,« bat er in einem Tone, den sie noch nie bei ihm gehört hatte, und schon hatte er ihren Arm in den seinen gelegt und zog sie fort. Die kleine reizende Frau aber wendete den Kopf zurück und suchte mit dem scharfen Instinkt des Weibes unter der Menge, die den Eisberg umgab, die Frau, die Lanskoi liebte; sie meinte mit einem male, dass nur ihr Anblick ihn so verwirrt und das ganze Unheil herbeigeführt haben konnte.

Und wie sie suchte und suchte, entdeckte sie plötzlich einen hochgebauten Schlitten mit zwei weißen Renntieren bespannt und in demselben ein Weib von seltener Schönheit, dessen Majestät durch den schweren Prunk ihrer Toilette nicht wenig erhöht wurde, und dieses schöne gebieterische Weib war die Kaiserin Katharina II. Wenn die kleine Branischa noch einen Augenblick in Zweifel gewesen wäre, ihre gefährliche Nebenbuhlerin entdeckt zu haben, so mussten ihr die Worte, die Lanskoi sprach, als sie in den Schlitten stiegen, Gewissheit geben. »Haben Sie nicht bemerkt, dass die Zarin gerade ankam, als wir stürzten?« fragte er.

»Ich denke vielmehr, wir stürzten, weil die Zarin ankam,« erwiderte die Gräfin ihn fixierend.

»Sie wird über mich gelacht haben,« murmelte Lanskoi mit einem Seufzer, »ich sah sie mit Korsakow sprechen, der hinter ihr auf dem Schlitten stand.«

Die kleine Frau zog ihren Schleier vor das Gesicht, um ihre Tränen zu verbergen. »Wer weiß, was sie ihm mitzuteilen hatte,« gab sie mit halb-erstickter Stimme zur Antwort, »sie liebt ihn ja.«

»Glauben Sie, dass eine Katharina einen Korsakow lieben kann?« gab Lanskoi rasch und heftig zurück. »Was ist er? Eine Puppe, ein gezähmter Affe, mit dem sie sich die Zeit vertreibt.«

»Nun, er ist doch ihr erklärter Günstling.«

»Es ist die Art der Löwin, dass sie gern mit Mäusen spielt.«

Damit endete das Gespräch.

Katharina II. ließ sich indes von Korsakow, der durch ihre Gunst vom gemeinen Gardesergeanten zum Grafen und Obersten emporgestiegen war, um die beiden Eisberge herumfahren und belustigte sich an dem kühnen Flug der kleinen Schlitten und den naiven Spaßen ihres Volkes. Auf der Rückfahrt lehnte sie sich plötzlich zurück und sagte zu Korsakow: »Kennst Du den Offizier, der sich der Branischa in so rührender Weise als Polster darbot?«

»Ich kenne ihn.«

»Wie nennt er sich?«

»Lanskoi.«

»Er schien mir hübsch zu sein.«

»Er gilt als der schönste Mann.«

»Wirklich! Er wird wohl sehr unglücklich sein, vor meinen Augen eine so lächerliche Rolle gespielt zu haben?«

»Das fürchte ich nicht.«

Die Zarin zog die stolzen Brauen ärgerlich zusammen. »Wie soll ich das verstehen?«

»Weil er sich nichts daraus machen würde, Dir ganz und gar zu missfallen.«

»Ei! Weißt Du das so gewiss?«

»Aus seinem eigenen Munde.«

»Seltsam.« Die Zarin versank in Nachdenken. »Ich finde es pikant,« murmelte sie, mehr im Selbstgespräche vor sich hin, als zu ihrem Günstling gewendet, »zu wissen, dass, wo alles schmeichelt und huldigt und um meine Gunst wirbt, es einen gibt, einen einzigen Menschen, der mir missfallen will.«

»Das habe ich nicht gesagt,« nahm Korsakow das Wort, »ich vermute, dass Du Lanskoi so gleichgültig bist, dass er sich ebenso wenig die Mühe geben würde, Dein Missfallen zu erregen, als Deine Gunst zu erringen.«

»Wie ungalant, mir das zu sagen,« rief Katharina strenge und verweisend, »Du kannst doch den gemeinen Menschen nie verbergen, ich begreife oft nicht, dass ich einen so rohen und geistlosen Gecken, wie Du bist, um mich dulde.«

»Ich spreche aber, wie ich denke.«

»Das ist es eben, und Du denkst gemein.«

»Und Du bist eitel wie ein junges Mädchen,« lachte Korsakow laut auf, wobei er zwei Reihen sehr großer weißer Zähne zeigte.

»Sprechen wir von Lanskoi,« sagte die Kaiserin, welche sich die Miene gab, seine neue Rohheit zu überhören, »wie urteilt er also über mich?«

»Er findet, dass Du dick wirst, und er liebt die dicken Frauen nicht,« erwiderte der ehemalige Sergeant.

»Das beweist nur, dass er klug ist,« rief Katharina mit einem spöttischen Zucken der Mundwinkel, »die Branischa war ihm ohne Zweifel eine süße Last, ich an ihrer Stelle hätte ihn erdrückt.«

Korsakow brüllte wie ein Stier vor Vergnügen über den Scherz der Kaiserin und stampfte mit den Füßen gleich einem Muschik beim Tanze.

Katharina würdigte ihn weiter keines Wortes, wies seinen Arm zurück, als er ihr vor dem Winterpalast beim Aussteigen helfen wollte, und ließ ihn an dem Tage nicht mehr vor. Bei der nächsten Cour gab sie der Gräfin Branischa einen Wink und zog sich mit ihr, vertraulich und ungezwungen, wie sie es liebte und an ihrem Hofe zum Gesetze erhoben hatte, in die Ecke eines Sofas zurück.

»Nun, haben Sie sich von dem Schreck erholt?« begann Katharina.

»Ich bin gar nicht erschrocken, Majestät,« erwiderte die Gräfin Branisch, »und ich glaube, dass in diesem Falle –«

»Keine unserer Damen erschrocken wäre,« fiel die Zarin lustig ein, »es war in der Tat ein angenehmer Fall. Wie hieß doch gleich der junge Offizier, den Sie in dieser Weise beehrten.«

»Es war der junge Lanskoi.«

»Sie lieben ihn?«

»Gewiss, Majestät,« sagte die Branischa treuherzig, »aber er liebt mich nicht.«

»O! er scheint also die Frauen überhaupt zu hassen,« sagte die Zarin, die immer mehr ins Feuer geriet.

»Vergeben, Majestät, nur mich.«

»Trösten Sie sich, liebe Branischa,« ergriff Katharina lebhaft das Wort, »er urteilt auch über mich in einer Weise, die mich beleidigen könnte, wenn sie mich nicht ergötzen würde. Dieser junge Offizier hat meine Aufmerksamkeit erregt. Ich will ihn sprechen, über mich urteilen hören, ohne dass er ahnt, dass ich es bin, die ihm naht. Sie werden mir dabei behilflich sein, meine Kleine.«

»O! welche Auszeichnung« – die Gräfin fieberte vor Zorn.

»Ich habe bereits meinen Plan,« fuhr Katharina fort, »werde Ihnen denselben aber erst eine Stunde vor der Ausführung mitteilen, bis dahin leben Sie wohl und trösten Sie sich damit, dass ich Ihr Schicksal teile, er mag uns beide nicht, der schöne Lanskoi.«

Kurze Zeit nach der Unterredung der beiden Frauen fand bei dem Grafen Panin ein Maskenball statt. Lanskoi, der sich bisher den Hofkreisen ganz ferne gehalten hatte, erhielt gleichfalls eine Einladung zu demselben und sprach der Gräfin Branischa gegenüber seine Verwunderung darüber aus.

»Ich muss wohl erscheinen?« meinte er und sah dabei recht unglücklich aus.

»Gewiss müssen Sie da sein,« gab die schöne Branischa boshaft zur Antwort, »Sie haben da die beste Gelegenheit, sich Ihrem Ideal zu nähern.«

»Wie?«

O! Die Naivität kleidet Sie allerliebst,« spottete die Gräfin. »Sollten Sie wirklich nicht wissen, dass bei solchen Gelegenheiten die Kaiserin in Maske erscheint und unerkannt die ersten Fäden ihrer Liebesintrigen knüpft?«

»Katharina wird da sein? Wissen Sie das gewiss?«

»Sie wird sogar in meiner Begleitung erscheinen.«

»O, Sie machen mich zum Glücklichsten der Sterblichen,« rief Lanskoi, »und wie werde ich Sie erkennen?«

»Ich werde Sie auf den Fuß treten.«

Wirklich erschien Lanskoi auf dem Balle des Grafen Panin, und zwar in einem sich knapp anschmiegenden Kostüme von blauem Atlas, das sein jugendschönes Gesicht und seine herrlichen Formen in das glänzendste Licht setzte. Er war noch nicht zweimal durch den Saal gegangen, als sich ihm zwei weibliche Masken näherten, beide in schwarzem Samt gekleidet, die eine groß und üppig, die zweite von schlanker Zierlichkeit. Sie begrüßten ihn, und die letztere berührte seinen Fuß mit der Spitze des ihren.

»Ist es wahr, was die Chronik von Dir sagt,« begann die majestätische, indem sie nachlässig seinen Arm nahm und ihn in eines der kleinen mit Weinen gefüllten Apartments führte, welche den Saal umgaben, »bist Du wirklich ein Weiberfeind?«

»Ich weiß nicht, wodurch ich diesen üblen Ruf verdiene,« entgegnete Lanskoi, er bebte unter der Berührung der angebeteten Frau, deren Arm mit süßer Wucht auf dem seinen lastete.

»Man behauptet, dass Du Dich von einer unserer reizendsten Damen lieben lässt, ohne ihre Leidenschaft zu erwidern.«

»Ganz richtig.«

»Dass Dir sogar die Kaiserin gleichgültig ist.«

»Ebenso richtig, aber dies würde mich nicht hindern, eine andere Frau zu lieben, wenn sie nach meinem Geschmack wäre.«

»Die Branischa ist also nicht nach Deinem Geschmack?«

»Nein.«

»Und Katharina.«

»Lässt mich gleichgültig,« gab Lanskoi zur Antwort, während alle seine Sinne in Aufruhr waren und er ihr am liebsten gleich vor aller Welt zu Füßen gestürzt wäre, »so gleichgültig, dass ich gar nicht fassen kann, weshalb alle Welt sie anbetet und Frauen sogar in Verzückung über ihre Schönheit geraten.«

»Du findest sie also nicht schön?«

»Im Gegenteil, ich finde, dass sie die Liebesgöttin selbst ist«, brach Lanskoi los, »dass es schon namenlose Lust bereiten müsste, der Schemel ihrer Füße zu sein, dass –«

»Nun, warum fährst Du nicht fort?«

Lanskoi hatte sich indessen wieder gefasst, »dass sie die vollkommenste Frau wäre,« schloss er »aber sie besitzt kein Herz, sie kann nicht lieben, und das lässt sie in meinen Augen reizlos erscheinen; wenn ich nur anbeten will, kann ich vor der marmornen Liebesgöttin knien, sie wird ihre eisig kalten Arme niemals öffnen, um mich zu umschlingen, und Katharina –«

»Versuch es doch, ob sie Marmor bleibt, ich glaube, Du könntest ihr gefallen.«

»Das fürchte ich eben so sehr,« fiel Lanskoi ein, »sie würde vielleicht die Opferflamme meines jungen Herzens als ein Zimmerfeuerwerk benutzen, um sich damit die Zeit zu vertreiben, aber Liebe für Liebe, Leidenschaft für Leidenschaft zu geben, ist sie so wenig fähig, wie der Eiskranz auf der Newa Blüten treiben kann.«

»Und wenn Du Dich irren solltest, wenn das Eis dieses Herzens sich in einen Blumengarten verwandeln könnte, sobald es der Sonnenblick der Liebe berührt? Katharina ist noch nie geliebt worden.«

»Weißt Du das so gewiss, Du Rätselhafte?«

»Sie ist begehrt worden, wie vielleicht kein Weib seit der griechischen Helena, aber geliebt, geliebt ist sie nicht worden.«

Kaum hatte die Zarin diese Worte gesprochen, als sich ein rosa Domino ihr näherte und ihr etwas in das Ohr flüsterte. Sie richtete sich stolz und drohend auf und ging mit großen Schritten dem Saale zu, plötzlich blieb sie aber stehen, wendete sich um und winkte Lanskoi zu sich. »Ich sage Dir, Katharina ist noch nie geliebt, aber sie ist mehr als einmal verraten worden. Leb wohl, wir werden uns wiedersehen.«

Sie grüßte ihn gnädig mit der Hand und verschwand dann im Gewühle.

Lanskoi atmete auf. »Wissen Sie, was geschehen ist«, flüsterte ihm eine wohlbekannte Stimme zu, während sich ein zarter Arm des seinen bemächtigte, »die Daschkow hat entdeckt, dass Korsakow der Zarin untreu ist.«

»Untreu – Katharina untreu –« rief Lanskoi, »und mit wem?«

»Mit der Gräfin Bruce.«

»Unmöglich.«

»Als wenn bei Euch Männern etwas unmöglich wäre,« seufzte die arme kleine Frau.

In allen Boudoirs wurde in den nächsten Tagen nur von der einen großen Neuigkeit geflüstert, welche den Hof in unbeschreibliche Aufregung versetzt hatte: Die Kaiserin war einer Liaison Korsakows mit der Gräfin Bruce auf die Spur gekommen, und der Platz eines erklärten Favoriten war frei geworden.

Allgemein staunte man über die Mäßigung, welche die Kaiserin bewies, und pries ihre Milde. Weder die Nebenbuhlerin noch der treulose Geliebte wurden bestraft, beide behielten ihren Rang und ihre Stellung am Hofe, nur die Gunst der Zarin hatte der Letztere für immer verwirkt, und dies traf ihn empfindlich genug. Nach Sibirien geschickt werden ist ein hartes Los, aber am Hofe zu bleiben, ohne Einfluss oder Bedeutung zu besitzen und von jenen, von denen man gefürchtet war, kaum beachtet werden, ist ein lächerliches Schicksal, und Korsakow war nicht der Mann, es mit Würde zu tragen. Aber wer fragt überhaupt noch nach ihm?

Am wenigsten Katharina II., welche mehr als alle anderen über die Nachsicht staunt, welche sie in diesem Falle gezeigt hat. Sie fragt sich immer wieder, was sie wohl so aller Rachsucht entkleidet, ja geradezu fröhlich gestimmt hat bei dem unerhörten Verrat? Sie fasst es nicht, dass sie sich weder als Monarchin noch als Weib beleidigt fühlt, und wie sie sinnt und forscht und grübelt, da fühlt sie mit einem Male, dass eigentlich sie die Treulose, die Verräterin ist, dass ihr Korsakow lästig war, seitdem sie Lanskoi das erste Mal sah, und sie weiß jetzt, dass sie Lanskoi liebt.

Sie schämt sich fast vor sich selbst, sich dieses Geständnis abzulegen, aber sie verschmäht es, sich zu täuschen; das ist nicht bloßes Wohlgefallen, kein Aufflammen der Leidenschaft, am wenigsten ein Rausch der Sinne, was sie mit süßer, nie gekannter Gewalt zu Lanskoi hinzieht, es ist Liebe, es kann nur Liebe sein, diese wunderbare Empfindung, welche ihr zugleich so viel Seligkeit und Schmerz bereitet und sie so furchtsam macht, dass sie, die allmächtige Despotin, nicht zu hoffen wagt auf Gegenliebe, und so selbstlos, dass sie nur den einen holden Gedanken hegt und nährt, das ganze Füllhorn des Glückes über den auszugießen, den sie liebt. Lanskoi wird an den Hof beschieden und erscheint zum ersten Male bei einer Theatervorstellung in der Eremitage. Noch nie hat Katharina sich mit so viel Sorgfalt gekleidet, sie sah ängstlich auf jede Schleife, jedes noch so winzige Schönheitspflästerchen, und wie sie sich zuletzt in dem Spiegel sieht, ist sie dennoch unzufrieden. Kaum hat man ihn unter den Herren im Parterre erblickt, wo er sich bescheiden im Hintergrunde hält, entsteht ein Neigen der Köpfe, ein Flüstern und Lorgnettieren, das sich bis zu der Loge der Monarchin fortpflanzt.

»Lanskoi ist soeben eingetreten,« sagte die Prinzessin Werongow leise zu dieser, »soll ich Befehl erteilen, dass er sich Eurer Majestät vorstellt?«

Katharina errötet wie ein junges verliebtes Mädchen und nimmt den Fächer vor das Gesicht.

»Ich weiß nicht« – stammelte sie, »raten Sie mir doch, Prinzessin.«

»Ich sende nach ihm,« erwiderte diese, »Lanskoi ist so reizend und so anspruchslos, er verdient, dass Sie gütig mit ihm sind, Majestät.«

Und wie er erst die Loge betreten hat und sich ehrerbietig vor ihr verneigt, da fühlt die Despotin ihr Herz heftig pochen, und ihr Auge, das dem seinen nicht zu begegnen wagt, folgt der Stickerei ihrer Robe, und ihre sonst so beredten Lippen, denen jederzeit Einfälle voll Geist und Bosheit wie tödliche Pfeile entschwirren, verstummen. Die Prinzessin kommt ihr zu Hilfe und unterhält sich mit Lanskoi, welcher indes seinen Blick unverwandt auf der Kaiserin haften lässt. Diese erinnert sich zu rechter Zeit, dass er sie schön findet, ja, der Liebesgöttin vergleicht, und dies gibt ihr Mut. Sie erhebt das große, helle Auge halb neugierig, halb zärtlich zu ihm und berührt seinen Arm mit dem Fächer.

»Sie scheinen mich gar nicht zu bemerken, Lanskoi,« beginnt sie, »ist es wahr, dass Sie mich so sehr hassen?«

»Ich fühle für Eure Majestät, was mir geziemt,« entgegnete dieser.

»Und was geziemt Ihnen, wenn ich fragen darf?«

»Ehrfurcht.«

Katharina blickt auf die kleine Bühne, auf der eben die Aufführung eines kleinen Probewerkes vor ihr beginnt, und spricht den Abend kein Wort mehr.

Und wieder fand sich Lanskoi ein anderes Mal auf ihren Befehl beim Spiele ein. Nur die Vertrauten der Monarchin wurden demselben beigezogen. Der kleine erwählte Kreis versammelte sich in den kleinen A-partments der Eremitage, wo jede Etikette verbannt war und man sich mit heiterer Ungezwungenheit unterhielt. Lanskoi wurde von der Kaiserin eingeladen, mit ihr, abseits von den Übrigen, eine Partie Domino zu spielen. Die schöne mächtige Frau hatte es längst aufgegeben, mit ihm zu kokettieren, sie zeigte sich einsilbig, begnügte sich, ihn immerfort anzusehen, schmachtete, seufzte und zerdrückte endlich sogar ein paar Tränen in ihren sonst so gebieterischen und gefürchteten Augen.

Lanskoi schien dies Alles nicht zu bemerken, er zeigte sich ehrerbietig und voll Aufmerksamkeit, aber kalt wie ein Eisblock.

»Welchen Rang bekleiden Sie in meiner Armee?« fragte plötzlich Katharina.

»Ich bin Leutnant, Majestät, und schätze es mir zur Ehre.«

»Sie sind allzu bescheiden,« lächelte die schöne Despotin, »ich habe es mir in den Kopf gesetzt, Sie avancieren zu lassen, und zwar recht schnell. Sie sind General, Lanskoi.«

Der arme Junge wurde totenbleich. »Majestät scherzen wohl?«

»Es ist mein Ernst.«

»Dann beschwöre ich Eure Majestät, diese Auszeichnung, welche mein Verdienst weit übersteigt, zurückzunehmen«, flehte Lanskoi. »Senden Sie mich gegen die Schweden, Polen oder Türken, befehlen Sie wir auf der Stelle, mein Leben für Sie hinzugeben, ich werde es mit Freude, ja mit Begeisterung opfern, aber eine Erhöhung, die mir in keiner Weise zukommt, beschämt, erdrückt mich.«

»Sie sind brav, Lanskoi, brav und treuherzig,« entgegnete Katharina II. gerührt, »ich danke Ihnen, aber ich bin nicht gewohnt, ein Wort zurückzunehmen, Sie sind General und bleiben es.«

Lanskoi wollte sprechen.

»Widersetzen Sie sich nicht,« rief sie im Tone des Befehls, einen Augenblick erwachte die Despotin in ihr, aber sofort war sie wieder nur das liebende Weib, »ich bitte Sie darum,« fügte sie sanft, beinahe ängstlich hinzu.

Lanskoi neigte sich stumm vor ihr und schwieg.

Fortan musste er zu jeder Tageszeit der Mächtigen Gesellschaft leisten, mehr als einmal trat die Versuchung an ihn heran, seinem Vorsatz untreu zu werden, sich vor ihr niederzuwerfen, ihr zu gestehen, dass er sie liebe, sie anbete, wie noch nie ein Weib angebetet worden sei, aber die Kraft seines Willens siegte immer wieder, und er verharrte in seiner achtungsvollen Zurückhaltung, seiner beispiellosen Kälte. Katharina, diese Frau, die gewohnt war, Sklaven um sich zu sehen, wenn sie nur winkte, Götzendiener, wenn sie befahl, wagte es nicht, dem ernsten Manne gegenüber, den sie wahrhaft liebte, nur ihre Neigung anzudeuten, aber sie verriet sich bei jedem Anlass und machte dadurch dem bis zum Wahnsinn in sie verliebten Lanskoi den Kampf um so schwerer. Sie schien endlich auf das Glück der Liebe an seiner Seite ganz zu verzichten, sie war nur noch darauf bedacht, von aller Selbstsucht frei, ihm das Leben zu verschönern, seine geliebte Gestalt mit Glanz und Herrlichkeit zu umgeben. Vor allem beschäftigte sie sich angelegentlichst mit der Erziehung des schönen Lanskoi, sie ließ ihn in den Wissenschaften und Künsten von den hervorragendsten Geistern unterrichten, während sie es selbst unternahm, ihm seine Sitten zu lehren. Als er einige Fortschritte im Klavierspiel gemacht hatte, ließ sie sich von ihm begleiten, wenn sie sang. In allen den kleinen Komödien, welche sie für das Bijoutheater der Eremitage schrieb, musste Lanskoi den Liebhaber spielen, während ihr ebenso gewiss jedes Mal die Rolle der Liebhaberin zufiel. Sie beschenkte ihn wie man ein Kind beschenkt oder eine Geliebte, und es waren ihre seligsten Augenblicke, wenn er sich von ihrer Sorgfalt erfreut zeigte. Es gab Nächte, wo sie nicht schlief, wo sie auf ihrem üppigen Lager saß und Tränen vergoss, dann stand sie am Morgen mit rotgeweinten Augen auf und verschmähte es, Speise zu sich zu nehmen. Sobald er aber da war, erhellte sich ihr schönes Antlitz, und sie konnte wieder lächeln und mit ihm scherzen und plaudern, sich und die Welt vergessen. Und wieder einmal in einer Nacht voll Unruhe, voll Qual und Schweigen fasste sie einen heroischen Entschluss.

»Er hat Recht,« sagte sie zu sich selbst, »ich habe kein Herz, ich putze ihn auf wie meine Puppe und tue ihm schön, aber dies alles nur um mir Freude zu machen. Ich habe mich noch nie ernstlich mit seinen Wünschen beschäftigt. Fortan soll von mir gar nicht mehr die Rede sein, ich will ihn glücklich machen, vollkommen glücklich.«

Ein eigenhändiges Schreiben der Zarin berief Lanskoi für den Abend in die Eremitage, es war in demselben weder von einer Theatervorstellung, noch einem Konzert, noch einer Soiree oder einem Spiel die Rede, und es war auch von keinem Leibkosaken, sondern von einem jungen, hübschen Kammermädchen überbracht worden. Das Ganze glich auf ein Haar der Einladung zu einem Rendezvous. Lanskoi, der keinen Augenblick darüber in Zweifel war, dass ihm ein tête-à-tête mit der gefährlichsten Frau Europas bevorstehe, küsste das wohlriechende Blatt mit den teuren Schriftzügen und rüstete sich zu dem bevorstehenden Kampfe. Er machte mit aller Sorgfalt und Koketterie Toilette, und es gelang ihm, alle seine körperlichen Vorzüge in das glänzendste Licht zu setzen; und wie er endlich in den knappen hohen Stiefeln mit Goldquasten, den sein tadelloses Bein knapp einschließenden weißen Beinkleidern, der roten goldverschnürten Kosakenjacke, das leicht gepuderte Haar von einer hellgrauen Marquise zusammengehalten, vor dem Spiegel stand, lächelte er sich wohlgefällig an, wie der schöne Narziss sein Bild im reinen Quell bewundert hatte, hing den krummen, mit Edelsteinen besetzten Säbel an goldener Schnur um die Schulter, nahm den Kolpak in die Hand und stieg in den Schlitten, der ihn pfeilschnell zu dem kaiserlichen Palaste hintrug.

An jenem geheimnisreichen Hinterpförtchen, durch das Aslow, Mirowitsch. Wasiltschikow, Potenckia, Zawadowski, Zoritz und Korsakow die Eremitage betreten hatten, um den verliebten Launen der neuen Semiramis zu dienen, erwartete das vertraute Kammermädchen den Glücklichen, welcher gleich den Spartanern des Leonidas seiner Niederlage reich geschmückt und heiter entgegen ging.

Das schmucke Kätzchen hüpfte munter voran durch die Korridore und die Treppe hinauf, plötzlich drückte sie die Hand an die Mauer, und eine zweite geheime Türe sprang auf, durch die der mit Sehnsucht Erwartete in ein mit wollüstigem Dämmerlicht erfülltes kleines Vorgemach trat.

»Hinter jener Portiere dort erwartet Sie das Glück,« flüsterte ihm noch seine reizende Führerin zu, dann verschwand sie, die Wand schloss sich hinter ihm, und Lanskoi war der Gefangene Katharinas. Sein Herz pochte heftig, seine Pulse flogen, er blieb einen Augenblick vor dem Vorhange stehen, um sich zu sammeln, dann schlug er ihn langsam zurück und erblickte in einem feenhaften kleinen Boudoir die Zarin, welche, mit einer silbernen Zange das Feuer in dem herrlichen Marmorkamin schürend, ihm den Rücken kehrte. Als die Portiere leise rauschend hinter ihm zufiel, wendete sie rasch den Kopf und nickte ihm freundlich zu. »Es ist noch kalt hier, oder ich bin vielleicht zu leicht angezogen,« sagte sie mit einem verschämten Lächeln.

Lanskoi überflog mit einem glühenden Blick diese üppige Prachtgestalt, welche über einem weißen Unterkleide von köstlichen Spitzen in einen offenen Schlafrock von gelber Seide gehüllt zu frieren schien, aber es war nur die Aufregung, die holde Furchtsamkeit der Leidenschaft, welche die sonst so wenig bedenkliche und energische Despotin wie ein junges verliebtes Mädchen zittern machte. Lanskoi ergriff den kleinen Blasebalg, der auf dem Boden lag, ließ sich auf ein Knie nieder und begann das Feuer anzufachen.

Die Zarin sah ihm lange mit einem Blicke holder Güte zu, dann legte sie langsam die weiße herrliche Hand auf seine Schulter. »Lanskoi,« begann sie, »ich habe mich in diesen Tagen viel mit Ihnen beschäftigt. Haben Sie wohl auch meiner gedacht?«

»O! gewiss, Majestät,« erwiderte er.

Katharina seufzte.

»Habe ich etwas gesagt, was die Unzufriedenheit Eurer Majestät erregt hat?« fragte Lanskoi rasch.

»Nein, mein Freund, aber ich bin unzufrieden mit einem Schicksal, das mich auf die öden Stufen des Thrones geführt hat, wo ich mich so einsam, so verlassen fühle. Ich will nicht sagen, dass mir eine Hütte genügen würde, aber ein kleines Schlösschen abseits der großen Straße der Welt, ein Kreis guter Freunde, ein Mann, dem mein Herz gehört und der auch mich liebt, welche Seligkeit müsste das sein!«

»Gäbe es einen Wunsch, dessen Erfüllung nicht in Ihrer Macht liegt?« entgegnete Lanskoi, noch immer vor ihr kniend.

»Kann ich einem Herzen befehlen, mich zu lieben?« rief Katharina mit einem Anflug von Bitterkeit, »ein Wink von mir wird den Mann meiner Wahl zu meinem gehorsamen, willenlosen Sklaven machen, gewiss, aber es gibt keine Gewalt, Liebe zu erwecken!«

»Doch, Majestät, die Gewalt der Schönheit.«

Katharina zuckte die Achseln. »Man sagt mir, dass ich schön bin, Lanskoi, ja, ich habe es so oft gehört, dass es mich beinahe langweilt, schön zu sein. Ich möchte hässlich sein, aber geliebt um meiner selbst willen, von dem Manne, der mein ganzes Sein bezwungen, so dass nichts übrig ist von Katharina, was nicht ihm gehörte.«

Lanskoi erhob sich und blickte der Zarin mit seinen schönen leuchtenden Augen voll und unerschrocken, in das bleiche Antlitz, das von Wehmut überflossen doppelt reizend erschien. »Wäre es möglich, Majestät, dass Sie nicht geliebt werden, nicht so geliebt, wie Sie es wünschen?«

Katharina errötete und begann leise zu beben. »Sprechen wir nicht von mir,« sagte sie nach einer kleinen Pause, »ich habe mir vorgenommen, mich nicht mehr mit meiner Person zu beschäftigen, sondern ganz nur mit Ihnen, Lanskoi,« dabei streckte sie ihm die Hand mit einer Herzlichkeit hin, die ihn vollends entwaffnete. »Beantworten Sie mir offen jede Frage mein Freund, es wird nur zu Ihrem Besten sein, offen und ehrlich, ich wünsche es.«

»Mein Wort, Majestät, ich werde nur die Wahrheit sprechen.«

»Nun, so sagen Sie mir vor Allem, was ich tun kann, um Sie vollkommen glücklich zu machen,« begann Katharina. »Ich hoffe, Sie lieben und werden wieder geliebt, denn ohne Liebe gibt es kein wirkliches Glück.«

»Gewiss, Majestät.«

»Sie lieben also?«

»Ja.«

»Mit ganzer Seele?«

»Ich möchte mein Leben hingeben für die Frau, die ich liebe.«

»Sie ist also schön, diese Frau?«

»Das schönste Weib der Erde.«

»Und sie liebt Sie wieder,« murmelte die Kaiserin mit einem schmerzlichen Lächeln, »o! gewiss, sie muss Sie lieben!«

»Ich wage nicht, daran zu denken.«

»Ist sie so tugendhaft, oder so stolz?«

»Sie ist für mich unerreichbar.«

»Und das macht Sie unglücklich, mein Freund?«

»Nein, Majestät, ich bin selig, wenn ich nur in ihrer Nähe weilen darf.«

»Ich will diese Frau kennen, Lanskoi,« rief Katharina, indem sie den Kopf in den Nacken zurückwarf. »Schnell, wie ist ihr Name?«

»Es ist die einzige Frage, welche ich nicht beantworten darf.«

»Auch dann nicht, wenn ich es Ihnen befehle?« sagte Katharina, sich mit einem Male in ihrer vollen Majestät aufrichtend, »ich befehle Ihnen, mir die Frau zu nennen, die Sie lieben, und zwar auf der Stelle.«

»Muss ich gehorchen?«

Die Kaiserin nickte.

Im selben Augenblick lag Lanskoi zu ihren Füßen. »Vergebung, Majestät, aber die Frau, die ich liebe, die ich anbete –«

»Nun wie nennt sich diese Frau?« rief die Zarin, mit dem Fuße stampfend.

»Katharina II.«

»Lanskoi! Sie lieben mich – ist das möglich? –« jubelte die schöne Despotin.

»O! Katharina, wäre es denn möglich, Sie nicht zu lieben?« rief Lanskoi, indem er ihre Hände ergriff und mit Küssen bedeckte.

»Und Du fragst nicht, ob ich Dich wieder liebe? Du hast Recht, Lanskoi, Du musst es in meinen Augen lesen, was Du mir bist. Ja, Lanskoi, ich liebe, zum ersten Male, seitdem ich das Licht der Welt erblickt, liebe ich, und Du bist es, der mich bezwang, der mich so elend und so unsäglich glücklich gemacht. Aber nicht von mir soll die Rede sein, von Dir allein, Geliebter, Dich will ich glücklich sehen, das ist für mich die höchste der Freuden.« Sie umschlang ihn mit wilder Zärtlichkeit und ihre Lippen suchten fiebernd die seinen.

Katharina II. liebte, dieses beispiellos schöne Weib, das den kaiserlichen Gemahl mit dem Degen in der Faust vom Throne gestoßen und ohne Erbarmen erwürgt, das jeden seiner Günstlinge zum demütigen Knecht seiner wollüstigen Launen gemacht hatte, liebte mit ganzer Seele, erbebte furchtsam, wenn es die Stirne des Geliebten von dem kleinsten Schatten verdüstert sah, und Tag und Nacht, im Wachen und Träumen nur von dem einen Gedanken beseelt, ihn zu beglücken.

Es waren Stunden nie geahnter Seligkeit, welch, Katharina II. mit dem schönen liebenswürdigen Lanskoi, im Winter in der Prachtgeschmückten Eremitage, im Sommer in dem lieblichen Zarskoje Selo verbrachte. Niemand hätte in dem liebenden Weibe, das an der Seite des Geliebten, zärtlich an ihn geschmiegt, im Schlitten dahinflog, oder sich in silberhellen Mondnächten mit ihm im Kahne schaukelte, das im prunkvollen Boudoir vor ihm auf den Knien lag und sich nicht sattsehen konnte an seinem Antlitz, und nicht einschlafen konnte, wenn er ihren Kopf nicht in seine Hände gebettet hatte, niemand hätte in diesem hingebenden, schwärmerischen Weib voll Güte und Aufopferung die Despotin wieder erkannt, deren Wollust die Bacchanalien eine etwas größere Type Agrippina und Messalina deren Grausamkeit die Gräuel eines Nero erneuert hatten.

»Sie liebt Lanskoi, wie sie noch keinen geliebt,« sagte Fürst Daschkow zu seiner Gemahlin.

»Sagen Sie lieber, Lanskoi ist der erste, den sie liebt,« erwiderte die Prinzessin, »und diese Frau, die uns seit langem die glänzendsten Proben von Genie, Klugheit, Mut, Entschlossenheit und Unbeugsamkeit gegeben hat, überrascht uns mit einem Male mit dem, was wir alle am wenigsten bei ihr gesucht haben, mit einem großen, guten und zärtlichen Herzen.«

Die Macht, welche Lanskoi über Katharina II. gewann, war eine unumschränkte und beispiellose, aber dass man ihn allgemein liebte, beweist, dass er dieselbe in keiner Weise missbraucht hat. Wenn sie ihn beschenkte, so geschah es immer gegen seinen Willen, und er zeigte sich jedes Mal beschämt und verwirrt. Als sie ihm dem Winterpalast gegenüber einen Palast erbauen ließ, vermied er es lange Zeit, sich öffentlich sehen zu lassen, und brachte kein Wort des Dankes über die Lippen, als sie aber ihre Büste in Marmor der Prinzessin Daschkow verehrte, vergoss er Tränen, denn er liebte Katharina wahnsinnig, dass er nicht einmal ihr totes kaltes Abbild jemand anderem gönnen wollte. Das Glück dieser einzigen Liebe war die Poesie im Leben Katharinas, und wie echte Poesie nicht ohne Tragik sein kann, so war auch diesem wunderbaren Traum ein rasches und unseliges Ende bestimmt.

Katharina II. trug, wie jeder Mensch, ihr Schicksal, ihr Verhängnis in sich. Ihre Hände waren mit Blut befleckt, und auf ihre Stirne war der Fluch geschrieben. Ihre Liebe war tödlich wie ihr Hass.

Nachdem sie Lanskoi ein Jahr besessen, begannen seine Wangen zu bleichen, und er welkte langsam an ihrer Seite dahin. Die berühmtesten Ärzte wurden berufen, aber ihre Kunst scheiterte an dem schönen Jüngling, der den Keim des Todes in sich trug.

Die Kaiserin war der Verzweiflung nahe. Nachdem sie alles aufgeboten hatte, den Geliebten zu retten, und ihn dennoch verloren wusste, da blieb ihr nur das eine, ihm seine letzten Tage zu verschönern durch ihre Liebe, zu verklären durch das, was ihm nicht die Kaiserin, was ihm nur das zärtliche, treue Weib bieten konnte.

Sie pflegte ihn wie die Frau den geliebten Gatten, wie die Mutter ihr Kind.

Durch viele Wochen wich sie Tag und Nacht nicht von seinem Lager, er bekam keinen Tropfen Arznei, den sie ihm nicht gereicht hätte, sie hielt ihm den Teller, aus dem er aß, das Glas, aus dem er trank, sie war unermüdlich dem nach Atem Ringenden die Kissen zu richten.

Während Lanskoi mit dem Tode rang, stand die Regierungsmaschine des größten europäischen Reiches stille, das Szepter war der Hand Katharinas, die es so männlich groß geführt hatte, entsunken, dieses herrschsüchtige, wollustheischende Weib war nur noch fähig zu weinen und zu beten.

»Ich sterbe,« sprach Lanskoi mit seiner sanften Stimme am Morgen, ehe er hinüberging, »aber ich trauere nicht um den Verlust meines jungen Lebens, ich war in dieser Spanne Zeit, die mir an Deiner Seite gegönnt war, so überreich gesegnet mit allem Glück der Erde, wie es andere Menschen niemals waren, welche die Dauer eines Patriarchenlebens erreichten.

Es gibt nichts in der Welt, das ewige Dauer hätte, auch Deine Liebe, Katharina, hätte sich vielleicht mit der Zeit verzehrt, ich danke Gott, dass er das geistige Licht in meiner Brust verlöschen lässt, so lange Du mich noch liebst, so lange ich Dir noch etwas bin.«

»O! Lanskoi,« rief die Despotin mit einem Aufschrei des höchsten Schmerzes, »Du warst mir alles, und nichts bleibt mehr zurück, wenn Du mir entrissen wirst, glaube mir, ich hätte Dich immer so grenzenlos geliebt, wie ich Dich jetzt liebe, und ich werde Dich niemals, niemals vergessen, niemals.« Das stolze Weib, zu dessen Füßen Millionen lagen, warf sich schluchzend an dem Bette nieder und presste die Stirne, die das Diadem trug, verzweifelnd gegen das kalte Holz.

So lag sie, bis der Todeskampf eintrat, dann hielt sie den angebeteten Mann in ihren Armen, und an ihrer Brust atmete er aus, ihre Hand in der seinen mit einem holden Lächeln um die noch blühenden Lippen. Katharina stürzte an der Leiche ohnmächtig zu Boden, selbst wie eine Tote.

Durch volle drei Monate trauerte sie um Lanskoi einsam in Zarskoje Selo, und durch volle drei Monate durfte niemand ihre Gemächer betreten, nicht einmal ihre Minister. Eine Witwe kann um den geliebten Gatten nicht aufrichtiger trauern, als sie es um den Geliebten tat.

In dem Parke von Zarskoje Selo erhebt sich ein herrlicher Obelisk von kostbarem Marmor, der die rührende Aufschrift trägt: »Dem Treuesten der Treuen;« es ist dies das Denkmal, das die Liebe der großen Katharina dem schönen Lanskoi gesetzt.

Nur die Toten kehren nicht wieder

Der erste Maitag 1767 täuschte die Erwartungen der Bewohner von Moskau in keiner Weise. Dieser anmutigste der russischen Festtage wird Jahr für Jahr durch eine allgemeine Ausfahrt nach einem nur wenige Werst entfernten Gehölze gefeiert; da aber nur zu oft ein neu eintretender Frost oder Regen die Freude verdirbt, wird schon mehrere Tage vorher ängstlich nach jedem Wölkchen ausgelugt. Nur diesmal war es ein richtiger Maitag, die Bäume grünten, und die Gebüsche zeigten die ersten Blüten; aller Orten tönte munterer Vogelgesang, und ein blauer Himmel überspannte die alte Zarenstadt.

In dem Hause des reichen Kaufherrn Peter Paulowitsch Samsonow war eine kleine, aber dafür umso lautere Gesellschaft versammelt, um an der Fahrt teilzunehmen. Das Haus lag in der breitesten Straße von Kilaigorod, hatte eine hölzerne, weiß getünchte Freitreppe, einen marmorierten Balken, ein Dach, aus dem eine kleine vergoldete Kuppel hervorsprang, und in dem anliegenden Gärtchen einen chinesischen Pavillon. In dem großen Prunkzimmer nahmen die Herren Süßigkeiten und Tee und warteten auf die Frauen, welche noch mit ihrem Anzüge beschäftigt waren. Es waren vier Männer da, der Hausherr Samsonow, ein großer, feister, behäbiger Kaufmann vom alten Schlage, in russischer Tracht, seidenem Kaftan, breitem Gurt das runde Gesicht von einem runden Barte eingerahmt, der Bruder seiner Frau, Herr Jamrojewitsch, Schreiber in der Reichskanzlei, ein kleines, dürres Männchen in zimtfarbenem Frack, weißer Halsbinde, gelbseidener Weste, taubengrauen Kniehosen, Strümpfen und Schuhen, mit gepudertem Kopf, zwei dicken Locken an den Schläfen und einem Zöpfchen, das dem gestutzten Schwänzchen eines Hündchens ähnlich sah. Ferner Iwan Sergiewitsch Babunin, der Schwiegersohn Samsonows, der Gatte seiner ältesten Tochter Feodora, ein junger Mann in russischer Tracht, mit von Blattern zerrissenem Gesicht, dessen Geschäft und Arbeit einzig und allein darin bestand, eine Anzahl schöner Häuser in Moskau zu besitzen; endlich ein junger Offizier, der Kapitän Apostol Tschoglokow. Der letztere hatte den Vorteil, in seiner knappen, reichgeschmückten Uniform seine hohe kräftige Gestalt in günstigster Weise zeigen zu können. Der Puder, welcher sein Haar vollkommen weiß machte, stach wirksam von dem gebräunten Gesicht ab, dessen Züge edel und dessen dunkelblaue Augen feurig und schwärmerisch zugleich waren.

Herr Jamrojewitsch hatte an diesem Tage ganz besonderes Unglück. Er spielte gern den in alle Mysterien der Politik eingeweihten Staatsmann, obwohl seine Tätigkeit für das Wohl des Vaterlandes beinahe ausschließlich darin bestand, die Federn zu schneiden, mit denen die Minister unterzeichneten. Jedes Mal, wenn er etwas erlauscht hatte, gab er sich die Miene des Unterrichteten, aber Unergründlichen, machte gerne halbe Anspielungen und drehte seine Tabatiere vornehm zwischen dem Daumen und Zeigefinger der rechten Hand, bis er endlich die Neugier aller erregt hatte, dann, wenn man ihn mit Fragen bestürmte, erglänzte sein sonst lederfarbenes Gesicht purpurn, gleich der aufgehenden Scheibe des Mondes, und endlich begann er mit leiser Stimme zu erzählen, was er wusste, und durch abgebrochene Worte, durch Räuspern, Blasen, Spucken, Husten zu ergänzen, was er nicht wusste. Heute hatte er aber Unglück. Er war feierlich eingetreten, ohne dass es jemand bemerkt hatte, saß mit einem in wichtige Falten gelegten Gesicht schweigend da, ohne dass jemand davon Aufhebens machte und hatte dann bereits zum fünften male die vielsagenden Worte hingeworfen: »Ihre Majestät die Kaiserin wird heute an der Ausfahrt teilnehmen,« ohne dass einer der Anwesenden eine Frage daran geknüpft hätte.

Eben nahm er einen neuen Anlauf, drehte seine Tabatiere rasch wie eine Wetterfahne im Sturme zwischen den Fingern und murmelte: »Die Kaiserin – weshalb mag sie nach Moskau gekommen sein?« als die Frauen eintraten und wieder niemand seine mysteriösen Worte beachtete.

Voran schritt Frau Eudoxia Samsonow, eine Vierzigerin, die gewiss einmal sehr hübsch, frisch und zart, jetzt aber wie die meisten Russinnen dieses Alters entsetzlich dick war und mit Mühe in ihrem Fett zu atmen schien. Sie sah in ihren reichen altrussischen Kleidern wie ein aufgeputztes Schlittenpferd aus. Ihr folgte die verheiratete Tochter Feodora Babunin, dann kamen die beiden unverheirateten, Elisabetha und Basja, alle drei hübsch, weiß und rot, mit unverkennbarer Anlage zur Üppigkeit, und festlich geschmückt. Ganz zuletzt trat rasch und stolz ein junges Mädchen von kaum sechzehn Jahren, mittelgroß, schlank, mit reichem dunklen Haar und feurigen Augen in das Zimmer, es war die jüngste Tochter und die schönste, Mascha, von allen die Zigeunerin genannt. Ihr erster Blick traf den hübschen Offizier, der sich erhoben hatte und nach einer tiefen Verbeugung im Stile der Menuette gegen die anderen Frauen auf sie zuging und ihre Hand küsste. Nach russischer Sitte beugte sich die schöne Mascha lebhaft zu ihm hin, und ihre frischen Lippen berührten seine Stirne.

Niemand sah etwas auffälliges in dieser Begrüßung, umso weniger, als Tschoglokow für den begünstigten Bewerber der schönen Kaufmannstochter galt. Mascha hatte ihre reine Stirne mit einer Stirnbinde, Perlen auf rotem Samt, gekrönt, welche ihr Haupt gleich einem Heiligenschein umstrahlte, und trug einen neuen roten Scharafan mit roter goldbestickter Seide.

Herr Jamrojewitsch hielt diese Gelegenheit, die sich seiner staatsmännischen Beredsamkeit darbot, fest und sprach, diesmal mit einer Stimme, die niemand überhören konnte: »Mascha, Du siehst heute wahrhaftig wie die Zarewna selbst aus, ja, ja, nun, Du wirst sie sehen, Ihr alle werdet sie sehen, sie fährt heute aus. Wie mancher wird sich etwas dabei denken, etwa: Wie kommt es, dass unser Mütterchen Katharina II. eben jetzt in Moskau ist und nicht anderswo?«

In der Tat war es diesmal dem zimtfarbenen Schreiber gelungen, die Aufmerksamkeit aller zu erregen. »Ja, wie kommt es, dass die Kaiserin eben jetzt in Moskau ist?« sagte Samsonow, und ähnlich erklangen zu gleicher Zeit die Fragen aller anderen, mit Ausnahme des Kapitäns, dessen Stirne sich finster runzelte.

»Allerdings,« erwiderte Jamrojewitsch langsam, die Tabatiere verharrte dabei gleichfalls in diplomatischer Ruhe, »wer reden dürfte, aber so – es gibt Geheimnisse – Staatsrücksichten –«

»Nun, wir wollen also nicht in Euch dringen,« fiel Babunin ein, »sondern an unsere Ausfahrt denken.«

»Dringt immerhin in mich,« antwortete der Schreiber mit großer Würde, »ich werde nichts verraten, das ist so unsere Art in der Reichskanzlei.«

Man ging die Treppe hinab und nahm in zwei schönen Wagen Platz, in dem einen saß der Kaufherr, seine Frau, der Kapitän und Mascha, in dem zweiten die drei anderen Töchter mit Babunin. Man fuhr durch die Straßen des altertümlichen Moskau zwischen Steinpalästen und hölzernen Häusern, bis die Wagen die prächtige Allee riesiger Fichten erreichten, welche auf dem ganzen Wege von mehreren Werst die Fahrenden begleiten und hier ihren Platz in der langen Reihe der verschiedenartigsten Fuhrwerke einnahmen. Das ganze reiche und wohlhabende Moskau schien auf der Wanderung, doch auch der kleine verarmte Adel durfte und wollte an diesem Tage nicht fehlen. So sah man denn zwischen den prachtvollen, mit feurigen Rassepferden bespannten Equipagen der Großen, in denen Damen mit hohen Toupets und weit gebauschten Roben saßen und die sicher unaufhörlich in Bewegung waren, deren Kutschböcke und Tritte mit goldstrotzenden Dienern besetzt waren, andere von Schindmähren gezogen, deren Geschirr mit Stricken zusammengebunden war, während die Livree der Lakaien Risse zeigten. Hier neumodische Glaswagen, dort alte Kutschen, Archennoahs auf Rädern, bei jedem Schritte ächzend. Zwischen den beiden Reihen von

Wagen, die ausfuhren oder zurückkehrten, sah man elegante Herren, Offiziere und Soldaten, welche die Ordnung aufrecht erhielten, auf raschen Pferden hin und hersprengen, während rechts und links tausende von Bauern festlich gekleidet, dem Schauspiel zusahen.

Mehr als zweitausend Kutschen waren in Bewegung, und tausende von Menschen füllten das Gehölz, als die Gesellschaft dort ankam. Baumgruppen wechselten mit großen Wiesen und blühenden Gebüschen ab, die Wohlgeruch versendeten. An geeigneten Stellen waren geräumige Zelte aufgeschlagen, in denen die Großen Erfrischungen nahmen und ihre Freunde bewirteten.

»Nun, Herr Vetter, wo bleibt denn die Zarewna,« begann Babunin, nachdem man ausgestiegen und einige Zeit in dem glänzenden Gewühl umhergegangen war.

»Wir werden sie sehen, ich sage es Euch, und noch recht oft werden wir sie sehen, sie wird länger in Moskau verweilen, als man denkt, es sind wichtige Dinge im Zug; ja, wer reden dürfte,« seufzte der Schreiber und drehte die Tabatiere würdevoll zwischen den Fingern.

»Ob es dies ist oder jenes, was unser Mütterchen Katharina vorhat,« sagte Samsonow, »gewiss wird es zu unserem besten sein.«

Tschoglokow schoss einen seltsamen Blick auf ihn und biss sich in die Lippe fest, als zwinge er sich zu schweigen.

»Man darf nichts sagen,« fuhr der Schreiber fort, »am wenigsten urteilen, aber jeder muss es loben, eine solche Regierungshandlung, in einem Staate nämlich, wo es nur einen Herrn gibt und alle anderen Sklaven sind, eine unerhörte Großmut; die Engländer werden staunen; und was haben sie dann vor uns voraus? Nichts haben sie vor uns voraus, nicht das mindeste.«

»Wovon sprichst Du,« staunte Samsonow.

Die Tabatiere lief wie das Rad eines Scherenschleifers zwischen den Fingern des Schreibers. »Wovon ich spreche? Von einem Staatsgeheimnis. Vor vielen Monaten schon sind Ukase in die entferntesten Gegenden des Reiches geschickt worden. Damals war noch nicht Zeit davon zu reden, deshalb habe ich keinerlei Andeutung gewagt –« damals hatte er nämlich von der Sache nichts gewusst – »aber jetzt kann man – so im Familienkreise nämlich – und dergleichen – kann man es wagen – unsere große Monarchin – es wird dieser Tage ein Manifest erscheinen, das Abgeordnete aller Nationen Russlands hierher nach Moskau beruft, um die neuen Gesetze zu beraten –«

»Seid Ihr von Sinnen?« schrie der Kapitän auf.

»Herr Offizier, ich habe das Manifest eigenhändig – abgeschrieben.«

»Also ein Parlament sollen wir erhalten wie in England?« sagte Babunin.

»Durch den freien Willen und die Gnade der Zarin,« fügte Samsonow hinzu, »ja, ja, es ist eine große, eine weise, herablassende Frau, unsere Herrin Katharina II. Viele Jahre möge sie leben und regieren, viele Jahre!«

Mit einem male entstand lebhafte Bewegung, ein Wogen und Drängen in den Menschenmassen.

»Die Kaiserin, von der Prinzessin Daschkow begleitet, es ist ihr goldener Wagen!« rief der Schreiber.

In einer Karosse aus vergoldetem Holz, deren Wände venezianisches Glas bildete, saßen zwei Frauen, die eine schön und majestätisch, mit einer Kosakenmütze auf dem gebieterischen Haupte, die andere kaum hübsch zu nennen, aber voll Grazie, Leben und Geist. Mascha hatte den Arm des Kapitäns gefasst und führte ihn rasch bei Seite. »Du sollst sie nicht sehen,« sagte sie.

»Wen?«

»Die Kaiserin.«

»Weshalb, törichtes Mädchen?« fragte Tschoglokow überrascht.

»Weil – ich weiß eigentlich selbst nicht weshalb –,« gab Mascha zur Antwort, »aber ich muss jedes Mal zittern, wenn von Katharina die Rede ist, vielleicht ist es ein Vorgefühl, dass sie Dich mir entreißt. Sie wählt ihre Günstlinge unbekümmert um das Urteil der Welt, und Du – Du, weshalb solltest Du ihr nicht gefallen?«

»Bist Du ruhig, wenn ich Dir sage, dass Katharina mir nie gefährlich werden kann?«

»Wirklich? Sie ist doch sehr schön!«

»Aber ich hasse sie,« murmelte der Kapitän.

Mascha schien ihn nicht zu verstehen. »Was Du sagst,« stieß sie endlich hervor.

»Sie ist eine Tyrannin, sie hat ihren Gatten ermorden lassen,« fuhr Tschoglokow fort, »und belügt Europa mit dem Schein großer Handlungen, während sie ihr Volk barbarischer misshandelt, als es je ein Nero oder Caligula gewagt hat.«

»Ich verstehe Dich nicht,« sagte das Mädchen nach einer Weile, »aber es ist mir genug, dass Du sie nicht liebst.«

»Und dieses russische Parlament! Was ist das, was soll das sein?« fuhr der Kapitän fort, »eine erbärmliche Komödie, um ihre Lobredner im fernen Frankreich zu täuschen und zu neuen Panegyriken zu begeistern, uns kann sie nicht betrügen, denke daran, wie lächerlich das enden wird.«

»Nun sage mir aber,« rief Mascha plötzlich, »wenn Du sie so sehr hassest, warum ich mich vor Katharina so sehr fürchte, sag' mir das?«

Diesmal war Herr Jamrojewitsch wirklich gut unterrichtet gewesen. Das kaiserliche Manifest, welches Abgeordnete aller Nationen und Stämme des großen Russlands zur Beratung neuer Gesetze nach Moskau berief, erschien in den nächsten Tagen und versetzte Europa in Staunen, die Russen selbst aber in nicht geringe Furcht.

War die Absicht der absoluten Selbstherrscherin, der mit dem Blute ihres Gemahls und so vieler Unglücklichen, welche sich zu ihrem Sturze verschworen hatten, befleckten Despotin, ihrem Volke, das zum größten Teile noch in den Ketten der Sklaverei schmachtete, mit einem male die Freiheiten Englands, die Teilnahme an der Gesetzgebung aus eigenem Antriebe einzuräumen, ernst zu nehmen, oder war es ein kühner Scherz im Stile Iwan des Schrecklichen, der die Großen des Reiches aufforderte, einen Nachfolger zu wählen, und als sie erklärten, sie fänden keinen Mann, der würdig sei nach ihm, den Thron einzunehmen, ihnen höhnisch zurief: »Das ist Euer Glück, wenn Ihr einen gefunden hättet, hätte ich ihm und Euch die Köpfe herunterschlagen lassen!«

Die treuen Untertanen Katharinas sträubten sich zuerst überhaupt, Abgeordnete zu wählen, und als man ihnen befahl, von ihrem Rechte Gebrauch zu machen machten die Gewählten Schwierigkeiten, nach Moskau zu gehen, und entschlossen sich, erst dann, dem Rufe der Monarchin Folge zu leisten, als man sie mittelst Polizei hinzuschicken drohte. Ein Parlament, dessen Deputierte mit Eskorte wie Verbrecher eingeliefert werden müssen, das wäre denn doch für das Russland Katharinas zu skurril gewesen. Endlich fanden sich die Gewählten in Moskau ein. Seit dem Turmbau zu Babel hatte man nicht so verschiedene Rassen und Nationen, so seltsame Menschentypen an einem Orte vereint gesehen, sie kamen aus den Eisfeldern der Polargegenden und aus den grasreichen Steppen des Südens, von den Ufern des Intis und der Wolga. Es war eine Versammlung, die ihres Gleichen suchte, aber sie endete auch genau so wie der Turmbau zu Babel.

Die Deputierten waren unfähig, sich untereinander zu verständigen, als man ihnen aber die Absichten der Monarchin verdolmetschte, waren sie sofort einig, dieselbe als groß, weise und als Mutter des Vaterlandes zu bezeichnen.

Im Übrigen schienen sie nicht zu verstehen, was man von ihnen begehrte, und blieben unerschütterlich dabei, keine Meinung über die ihnen vorgelegten Gesetze zu haben. Alles, was das Mütterchen Zarin habe niederschreiben lassen, sei ohne Zweifel über jeden Tadel erhaben, erklärten sie immer von Neuem, und sie seien nur da, um ihren Befehlen zu gehorchen und ihr in Allem zu dienen. Mit einem solchen Parlamente zu regieren, das zu Allem »ja« sagte, widerte sogar die neronische Natur einer Katharina an.

Sie entließ also die Abgeordneten huldvoll nach Hause – es war für dieselben der schönste Moment ihrer Tätigkeit für das Wohl der Völker Russlands – und die Freiheitskomödie war zu Ende.

Denkmünzen aus Gold wurden zur Verherrlichung derselben geschlagen und an die Deputierten verteilt. Die Mehrzahl derselben verkaufte sie gleich in Moskau an dortige Goldschmiede.

An dem Tage, wo die merkwürdige Versammlung auseinander ging, kam Tschoglokow in ungewöhnlicher Aufregung zu seiner geliebten Mascha. Er fand sie mit ihrer Schwester Elisabetha im Gärtchen hinter dem Hause, in dem chinesischen Pavillon mit dem Aufnehmen kleiner Knaben beschäftigt.

Der Kapitän begrüßte die Mädchen und warf einen Blick auf Mascha, den diese in unzweideutiger Weise an ihre Schwester weiter gab. Elisabetha entschuldigte sich mit einer Arbeit, die sie im Hause zu verrichten hatte und ließ die Liebenden allein.

»Weißt Du bereits die große Neuigkeit?« begann der Kapitän.

»Wie soll ich etwas wissen? Der Vetter war heute noch nicht da, wir erfahren alle Neuigkeiten nur durch ihn.«

»Erinnerst Du Dich meiner Vorhersagung am ersten Mai?« fuhr Tschoglokow fort.

»Ich erinnere mich,« sagte das schöne Mädchen.

»Alles ist so eingetroffen, wie ich sagte. Die Versammlung der Deputierten ist eben heimgeschickt worden. Die Zarin hat keine andere Absicht gehabt, als Europa eine Komödie vorzuspielen, aber ihre getreuen Untertanen benahmen sich bei derselben so über alle Erwartung albern, dass sie nahe daran war, sich vor allen zivilisierten Nationen lächerlich zu machen, und es daher vorzog, die allzu diensteifrigen Werkzeuge nach Hause zu senden. Und dieses Weib preisen Männer wie Voltaire und Diderot! Die Maske der Humanität, der Liebe für Künste und Wissenschaften soll aber Europa nicht länger über das Medusenantlitz täuschen, das sich hinter derselben verbirgt!«

»Apostol, Du führst sehr gefährliche Reden,« rief das gute Mädchen entsetzt, »sprichst Du auch so zu Deinen Kameraden oder anderen Leuten?«

»Nein, Geliebte, nur zu Dir.«

Mascha atmete auf. »Besänftige Dich,« sagte sie mit ihrer freundlichen, silberhellen Stimme, zugleich zog sie ihn auf den gepolsterten Sitz nieder und umschlang den teuren Mann mit beiden Armen, »was kümmern uns diese Dinge, ist es für unsere Liebe, unser Glück nicht gleichgültig, wer auf dem Throne sitzt und wie die Minister sich nennen?«

»Das ist sehr selbstsüchtig gedacht,« erwiderte Tschoglokow, »nur weil Alle – vielleicht mit einer einzigen Ausnahme – so denken, ist diese Tyrannei, diese Missregierung möglich. Hast Du denn kein Gefühl für Dein Vaterland, für Dein Volk, Mascha?«

»Aber, Geliebter, es hat sich ja eben gezeigt, dass dieses Volk keine Veränderung wünscht.«

»So ist es, Mascha,« sprach der Kapitän, »ja, Du hast die Wahrheit gesprochen, und das ist eben das Entsetzliche. Der unaufhörliche Druck der Tyrannei, dieses ununterbrochene Frauenregiment, diese weibliche Sultans- und männliche Paschawirtschaft hat uns Russen so erniedrigt, so aller Menschenwürde beraubt, dass wir nicht einmal dort mehr von der Freiheit etwas wissen wollen, wo sie uns von unseren Bedrückern gleichsam anbefohlen wird. Ich muss vor Scham erröten, wenn ich daran denke, wie die Nachwelt von uns urteilen wird, die wir diese Schmach ruhig, ohne Widerstand, beinahe vergnügt ertragen. Haben wir deshalb unter Peter dem Großen einen Schritt vorwärts getan, der so kühn, so überraschend war, dass alle Völker Europas uns anstaunten, um dann wieder unter vier Zarinnen, ebensoviel Despotinnen, die nur von ihrer Laune, und niemals von einem großen Gedanken geführt werden, in die Reihe der asiatischen Horden herabzusinken? Katharina I., Anna, Elisabeth, Katharina II. Welche Aufeinanderfolge von Entwürdigung, Schmach und Elend! Aber die Entsetzlichste von Allen bleibt doch diese Semiramis des Nordens, wie Voltaire unsere gegenwärtige Gebieterin nennt, Semiramis wohl nur, weil sie gleich der asiatischen Herrscherin über die Leiche ihres Gatten hinweg den Thron bestieg, aber die Asiatin breitete über ihr Verbrechen, ihre Laster und Ausschweifungen den Purpur großer Taten und weiser Einrichtungen. Katharina II. ist aber nichts weiter als eine neue Messalina, eine zweite

Königin von Achem. Man sagt, dass die Menschheit unablässig vorschreitet. Ich kann es nicht glauben. Da habe ich mir vor wenigen Tagen bei einem Trödler ein Buch gekauft, das ihm, mit vielen anderen ein französischer Tanzmeister verhandelt hat. Lies das einmal –« er zog einen französischen Plutarch hervor und gab ihn Mascha, welche den Deckel aufschlug und, mit dem Finger die Buchstaben verfolgend, zu lesen versuchte.

»Was ist das,« sagte sie endlich, »ist das französisch? Du hast wohl vergessen, dass ich nur die russische Kirchenschrift lesen kann und auch diese nur, wenn die Buchstaben recht groß sind, wie in den Gebetbüchern und Evangelien.«

»Wie schade!« rief der Kapitän, »aber warte, ich will Dir einiges daraus übersetzen.« Er suchte in dem Buche, fand endlich die Lebensbeschreibung des Lykurgos und begann Satz für Satz, so gut er es eben traf, der Geliebten zu verdolmetschen, während sie den Arm um seinen Nacken geschlungen mit ihm in die vergilbten Blätter blickte und aufmerksam zuhörte.

Als er zu Ende war, wendete er sein von Begeisterung glühendes Antlitz der Geliebten zu. »Waren das Menschen in jener alten, längst verflossenen Zeit, war das ein Volk in Sparta, und dieser Lykurgos, welch ein Mann! Welche Vaterlandsliebe! Er geht freiwillig in die Verbannung, er gibt sich den Tod, weil die Spartaner ihm mit einem heiligen Eide geloben, an den herrlichen Gesetzen, die er ihnen gegeben hat, nichts zu ändern vor seiner Rückkehr.«

»Wie schön Du jetzt bist,« sagte das Mädchen, »ich erinnere mich nicht, Dich je so gesehen zu haben. Dieser Mann muss sehr gut und groß gewesen sein, da er nach so vielen, vielen Jahren noch imstande ist, bloß durch die Erinnerung an ihn, Dich so schön zu machen, mein Geliebter.«

Tschoglokow zog Mascha gerührt an seine Brust und küsste sie mit jener Innigkeit, welche nur gute und reine Herzen empfinden können, dann nahm er den Plutarch wieder zur Hand und las weiter von Solon, Themistokles, Cato und den beiden Gracchen, er las so lange, bis Frau Eudoxia Samsonow auf der Schwelle erschien.

Die gute, dicke Frau passte vortrefflich in den Rahmen des chinesischen Pavillons, sie stand da, seltsam und merkwürdig wie eine Pagode, und nickte mit dem Kopfe so ernsthaft wie eine solche.

»Es ist Zeit, etwas zu essen, meine Kinder,« sagte sie lächelnd, sie lächelte immer, wenn sie sprach.

Einige Tage später, an einem kalten, unfreundlichen Herbstabend, während draußen der Regen in Strömen herabfloss und der Sturm in den Schornsteinen heulte und an den Fensterscheiben unheimliche Lieder sang, saß Samsonow mit seiner braven Frau in der Nähe des warmen Ofens beim Dominospiel, Elisabetha bereitete den Tee, Basja durchstickte einen roten Scharafan mit Gold, und Mascha spielte mit einem weißen Hündchen, das ihr Tschoglokow zum Geschenke gemacht hatte. Alle blickten von Zeit zu Zeit auf die große Schwarzwälderuhr, sie erwarteten den Kapitän und mit nicht geringer Sehnsucht, denn alle liebten ihn.

Endlich trat er ein und begrüßte zuerst die Eltern dann die Mädchen herzlich und scherzhaft wie immer, aber Mascha hatte sofort entdeckt, dass er furchtbar bleich war. Sie zog ihn in eine Fensternische und fasste besorgt seine Hand, die sich wie ein Stück Eis anfasste.

»Was hast Du?« fragte sie, »bist Du krank?«

»Ich habe die ganze Nacht gelesen,« antwortete er.

»Sollte dies allein die Ursache sein –?«

»Und – ich bin zu einem großen Entschlusse gekommen, Mascha.«

»Zu was für einem Entschlusse, Geliebter, Du erschreckst mich.«

»Ich habe heute Nacht von Cäsar gelesen, mein teures Mädchen,« sagte der Kapitän, »und von Brutus. Der Erstere war ein großer Held im alten Rom, der ruhmreiche Taten verrichtete, zum Lohn die höchste Würde im Staate bekleidete, aber damit nicht zufrieden war.«

»Was wollte er noch?«

»Er wollte König werden, der Ehrgeizige.«

»Weshalb sollte er dies nicht werden, wenn er ein großer Mann war, wie Du sagst?«

»Merke auf,« fuhr der Kapitän fort, »Cäsar war in der Tat würdig, König zu werden, aber es gab brave Leute in Rom, die selbst dem besten Mann die Freiheit des Vaterlandes nicht zum Opfer bringen wollten. Der angesehenste dieser Patrioten hieß Brutus. Cäsar betrachtete diesen Brutus wie seinen Sohn, als es aber hieß, Cäsar sei gesonnen, am ersten Tage des Märzmonats in den Senat zu gehen und sich dort durch seine Freunde zum Könige erheben zu lassen, da sagte Brutus: Dann ist es meine Pflicht, nicht zu schweigen, sondern für die Freiheit zu streiten und selbst mein Leben aufzuopfern. Cassius aber, sein Schwager, erwiderte: »Welcher Römer wird gleichgültig bleiben, wenn Du Dich für die Freiheit aufopferst?«

»Und was taten diese Beiden?« forschte Mascha erregt.

»Sie verschworen sich mit anderen angesehenen Männern und an dem ersten Tage des Märzmonates gingen sie mit Dolchen bewaffnet in den Senat.«

»Und?«

»Und ermordeten Cäsar.«

»Apostol! Um Himmelswillen! Und Du – Du willst die Kaiserin ermorden?«

»Ja, Mascha, das will ich,« sprach der Kapitän mit feierlicher Ruhe.

Das Mädchen sah ihn noch einen Augenblick entsetzt an, dann begann es plötzlich zu lachen. »Ich merke jetzt, Du scherzest, willst mich ängstigen, es kann ja nicht Dein Ernst sein.«

»Meinst Du,« erwiderte der Kapitän düster, »ich sage Dir aber, dass ich nicht ruhig sein kann, Mascha, dass mir das Glück an Deiner Seite als eine Sünde erschiene, so lange dieses lastervolle Weib lebt. Ich höre eine Stimme, die zu mir spricht: Brutus, Du schläfst! Ich will wach werden und mit mir dieses arme Land erwecken.«

»Apostol, gibt es denn kein anderes Mittel, keinen anderen Weg?« fragte angstvoll das Mädchen.

»Jeder andere Weg führt nach Sibirien.«

»Und dieser auf das Schafott.«

»So sei es, ich will ein großes Beispiel geben,« sagte Tschoglokow, »und scheitere ich, so soll der Koran Recht behalten, der da sagt:

»Es gibt keine Erlösung für ein Volk, das von einem Weibe regiert wird.«

»Mein Geliebter –«

»Genug davon.«

Mascha schwieg und beherrschte ihre Aufregung so gut, dass niemand im Hause von dem, was sich vorbereitete, eine Ahnung hatte, als sie aber in ihrer Stube allein war, warf sie sich vor den Heiligenbildern nieder und weinte und betete die ganze Nacht hindurch bis zum Morgen.

Auf dem großen Platze vor dem Kreml blitzten Tausende von Bajonetten, stampften und wieherten die Pferde der Reiterei, drohten die schwarzen Mündungen der Kanonen. Die Zarin Katharina II. hielt hier die Parade über die Garnison von Moskau ab.

Nachdem die Truppen in drei Treffen aufgestellt waren, sprengte sie mit einem glänzenden Stabe heran, wurde mit Musik und Senken der Fahnen empfangen und ritt dann langsam die Front ab.

Sie saß auf einem weißen Araber, der sie mit einem gewissen Stolz zu tragen schien, in leichter und doch imponierender Haltung. Auf dem weißgepuderten Haar saß ein dreieckiger Hut in der Form, wie ihn damals die Soldaten bei der Wache trugen, mit breiter Goldborte und kleinem Federbusch. Über dem grauen Reitkleide hatte sie eine Uniform aus grünem Tuch mit roten Aufschlägen und Gold an, die kleine Hand im weißen Stulphandschuh führte kräftig die Reitgerte.

Während die Kaiserin durch die Reihen ritt, wurde sie von jeder Kompanie mit den Worten: Guten Tag unserer Zarin! gegrüßt, und sie erwiderte »Guten Tag,« mit einem liebenswürdigen Lächeln. Als sie an Tschoglokows Kompanie vorbei kam, ließ sie plötzlich ihr Pferd langsamer gehen und heftete ihren Blick, der mehr wie einen mutigen Mann zittern gemacht hatte, voll und ruhig auf den neuen Brutus. Der Kapitän hielt ihn aus, ohne nur mit der Wimper zu zucken, in seinem Auge loderte Hass und Fanatismus, aber Katharina II. schien die Glut desselben ganz anders aufzufassen, denn sie wendete sich auf der Stelle zu dem General Grafen Apraxie und fragte nach dem Namen des jungen schönen Offiziers.

Auf einmal, als sie die Regimenter vor sich defilieren ließ, suchte und fand ihr großes gebieterisches Auge den Kapitän, und diesmal wurde ihm sogar ein gnädiges, nur ihm bemerkbares Kopfnicken zu Teil.

Nach der Parade in ihre Gemächer zurückgekehrt, ließ Katharina II. sofort den Grafen Panin zu sich befehlen, und gab ihm den Auftrag, ihr so rasch als möglich über den Kapitän Tschoglokow zu berichten. Die Auskünfte, welche sie so dringend begehrte, kamen indes viel früher als sie erwartete von ganz anderer Seite und lauteten seltsam genug.

Die Zarin hatte nur Zeit gehabt, ihre militärischen Kleider mit einem reichen Negligee zu vertauschen, als ihr eine Person gemeldet wurde, welche ihr wichtige und dringende Mitteilungen zu machen habe.

»Wer ist es?« fragte sie, die Stirne runzelnd.

»Ein junges Mädchen, die Tochter eines Kaufmanns in Kilai-gorod.«

»Und welchen Gegenstand betreffen die Mitteilungen?«

»Sie behauptet, nur Ihrer Majestät selbst Alles sagen und gestehen zu können.«

Katharina II. blickte einen Augenblick zu Boden, sie besann sich offenbar, dann gab sie einen Wink, der so viel bedeutete als: ich will das Mädchen sprechen. Ehe dieses eintrat, hatte die Monarchin noch Zeit gehabt, sich sehr genau im großen Wandspiegel zu betrachten, um dann in einer nachlässigen Attitüde auf dem Ruhebette Platz zu nehmen.

Als sich das Mädchen endlich mit der Selbstherrscherin Russlands allein sah, blieb es einer Bildsäule gleich, an der Türe stehen, von der schweren roten Damastportiere halb bedeckt, und begann zu weinen.

»Nun, sage mir rasch, was Du zu sagen hast,« begann Katharina II. lächelnd, »bedenke, dass ich nicht ganz so viel Zeit habe wie Du.«

Die helle Stimme der Kaiserin wirkte in ganz anderer Weise auf das Mädchen, als die Majestät ihrer Erscheinung, sie eilte auf dieselbe zu, warf sich ihr zu Füßen und hob flehend beide Hände empor. »Gnade!« stieß, sie angstvoll hervor.

»Für wen, mein Kind?« fragte Katharina sanft.

»Für einen Mann, den ich liebe,« erwiderte das Mädchen schluchzend.

»Was hat er für ein Verbrechen begangen?«

»Er will erst eins begehen.«

»Ei,« lachte die Zarin, »und ich soll ihm vorher eine Verzeihung gewähren, damit er es ungestraft verüben kann? Nicht übel ausgedacht.«

»Nicht so, Majestät,« rief das Mädchen, »ich drücke mich schlecht aus. Es handelt sich darum, eine schreckliche Tat zu verhindern und dem, der sie vorhat, Ihre Gnade zu erwirken.«

»Immer rätselhafter,« sagte die Zarin, »vor Allem aber, wie ist Dein Name, wer sind Deine Eltern?«

»Ich heiße Mascha, und mein Vater ist der Kaufmann Samsonow in Kilai-gorod.«

»Nun, Mascha, stehe auf und erzähle mir ruhig und zusammenhängend alles, was Du auf dem Herzen hast.«

»Nicht früher Majestät, als bis Sie mir Gnade gewähren für den Unglücklichen.«

»Ich muss den Fall kennen, ehe ich entscheide.«

»Nein, Majestät, Sie müssen früher vergeben, ehe ich den Mann, den ich so heiß und innig liebe, in Ihre Hände liefere, denn ich tue diesen Schritt nicht allein, um Ihr Leben zu retten, gnädigste Frau, sondern auch das seine, nur meine Liebe, meine Angst um ihn treibt mich, ihn zu verraten.«

»Es handelt sich also um eine Verschwörung –«

»Nein –«

»Doch, doch, ein neuer Anschlag auf mein Leben,« fragte Katharina rasch und heftig.

»Das habe ich nicht gesagt –«

»Gewiss hast Du das gesagt, eben das, mein Täubchen.«

»Ich habe nichts gesagt,« rief Mascha, deren Mut mit jedem Worte stieg, »und ich werde nichts sagen, wenn Sie mir nicht sein Leben schenken.«

»Es gibt Mittel, Kind –«

»Ich fürchte nicht, in den Kerker geworfen und mit Ketten beladen zu werden.«

»Und die Folter?«

»Auch diese nicht, ich fürchte nichts in der Welt für mich, und Alles nur für ihn,« sagte das Mädchen mit einer Achtung heischenden Entschlossenheit. »Brauchen Sie Gewalt, Majestät, dann Gnade Ihnen Gott, kein Mensch wird Sie erretten, wenn ich schweige, und Sie werden sterben, wie Cäsar starb.«

»Was weißt Du von Cäsar?«

»Ich weiß, dass er ein Tyrann war, und dass Brutus ihn ermordet hat.«

Katharina sah das mutige Mädchen groß an, sprang auf und durchschritt heftig das Gemach, sie überlegte; dass hier die Gewalt ihres Szepters nicht ausreichte, sah sie jetzt klar genug, sie wollte es also mit der Macht ihrer Persönlichkeit und mit ihrer überlegenen Klugheit versuchen. »Höre mich an,« begann sie, nachdem sie mit auf der Brust gekreuzten Armen vor Mascha stehen geblieben war, »wenn ich Dich jetzt hier festhalte und meinen Polizeichef beauftrage, binnen einer Stunde festzustellen, wer jener Mann ist, den Du liebst, kenne ich auch den neuen Brutus, vor dem ich mich zu hüten habe. Du siehst, ich brauche nur zu wollen, und Dein Geliebter ist in meiner Gewalt, ich kann dann mit ihm beginnen, was mir gut dünkt, ihn foltern lassen, bis er gesteht, und wenn er gestanden hat, ihn auf das Blutgerüste senden. Verstehst Du? Aber ich will nicht. Ich habe Mitleid mit Dir. Sage also, was verlangst Du von mir?«

»Ich bitte um Gnade, Majestät, um Vergebung für ihn,« flehte Mascha, »er ist kein böser Mensch, nur ein wenig verblendet und schwärmerisch.«

»Du sagst mir, dass er und andere mich ermorden wollen.«

»Er allein.«

»Gut, er allein. Darf eine solche Tat straflos bleiben? Bedenke, mein Kind, was ich meiner hohen Stellung, meiner Würde schuldig bin,« fuhr die Zarin fort, »ich muss ihn strafen, aber ich verspreche Dir, ihn nicht zum Tode zu verurteilen –«

»Ach! Majestät, wenn sie ihn in den Kerker oder nach Sibirien senden, ist er für mich gleichfalls tot.«

Katharina dachte nach, nur wenige Sekunden, dann überflog es ihr schönes, kluges Antlitz, wie die Freude des Sieges. »Also, ich will noch mehr versprechen, mein kaiserliches Wort, dass er nicht länger als ein Jahr gefangen bleibt. Ich denke, die Strafe ist für einen Hochverräter und Mörder milde genug. Bist Du nun zufrieden?«

»Ja, Majestät.«

»Nun nenne mir seinen Namen.« »Es ist der Kapitän Tschoglokow.«

»Tschoglokow!« schrie Katharina II. auf, »wirklich Tschoglokow! Welche rätselhafte Fügung, und er hasst mich also?«

»Er sagt es.«

»Und hat eine Verschwörung angezettelt –«

»Nein, Majestät, er hat weder Mitschuldige noch Mitwisser.«

»Bist Du dessen sicher?«

»Ja, Majestät.«

»Du kannst gehen, mein Kind.« Eine huldvolle Handbewegung und Mascha war entlassen.

Die Kaiserin berief sofort den Chef ihrer Polizei und befahl, den Kapitän Tschoglokow auf der Stelle zu verhaften und vor sie zu führen, dann begab sie sich in ihr Kabinett, um die eingelaufenen Depeschen durchzusehen. Stunde auf Stunde verging, Katharina wurde ungeduldig und sendete einen Offizier nach dem Chef der Polizei, endlich kam dieser und meldete, der Kapitän sei verschwunden. Einer seiner Kameraden habe ihn zuletzt unter den Fenstern der Kaiserin auf- und abgehen sehen. Von da an schien jede Spur verloren. Man hatte vor seiner Wohnung, vor der Kaserne seines Regimentes, an allen Orten, die er zu besuchen pflegte, Leute aufgestellt mit dem Befehl, ihn gefangen zu nehmen, damit schien die Weisheit der Polizei erschöpft.

»Haben Sie ihn auch bei dem Kaufmann Samsonow gesucht?« fragte die Kaiserin.

»Dort zuerst, Majestät.«

»Und verlautet, dass er abgereist ist?«

»Durchaus nicht, Majestät.«

Nach dem Diner sendete Katharina wieder an den Polizeichef.

»Keine Spur von dem Kapitän?«

»Keine, Majestät.«

»Wo pflegt er zu speisen?«

»Bei dem Major Borodinsto, seinem Oheim.«

»Und –«

»Er wurde heute vergebens erwartet.«

»Seltsam.«

Abends gab eine Theatervorstellung, in welcher Herren und Damen des Hofes mitwirkten, den Gedanken der Zarin eine andere Richtung, aber kaum war sie nach Mitternacht in ihr Schlafgemach eingetreten, erinnerte sie sich Tschoglokows. Sie ließ sich nicht entkleiden, sondern eilte in ihr Kabinett und berief noch einmal den Polizeichef und mit ihm den Grafen Orlow. Nachdem sie nochmals vernehmen musste, dass von dem Kapitän nichts zu entdecken sei, trat die Sorge für die Sicherheit ihrer Person in den Vordergrund, und sie traf Anstalten, die Wachen zu verdoppeln und die Gänge, aus denen geheime Türen in ihre Gemächer führten, stark besetzt zu halten. Dann erst kehrte sie in ihr Schlafgemach zurück, ging aber nicht zur Ruhe, sondern begnügte sich damit, ihre Prunkrobe abzulegen und in einen bequemen, mit kostbaren Spitzen besetzten Schlafrock zu schlüpfen. Nachdem sie ihre Kammerfrauen fortgeschickt hatte, setzte sie sich an ihren Sekretär und schrieb, um sich zu zerstreuen, an Voltaire.

Bemüht, ihren lebhaften Geist zu sammeln und in seinem vollen Glanze sprühen zu lassen, vergaß sie die ganze übrige Welt und mit ihm den Kapitän, der ihr Leben bedrohte, da – als sie von dem beschriebenen Blatte aufblickte, um selbstzufrieden vor sich hin zu lächeln, stand plötzlich ein bleicher Mann mit unheimlich glühenden Augen vor ihr und sie erkannte Tschoglokow.

So wenig Katharina auf diese plötzliche, sie bedrohende Erscheinung gefasst war, so erschrak sie doch nicht im mindesten; ohne ihre Miene nur einen Augenblick zu verändern, ja, ohne nur die Feder fortzulegen aber den Blick immer fest auf den Gegner gerichtet lehnte sie sich zurück und sprach: »Seien Sie mir willkommen, Kapitän, ich habe eben an Sie gedacht.« Und als Tschoglokow schwieg, fuhr sie fort: »Ja, ja, es ist so, wie ich Ihnen sage, und ich habe bedauert, dass ich nur Kaiserin und nicht auch ein wenig Zauberin bin, ich hätte Sie auf der Stelle in dieses Zimmer hergezaubert, denn seitdem ich Sie heute bei der Parade bemerkte, beschäftigte ich mich immerfort mit Ihnen, Sie haben einen Eindruck auf mich gemacht, und – wer weiß –« sie zuckte mit hinreißender Liebenswürdigkeit die Achseln – »Orlow hat, um mich zu kränken, gestern von mir Urlaub begehrt, ich bin jetzt in der Laune, ihm denselben zu gewähren. Aber wie kommen Sie hierher? Ich fange an, an Zauberei zu glauben.«

»Ich bin durch den Kamin gekommen, Katharina,« gab der Kapitän rau zur Antwort, »aber Du erratest wohl nicht zu welchem Zwecke?«

Katharina warf die Feder von sich und begann laut zu lachen. »Zu welchem Zwecke dringt man in das Schlafgemach einer Frau?«

»Du irrst Dich –«

»Nein, mein Freund, ich irre mich nicht, Du bist nicht der erste, dessen Sinne ich in Aufruhr gebracht habe,« fuhr die Zarin fort, »ich sollte Dir böse sein aber ich liebe die kühnen Männer, wenn sie – schön sind.« Sie stand auf, ging rasch zu dem prachtvollen Ruhebett, das in der Nähe des Kamins stand und ließ sich so kokett wie nur möglich auf demselben nieder. »Hierher! Weißt Du nicht wo Dein Platz ist? Zu meinen Füßen! Komm, Du sollst mir die Zeit vertreiben, aber wehe Dir, wenn Du nicht rasend verliebt bist, komm!«

»Ich hasse Dich, Tyrannin!« rief Tschoglokow, »und werde Dich für Deine Missetaten strafen, wie Du es verdienst. Kein Mensch ist hier, Dich zu beschützen –«

»Glaubst Du,« sprach Katharina, »und wenn ich imstande bin, mich selbst zu beschützen?« Sie stand auf, ging furchtlos auf Tschoglokow zu und legte die schöne weiße Hand auf seine Schulter »Du willst mich töten? Du?«

»Ich werde Dich töten –«

»Nein, Du wirst zu meinen Füßen liegen und um meine Gunst flehen,« rief die Zarin, »wenn Du mich ermorden wolltest, so hättest Du es bei der Parade tun müssen oder anderswo, dort, wo ich nur die Monarchin bin, hier, wo ich nur Weib bin, hier kannst Du mich nicht töten, hier musst Du mich lieben, mich begehren, und bin ich nicht begehrenswert? Jetzt, wo ich weiß, dass Du mich hassest, jetzt reizt mich der Gedanke, Dich in meinen Armen zu haben, umso mehr. Wirf Deinen Dolch weg, Brutus, komm, ich will gnädig sein.« Ehe der Kapitän noch ahnen konnte, was sie beabsichtigte, hatte sie die vollen weichen Arme um ihn geschlungen und zog ihn zu dem Ruhebett hin.

»Nein! nein! ich verabscheue Dich,« schrie Tschoglokow und zog den Dolch hervor, den er in seiner Brust verborgen hatte; in demselben Augenblick riss sich aber Katharina von ihm los, sprang auf den Kamin zu, ergriff eine Pistole, die mit gespanntem Hahn auf dem Sims bereit lag, und richtete sie auf seine Brust.

»Rühre Dich nicht von der Stelle, oder ich erschieße Dich!«

Während Tschoglokow sich einen Augenblick besann, fand Katharina II. Zeit, sich behände wie eine Tigerin bis an die Wand zurückzuziehen und an den Knopf zu drücken, welcher die geheime Tür öffnete. Durch diesen Eingang kam sonst Orlow, kamen ihre anderen Günstlinge, welche sie für Stunden erwählte und dann wieder fortschickte, zu ihr, jetzt aber blitzten durch denselben Degen und Bajonette, und als der Kapitän auf sie zueilte, um sie mit seinem Dolche niederzustoßen, stürzten ihm zwei Offiziere und doppelt so viel Grenadiere der Leibwache entgegen.

Tschoglokow setzte sich mit unglaublicher Kühnheit zur Wehr.

»Tötet ihn nicht, nehmt ihn mir lebend und unverletzt gefangen,« befahl die Zarin.

Es entstand ein wüstes Handgemenge, in welchem Tschoglokow einen der Offiziere tötete, und den zweiten, sowie einige feindliche Soldaten verwundete, zuletzt sah er sich aber doch zu Boden geworfen und gefesselt.

Katharina II. blickte mit grausamer Befriedigung auf den Todfeind, der nun auf Tod und Leben in ihre Hand gegeben war. »Führt ihn fort,« sagte sie, »und verwahrt ihn gut, vorher aber sollst Du wissen, Tschoglokow, dass ich von Deinem Anschlage wusste und mich auf denselben vorbereiten konnte. Ich wäre wie Cäsar unter dem Dolche des Brutus von Deiner Hand gefallen, wenn nicht ein braves Mädchen gewesen wäre, das mich vor Dir warnte.«

»Mascha! Unmöglich!« schrie der Gefangene Katharinas auf.

»Du hast es erraten,« erwiderte diese, »Mascha Samsonow.«

Tschoglokow fiel wie ein Stück Holz zu Boden, seine Sinne schwanden.

Wie ein Lauffeuer verbreitete sich die Nachricht von dem Attentate Tschoglokows und seiner Gefangennahme in Moskau. Mascha wurde am folgenden Tage in aller Frühe durch den Schreiber der Reichskanzlei, Herrn Jamrojewitsch, von dem Ereignis unterrichtet, welcher die weitgehendsten Konjekturen an dasselbe knüpfte. Obwohl sie überzeugt war, recht und auch klug gehandelt zu haben, und ihre Eltern sowohl wie Jamrojewitsch ihren Schritt billigten, fühlte sie doch eine peinliche Angst um den Geliebten, und ihre Tränen flossen unaufhörlich, bis ein Kammerherr der Zarin erschien und sie zu derselben entbot. Jetzt wurde sie sofort ruhig. Die Kaiserin wird ihr Wort halten, dachte sie, deshalb lässt sie mich rufen. Sie zog rasch ihre besten Kleider an und stieg mit dem Kammerherrn in den bereit stehenden Hofwagen. Im Palaste angelangt, wurde sie in das Boudoir der Kaiserin geführt, wo man sie warten ließ.

Katharina ließ sie nicht lange im Zweifel, sie trat majestätisch, den Kopf in den Nacken zurück geworfen, herein in einem schwarzen Samtkleide, das ihr in langer Schleppe nachfloss und ihre herrliche Büste im vollen Leuchten blendender Üppigkeit sehen ließ. Mascha näherte sich der Kaiserin und kniete vor ihr nieder.

»Ich bedaure Dich,« sprach Katharina mit einem bösen Lächeln, während sie das Mädchen vor sich knieten ließ, »es ist anders gekommen, als wir dachten, trotz Deiner Warnung hätte Tschoglokow seinen Mordanschlag auf mich ausgeführt, wenn nicht meine Geistesgegenwart ihn entwaffnet, meine List ihn in mein Netz geführt hätte. Denke Dir, der arme Mann, der den Brutus spielen, mich erstechen wollte, lag zu meinen Füßen und flehte um meine Gunst, ja, so wahr ich lebe, armes Kind, aber er soll es büßen, dass er Dir untreu war, wenn auch nur wenige Sekunden. Wir lassen ihn auf das Rad flechten, was meinst Du?«

Mascha begann heftig zu schluchzen.

»Nun sprich,« fuhr die Zarin fort, sie ließ das Mädchen noch immer vor sich auf den Knien liegen, »bist Du einverstanden, oder willst Du noch weitere Qualen für den Elenden ersinnen?«

Mascha schüttelte traurig den Kopf. »Wenn mein Geliebter von der Macht Deiner Schönheit besiegt wurde, erhabene Frau, so kann ich ihm deshalb nicht zürnen? Welcher Mann kann Dich sehen, Dir nahen, ohne Dich anzubeten?«

Katharina lächelte und diesmal freundlich, die ungezwungene Huldigung des schlichten Mädchens schmeichelte ihr.

»Ich vergebe ihm, dass er, von Deinen göttlichen Reizen berauscht, mich vergaß,« fuhr Mascha fort, »und ich flehe zu Dir, Herrin, des Wortes zu gedenken, das Du mir gnädig gabst.«

»Ich gab es für den Fall, dass Deine Warnung den Anschlag des Wahnwitzigen vereitelt.«

»Nein, nein, Du gabst es ohne Bedingung.«

»Wirklich.« Katharina zog die Brauen zornig zusammen. »Und wenn ich mich meines Versprechens für entbunden halte, wo willst Du mich verklagen?«

»Bei Dir selbst,« rief Mascha, »denn Du kannst nicht so unedel sein, Du bist groß und daher auch großmütig. Was soll noch heilig sein, wenn nicht das Wort einer Monarchin?«

»Ich kann Tschoglokow nicht begnadigen,« entgegnete Katharina II. scharf und abweisend, »das hieße die Unzufriedenen ermuntern! Und er selbst! Wäre ich vor seinem Hasse je sicher? Glaub mir Mascha, ich muss unerbittlich sein: *Nur die Toten kehren nicht wieder.*«

»Bei allen Heiligen,« schrie das arme Mädchen auf, »Du tötest mich mit ihm! Erbarme Dich meines jungen Lebens.«

»Genug, Mascha,« sagte die Kaiserin plötzlich stehen bleibend mit jener ihr eigentümlichen Strenge, durch die sie jeden zittern machen konnte, sobald sie nur wollte, sogar den rauen Orlow, »genug, ich werde sonst ungeduldig und schicke Dich fort. Tschoglokow muss sterben.«

»Auf der Stelle?«

»Nein, vorher werde ich ihn foltern lassen, um zu erfahren, ob er Mitschuldige hat.«

»Er hat keine.«

»Deshalb schenke ich ihm die Martern doch nicht,« höhnte die Zarin.

»Um Gotteswillen! Hast Du vergessen, was Du mir versprochen hast?«

»Ich habe es in der Tat vergessen.«

Mascha sprang auf und blickte die Zarin mit allem Hass und Abscheu, der ihrer sanften Seele zu Gebote stand, an. »O, ich sehe zu spät, dass Tschoglokow Recht hat, ja, Du bist die neue Semiramis wie sie Dich nennen, Du bist ohne Erbarmen, Du kennst die Güte nicht, Blut klebt an Deinen Kleidern, und Du wirst Blut vergießen, so lange Du lebst. O, ich Wahnsinnige, die Dich retten wollte! Es ist eine gute Tat, Dich zu ermorden.«

»Mädchen!« schrie Katharina II. zornig, die geballte Faust gegen Mascha erhebend, aber sie besann sich sofort und zuckte nur verächtlich die Achseln. »Ich sehe, Du hast wirklich Deinen Verstand verloren.«

»Besser den Verstand als die Ehre.«

»Was sagst Du?«

»Ich nenne Dich ehrlos, wenn Du Dein kaiserliches Wort nicht hältst.«

Katharina trat einen Schritt zurück, ihre hellen Augen schossen grüne Blitze, ihre Lippen zuckten krampfhaft, während ihre Brust heftig wogte. »Das hat mir noch niemand gesagt.«

»Ich sage es Dir,« rief Mascha, »ich, die Dich nicht fürchtet. Töte mich, ich sage doch, dass Du ehrlos, dass Du wortbrüchig bist.«

Katharina sah das mutige Mädchen lange an, dann sagte sie mit imposanter Ruhe und einem Lächeln voll Liebreiz um die vollen, wollüstigen Lippen. »Ich werde mein Wort halten, genau so halten, wie ich es Dir gab. Wiederhole mir also, wie lautet mein Versprechen?«

»Du versprachst, ihn nicht zu töten.«

»Ist dies alles?« fragte Katharina II. lauernd.

»Und Du gabst mir Dein Wort, ihn nicht länger als ein Jahr gefangen zu halten.«

»So ist es,« bestätigte die Zarin, »dies versprach ich, und dies will ich Dir auch halten, genau so, wie ich es Dir versprach, keinen Buchstaben weniger und keinen mehr. Ich werde Tschoglokow nicht hinrichten lassen und nur ein Jahr im Kerker halten, verstehst Du wohl, aber es ist seine Sache, in diesem Jahre nicht zu verhungern, denn er wird weder Speise noch Trank erhalten.«

»Alle Heiligen!«

»Und heute noch lasse ich ihn auf die Folter spannen und befragen, denn Du sagst nicht, dass ich Dir versprach, ihn nicht zu martern.«

Mascha wurde es Nacht vor den Augen, sie tappte längs der Wand hin, aber sie fand die Türe nicht.

»Bleibe,« herrschte ihr die Zarin zu, »Du wirst dabei sein, wenn man Tschoglokow befragt, als Zeuge und als Angeber.«

Das arme Mädchen raffte sich noch einmal auf und tat einen Schritt auf die Kaiserin zu, aber ihre Knie brachen, und sie stürzte vor der unerbittlichen Feindin nieder, mit dem Antlitz zur Erde. Katharina zog die Glocke und ließ sie fortbringen.

Als Mascha zu sich kam, befand sie sich in einem großen Saal, in welchem fünf reichgekleidete Männer an einer rotbedeckten Tafel saßen. Vor ihnen stand Tschoglokow, die Hände auf den Rücken gebunden, der Henker schnallte ihn an ein Seil, das von der Folter herabhing, und seine Knechte begannen ihn aufzuziehen.

Während der furchtbarsten Martern sagte Tschoglokow genau so aus, wie im gewöhnlichen Verhör. Er leugnete nicht, dass er den Plan entworfen, sein Vaterland zu befreien, die Zarin zu ermorden, aber er blieb unerschütterlich dabei, dass er keine Mitschuldigen habe und dass niemand um seinen Anschlag gewusst habe als seine Verlobte.

Nun wurde Mascha befragt. Sie hielt sich mit Mühe aufrecht, und ihre Stimme erstarb fast auf ihren Lippen.

Ihre Aussage stimmte mit jener des Kapitäns vollkommen überein.

Nachdem Tschoglokow alle Grade der Folter durchgemacht hatte und standhaft geblieben war, beschloss der Gerichtshof, das Urteil zu schöpfen. In diesem Augenblicke erschien die Kaiserin auf den Arm Orlows gestützt.

»Hat er gestanden?« fragte sie scheinbar gleichgültig.

»Die Tat allerdings, Majestät,« erwiderte der Präsident, »aber er leugnet, Mitschuldige und Mitwisser zu haben.«

»Man soll ihn foltern und zwar ohne Gnade.«

»Es ist geschehen.«

»Gut,« fuhr Katharina fort, indem sie zuerst Mascha, dann Tschoglokow scharf in das Auge fasste, »und hat man das Mädchen belohnt?«

»Majestät haben nichts angeordnet.«

»Angeber muss man immer bezahlen,« sagte die Zarin rasch, »und zwar gut bezahlen.« Sie zog eine Börse mit funkelnden Goldstücken hervor und warf sie Mascha zu, ganz so, wie man Bettlern eine Kopeke zuwirft.

Das arme gequälte Mädchen stieß einen gellenden Schrei aus und stürzte ohnmächtig nieder.

Die Börse fiel zur Erde.

Nur die Toten kehren nicht wieder!

Tschoglokow starb im Kerker. Mascha siechte langsam dahin, bis die Eltern sie auf das Land, weit weg von Moskau brachten. Dort erholte sie sich, und dort verlangte sie für immer zu bleiben. Ihr Vater kaufte ihr ein kleines Haus mit einem Garten, in dem sie einsam, nur mit ihren Blumen beschäftigt und von einer alten Bäuerin bedient, ihr Leben fortspann.

Sie erreichte ein hohes Alter; die Türkenkriege, die Teilung Polens, die Kämpfe mit den Franzosen rauschten an ihr vorüber; sie sah Napoleon nach Moskau marschieren und die große Armee auf ihrem Rückzuge; sie erlebte es noch, dass Zar Alexander siegreich aus Frankreich zurückkehrte und dass Nikolaus den Thron bestieg.

An dem Tage, wo die Nachricht von dem russischen Siege bei Navarin eintraf, schlief sie in ihrem Lehnstuhl sitzend für immer ein, in ihrem Schoße lag ein Medaillon, das eine Locke enthielt, auf dem Deckel standen die Worte: »Apostol Tschoglokow« und »für immer.«

Ungnade um jeden Preis

Es war im Winter des Jahres 1775, zu derselben Zeit, wo die Kaiserin Katharina II. in der alten Zarenstadt Moskau die Sieger im Türkenkriege durch Festlichkeiten von nie gesehener phantastischer Pracht ehrte, als sich mehrere Familien russischer Landedelleute in der Gegend von Tula vereinigt hatten, um auch in ihrem Kreise und nach ihrer Art die neuen Triumphe ihres Vaterlandes und Heeres zu feiern.

So versammelten sich denn an dem ersten Tage, wo die Lustbarkeit in echt nationaler naiver Weise in dem Hause der Urussow begann, um an den folgenden bei den Matschkowski und Repnin fortgesetzt zu werden, die Diener eingerechnet, nahe an zweihundert Personen, welche beinahe alle zugleich in großen, zum Teil recht märchenhaft aufgeputzten Schlitten in den großen Hof eingefahren waren. Es entstand ein unbeschreiblicher Wirrwarr von Menschen, Tieren und Tönen, denn jeder suchte zuerst die schweren Winterhüllen abzuwerfen, und in den warmen Saal, in dem die riesige Tafel gedeckt war, zu gelangen; die Herren fluchten, die Damen erteilten Befehle, Kutscher und Lakaien schrieen, die Pferde wieherten, und drei Musikbanden spielten mit unerschütterlichem Gleichmut zu gleicher Zeit drei verschiedene Stücke, die Spielleute Repnins, in Bärenfelle eingenäht, auf einem großen Schlitten stehend, einen wilden Janitscharenmarsch, jene Matschkowskis, unter der Freitreppe stehend, eine erhabene altslavische Hymne zur Ehre Gottes, und das auf dem hölzernen Balkon postierte Orchester Urussows den lustigsten Kosakentanz, dessen es nur mächtig war.

Während der Hausherr und die Hausfrau bemüht waren, ihre Gäste mit barbarischer Herzlichkeit zu begrüßen und in ihr Haus zu geleiten, stand seitwärts unter dem Schutze der Freitreppe der junge Urussow, halb keck, halb scheu die Hände in den Taschen seiner weit pludernden Hosen, und musterte die geigenden und blasenden Bären, deren infernalische Musik und riesige türkische Trommel ihm ungeheuer zu gefallen schienen. Von der Galanterie eines französischen Edelmannes jener Tage, von der Pflicht, als Sohn des Hauses den jungen Damen seine Dienste anzubieten, hatte er eben so wenig eine Ahnung, als von den philosophischen oder moralischen Skrupeln eines deutschen Jünglings der Wertherzeit.

Da blieb sein Blick zufällig auf einem jungen, von der Kälte rosig angehauchten Gesichtchen haften, das einem reizenden weiblichen Bären anzugehören schien, denn nicht anders saß die kleine Dame in ihrem Schlitten, bis in die Nase in Pelz gewickelt und bis über die Knie mit allerhand warmen Fellen bedeckt und rief unablässig bald den danebenstehenden, mit ein Paar Nachbarn Komplimente wechselnden Eltern, bald ihren mit den Dienern Urussows den Willkomm-Schnaps saufenden Leibeigenen zu: »Helft mir doch, ich kann nicht heraus!«

Da geschah ein Wunder. Der junge Maxim Urussow sprang, alle Scheu bei Seite setzend, herbei und zog das allerliebste Persönchen aus all' dem Rauwerk hervor, und wie er sie einmal in den Händen hatte, besann er sich nicht weiter und trug sie gleich über die Schneehaufen, die ihm den Weg versperrten, in das Haus hinein, wo er seine schöne Last ehrerbietig zur Erde setzte. Die kleine Dame, welche der warme Herzschlag des hübschen Jungen noch röter gemacht hatte, als die scharfe Winterluft, bedankte sich nicht im mindesten bei ihm, sondern sprach, ihm den Rücken kehrend: »Helfen Sie mir doch aus dem garstigen Mantel hervor, Maxim Petrowitsch.«

Maxim beeilte sich, der schönen Bärin zu gehorchen, und jetzt, wo er nichts von ihren großen hellen Augen zu befürchten hatte, sagte er sehr rasch und sehr laut: »Aber Sie sind doch groß geworden, Angela Iwanowna, seit den zwei Jahren, wo Sie im Kloster waren und ich Sie nicht gesehen habe, groß und schön.«

»Sie scherzen, Maxim Petrowitsch.«

»Ich scherze nicht.«

Jetzt begegneten ihre hellen Augen seinen tief dunkeln, und jetzt trieb es auch ihm das Blut in die Wangen.

»Maxim, da steht der Tölpel,« rief in diesem Augenblicke der Hausherr, welcher, Frau Repnin am Arme, die Treppe hinaufzusteigen im Begriffe war, »führe doch Mademoiselle Angela, mach' den Kavalier, lerne Manieren, man sieht gleich, dass der nicht in Paris war.«

Angela, die einzige Tochter der Repnins, gleich ihrem Jugendfreunde Maxim unwissend und naiv, wie es eben nur Russen des vorigen Jahrhunderts sein konnten, nahm ohne Umstände selbst den Arm des ratlos Dastehenden und sagte mit einer Art, die Maxim unendlich vornehm erschien: »So macht man es, Maxim Petrowitsch, ich sehe schon, ich muss Sie in die Schule nehmen.«

»Ja, tun Sie das, Mademoiselle Angela,« erwiderte Maxim, »Sie haben sich sehr verändert im Kloster, eine ganze Dame sind Sie geworden, Mademoiselle Angela.«

Die Kleine lächelte nur.

Bald war Alles in dem großen Saale versammelt, und das Mahl begann, ein echt russisches Mahl, bei dem sich die Tische bogen und der Wein im vollsten Sinne des Wortes in Strömen über den Fußboden floss, und das von zwölf Uhr Mittag bis zum Abend währte. Dann stürzten fünfzig Diener herein und schleppten die Tische fort und stellten die Stühle an die Wände, die Musik spielte eine Polonäse, und Alt und Jung stellte sich ein Paar hinter dem andern in endloser Reihe zu dem gravitätischen Tanze auf, mit welchem damals jeder Ball eröffnet wurde.

Maxim Urussow und Angela Repnin saßen bei der Tafel nebeneinander und tanzten fast die ganze Nacht zusammen. Am nächsten Tage, nachdem man sich nach einem gesunden Schlafe bei einem solennen Frühstücke zusammengefunden und erquickt bestieg die ganze Gesellschaft von neuem die Schlitten, nur dass jetzt die jungen Damen nicht mehr bei ihren Eltern saßen, sondern bei ihren Kavalieren. Maxim führte Angela und jagte mit seinen vier feurigen Pferden aus der Ukraine allen voran, das schöne Mädchen schmiegte sich warm an ihn und lachte vergnügt über hundert Dinge, die es sonst mit der größten Gleichgültigkeit gesehen hatte, über die Krähen, die auf den Weidenbäumen saßen, über die großen roten Federbüsche, welche auf den Köpfen der Pferde tanzten, über die lustige Musik der Schellen und Maxims lange Peitsche, welche er von Zeit zu Zeit, um sie zu erschrecken, gleich einer Pistole knallen ließ.

Schon sahen die jungen Leute den Herrensitz der Matschkowski aus großen kahlen Pappelbäumen hervorwinken, da rief Angela, deren Übermut keine Grenzen hatte: »Ach, Maxim, wie schön wäre das, wenn wir jetzt umwerfen würden!«

Und schon war es geschehen, und sie lagen lachend auf dem weichen Schnee, wie in einem Hermelinpelz, die Pferde waren stehen geblieben, Maxim hob Angela auf seine Arme, trug sie in den Schlitten, der sich von selbst wieder aufgerichtet hatte, und sie waren doch die Ersten, welche unter Peitschenknall und Geklingel in den Hof der Matschkowski einfuhren.

Hier schloss sich der heiteren Gesellschaft eine ziemlich reife, aber nicht üble Frau, Gräfin Labanoff, an, welche als Hofdame der Kaiserin Katharina II. großes Ansehen in dem ländlichen Zirkel genoss. Eine echte Modedame der Rokokozeit von pedantischer Zierlichkeit und Manierlichkeit, konnte sie es nicht unterlassen, an jedem, der in ihre Nähe kam, zu mustern und zu erziehen, heute schien sie sich das junge mutwillige Pärchen als Opfer ersehen zu haben, denn sie begann damit, als sie Angela ansichtig wurde, über deren derangierte Taille zu seufzen, und machte sich dann unter immerwährenden *mon Dieus* an Maxim, dessen Halsbinde sie ordnete.

»Wie das hier aufwächst,« murmelte sie, »gleich wilden Sperlingen, um die sich keiner kümmert, der Umgang mit Frauen fehlt ihm, Monsieur Urussow, mit gebildeten, feinen, erfahrenen Frauen, die verstehen es, einen jungen Mann zu erziehen, nicht aber derlei junge Gänschen.«

»O! die Gänse sind nützliche Tiere,« erwiderte Maxim in seiner derben Art, »und bei Weitem nicht so dumm, als wofür man sie hält, und jedenfalls passen Gans und Gänserich besser zusammen, als Gans und Pfau, der Letztere mag noch so ein prunkvolles Rad schlagen, auch sollen die Pfauen ein sehr hartes Fleisch haben.«

Angela hätte Maxim in diesem Augenblicke küssen mögen, so freute sie sich darüber, dass er den Mut hatte, die Hofdame, vor der alles scharwenzelte, abzutrumpfen. Aber damit war die Sache nicht abgetan. Die Gräfin, der der schmucke Junge gefiel und die um alles in der Welt gerne seine Erziehung übernommen hätte, gesellte sich zu den Eltern Urussows und setzte ihnen auseinander, wie der prächtige Junge hier vollkommen verwilderte und wie es ein Leichtes sei, ihn als Pagen an dem Hofe der Zarin zu placieren. Zufällig waren die Eltern Angelas in der Nähe und stimmten der Gräfin zu und sprachen es wiederholt aus, dass sie es als hohes Glück ansehen würden, wenn ihre Tochter Gelegenheit hätte, sich am Hofe zu einer vollkommenen Dame auszubilden.

»Ja, ja,« sagte der alte Urussow, »für ein Mädchen mag das ganz gut sein, aber mein Maxim soll kein Geck werden und kein Riechfläschchen tragen, sondern den Degen. Ich habe nicht umsonst mit Potemkin gedient, der jetzt die Gunst unserer Kaiserin in so hohem Maße besitzt. Maxim soll Soldat werden, gegen die Türken kämpfen.«

Am dritten Tage bei Repnin tanzte Angela nur noch mit Maxim, die zwei galten allgemein als ein Paar, ehe sie selbst nur im Entferntesten daran dachten. Bei dem Kehraus, einem wilden Kosak, verlor Angela, deren los gegangene Flechten sich bereits gleich Schlangen um ihren Nacken ringelten, endlich auch einen Schuh; sie lachte, und als Maxim ihn aufhob, rief sie: »Was soll ich damit, er hält nicht mehr, werfen Sie ihn zum Fenster hinaus.«

»Da weiß ich etwas Besseres damit anzufangen,« rief Maxim, lief zur Kredenz hin – füllte Angelas Schuh mit goldenem Wein von Toikai und leerte ihn mit einem Zuge auf ihr Wohl.

»Besuchen Sie uns bald wieder,« flüsterte das schöne Mädchen, als die Gäste sich am nächsten Morgen mit schweren Köpfen trennten, dem hübschen lustigen Jungen zu.

»Wenn Sie mir es erlauben,« sagte Maxim zu Boden blickend.

»Ich erlaube Ihnen nicht länger als einen Tag auszubleiben,« entschied Angela, »und nun adieu, und träumen Sie von mir.«

»Ich werde mir alle Mühe geben,« erwiderte Maxim.

Als er mit seinen Eltern davon fuhr, stand sie auf der Freitreppe und winkte mit ihrem Tuche, und er zog ihren Schuh aus der Brust hervor und führte ihn an die Lippen.

Wirklich verging nur ein Tag, den alle Teilnehmer an dem Siegesfeste mehr in als außer dem Bett zubrachten, und Maxim kam in seinem Schlitten mit den vier Ukrainern, sich nach dem Befinden des ganzen Repnin'schen Hauses und insbesondere der Mademoiselle Angela Iwanowna von Repnin zu erkundigen. Die alten Leute, welche die Annäherung des jungen Urussow an ihre Tochter gerne sahen, begrüßten ihn mit gesteigertem Wohlwollen und ermunterten dann Angela, welche sittsam bei Seite stand, dem lieben Gaste etwas auf dem Klimperkasten, den Herr Repnin etwas euphemistisch ein Klavier nannte, vorzuspielen. Mademoiselle setzte sich und begann zu präludieren; jetzt zog Maxim aus seinem Mantel eine Gitarre hervor und unternahm es, zu accompanieren, die Alten hörten einige Zeit zu, dann eilte Frau Repnin in die Küche, für ein ordentliches Essen zu sorgen, und Herr Repnin ging davon, sich eine türkische Pfeife zu stopfen.

Das war der entscheidende Augenblick.

Mit einem Male lag die Gitarre auf dem Klimperkasten und Maxim zu Angelas Füßen, der er eine glühende Liebeserklärung machte, an der selbst die manierliche Gräfin Labanoff nichts auszusetzen gehabt hätte.

Angela aber brach in ein lautes Gelächter aus. »Sie lachen, Angela Iwanowna,« sprach Maxim tief gekränkt, noch immer auf den Knien, »Sie verachten also meine Gefühle.«

»Nein, nein,« rief sie, »aber ich lache, weil Sie mir so ernsthafte Dinge mitteilen, die ich längst weiß.«

»Sie wissen?«

»Ich weiß, dass Sie mich lieben, und ich – ich liebe Sie auch,« sagte das reizende Mädchen, ihre weißen Arme um seinen Nacken schlingend. Da sprang er jubelnd auf, hob sie auf, drehte sich mit ihr wie toll herum und küsste sie ordentlich ab.

Bis jetzt hatte Angela noch immer mit ihrer großen Pariser Puppe gespielt, jetzt begann sie Maxim zu striegeln und zu putzen, und es war heiter anzusehen, wie ruhig er es sich gefallen ließ, wenn sie ihn auf einen Schemel niedersetzte und seinen wilden Kopf mit Kamm und

Bürste zu bearbeiten begann, oder ihn mit allerhand farbigen Bändern zu verschönern suchte.

Endlich war es so weit, dass Maxims Vater feierlich für seinen Sohn um Angelas Hand warb. Die Repnins gaben mit vieler Freude ihre Zustimmung, aber von beiden Seiten wurden Bedingungen gemacht, Angela sollte zwei Jahre am Hofe zubringen, und Maxim ebenso lange dem Vaterlande dienen. Die Liebenden fügten sich, weil sie sich fügen mussten, und weil es keine vollständige Trennung galt, denn sie gaben sich das Wort, sich in der Residenz, so viel es nur ihr Dienst erlaubte, zu sprechen, oder mindestens doch zu sehen. So machten denn die beiden Väter mit ihren Kindern gemeinschaftlich die Reise nach Moskau und kehrten dort in demselben Gasthofe ein.

Repnin führte gleich am nächsten Tage Angela zu der Gräfin Labanoff, welche das hübsche Kind mit freundlicher Herablassung aufnahm, sie ihrer Protektion versicherte und in der Tat schon nach wenigen Tagen der Zarin vorstellte. Angela fühlte ihr Herz heftig pochen, als sie der mächtigen Frau gegenüberstand, welche in zwei Weltteilen gebot und mit ihrer kleinen weißen Hand so entscheidend in die Geschicke der Menschheit eingriff. Katharina II. war damals sechsundvierzig Jahre alt, aber, von einer, an Pracht und Geschmack ihres Gleichen suchenden Toilette unterstützt, noch immer eine der schönsten Frauen von Europa. Ihr durchdringendes blaues Auge ruhte kurze Zeit forschend auf dem lieblichen Mädchen, dann spielte ein reizendes Lächeln um den kleinen herrischen Mund der geistvollen Despotin, und sie sprach: »Ich ernenne Sie zu meinem Kammerfräulein, Angela Iwanowna, Sie gefallen mir, ja, Sie gefallen mir sehr gut, wir werden bald Freundinnen werden, hoffe ich.«

Angela ergriff in ihrer naiven Freude, ohne erst abzuwarten, dass die Kaiserin ihr dieselbe reichte, die Hand und küsste sie.

Katharina II. strich ihr leicht über das Haar und gab der Gräfin, welche in ihrer Manierlichkeit über das bäuerische Benehmen ihres Schützlings einer Ohnmacht nahe war, einen Wink, das Mädchen den Verstoß nicht merken zu lassen.

Beinahe zur selben Stunde stellte Herr Urussow seinen Sohn dem mächtigsten Manne Russlands, dem Günstling Katharinas, Potemkin vor.

Obwohl er einst als Kapitän mit dem Leutnant Potemkin zusammen gedient hatte, stand er doch jetzt ziemlich kleinlaut und mit einem gewissen Beben vor dem General-Adjutanten Potemkin, dieser aber, so roh und unverschämt er auch gegen Personen war, welche neben oder über ihm standen, zeigte sich überall leutselig, ja freundlich, wo man ihm anspruchslos oder gar, wie es hier geschah, in Ehrfurcht ersterbend nahte. Der junge Urussow gefiel dem General, und damit war alles abgemacht, er erhielt in wenigen Tagen das Patent als Fähnrich und trat in das Regiment Simbirsk ein, während Angela ihren Dienst in der Nähe der Monarchin begann. Die beiden Väter kehrten beglückt auf ihre Landgüter zurück, wo sie lange Zeit ein Gegenstand der Bewunderung und Neugier für ihre Nachbarn blieben, welche alle weder die Zarin gesehen, noch mit Potemkin gedient hatten.

Maxim befreundete sich rasch mit dem Dienst und seinen Kameraden. Unter den Letzteren schloss sich einer, welcher gleich ihm in der Gegend von Tula geboren war, besonders zärtlich an ihn an. Er hieß Arkadi Wuschitschinkoff, und wenn er nicht die Uniform ihrer Majestät getragen hätte, wäre er wohl von aller Welt eher für einen wohlhabenden und wohlgenährten Kaufmann oder Wirt, als für einen Helden oder nur einen Soldaten gehalten worden. Obwohl noch sehr jung, denn der Flaum spross ihm noch kaum um das Kinn, hatte er doch den Umfang von zwei gewöhnlichen Männern, und dieser Kontrast seines Riesenkörpers und seines kindischen weißroten Gesichts mit den dicken roten Negerlippen gab ihm etwas unwiderstehlich Komisches, so dass er denn auch die verdächtige Auszeichnung genoss, zugleich der Liebling und das Stichblatt des ganzen Regiments Simbirsk zu sein; bisher hatte er in einer wahrhaft imposanten Vertilgung von verschiedenen Schnäpschen für die Leiden, welche ihm die oft bösen Witze der Kameraden bereiteten, Trost gesucht, jetzt schloss er sich mit überströmender Liebe an den gutmütigen einfachen Maxim, dem Einzigen, dem es nie beifiel, seine Spottlust an seinem Schmerbauch und seiner roten Nase zu üben. Die beiden waren bald unzertrennlich, umso mehr, als es sich fand, dass sie in derselben Kompanie, ja, in demselben Gliede neben der Fahne des Regiments standen.

Nicht lange, nachdem Maxim den Soldatenrock angezogen hatte, sollte eine große Parade aller in Moskau garnisonierenden Truppen vor der Zarin stattfinden.

Den Tag vorher war alles, was Gamaschen trug, rastlos beschäftigt, die Uniformen, das Riemenzeug und die Waffen zu putzen. Nach kurzem Schlaf begann in der Nacht das Frisieren und das Eindrehen der Zöpfe, wobei einer der Soldaten dem andern half, und zuletzt alle, um das reglementmäßige Haargebäude nicht zu zerstören, sitzend schlummerten, bis die Trommler Reveille schlugen.

Während die Regimenter mit fliegenden Fahnen auf den Paradeplatz herauszogen, war die Kaiserin noch mit ihrer Toilette beschäftigt, denn die große Frau war nicht damit zufrieden, zu herrschen, sie wollte auch gefallen.

In dem Augenblicke, wo Angela bemüht war, die Schleppe der Monarchin in schöne Falten zu legen, wendete sich Katharina II. plötzlich zu ihr und sagte »Du hast noch keine Parade gesehen, ich erlaube Dir mitzufahren.«

Angela schoss vor Freude das Blut in die Wangen, denn sie hatte den Geliebten, seitdem sie am Hofe war, noch nicht gesehen. Sie machte sich rasch bereit und bestieg dann mit der Zarin, der Fürstin Daschkow und der Gräfin Labanoff den kaiserlichen Wagen, welcher sie rasch zum Ziele brachte.

Angesichts der Truppen verließ Katharina II. denselben, um zu Pferde zu steigen, und von einer glänzenden Suite von Generälen und Offizieren begleitet, die Front der Regimenter abzureiten, während ihre Damen vom Wagen aus dem Schauspiele zusahen. Das Regiment Simbirsk stand am linken Flügel, Angela, welche die Soldaten mit unbeschreiblicher Aufregung musterte, stieß plötzlich einen Schrei aus.

»Was haben Sie, Fräulein Repnin?« sagte die Gräfin zurechtweisend.

»Ich – ich bin erschrocken –,« stammelte das arme Mädchen.

»Erschrocken, weshalb?«

»Ich dachte, es wird geschossen.«

Die Damen lachten, indes hatte Angela nicht die mindeste Furcht vor dem Schießen, aber sie hatte Maxim entdeckt, der in seiner Uniform schön wie ein Gott dastand, so schön, wie er ihr noch nie erschienen war; er trug die Fahne und blickte mutig vor sich hin, ohne sie zu bemerken. Jetzt spielte die Musik, die Trommeln wirbelten. Katharina II. kam huldreich dankend im Schritt vorbei, Maxim senkte die Fahne, in diesem Augenblicke schien das Pferd der Zarin zu stutzen, oder hielt sie es selbst an, genug, sie blieb einen Augenblick vor dem schönen Fähnrich stehen und wechselte dann einige Worte mit dem General, der die Parade kommandierte und mit gesenktem Degen an ihrer Seite ritt.

In diesem Augenblicke erfasste Angela eine namenlose Angst, eine Empfindung, von der sie sich keine Rechenschaft zu geben wusste.

»Du bist ein Glückspilz – die Kaiserin hat Dich angesehen,« murmelte Arkadi.

»Mich? Was wäre an mir merkwürdiges?« erwiderte Maxim.

»Das Pferd der Zarin ist über Arkadis Bauch erschrocken,« flüsterte ein anderer lächelnd, und das Lächeln pflanzte sich durch die Reihen fort.

Nach beendeter Revue begann das Defilieren, diesmal war das Regiment Simbirsk das letzte, das vorüberzog.

»Gib acht, jetzt,« sagte Arkadi leise, indem er Maxim mit dem Ellbogen stieß, und diesmal war es kein Zweifel, das schöne Weib, das stolz und gebieterisch gleich einer Königin der Amazonen auf dem prächtigen Schimmel saß, ließ ihre großen hellen Augen mit unbeschreiblichem Wohlwollen auf Maxim ruhen, der unter diesem Blick zu zittern begann, wie ein zum Tode Verurteilter.

Nach der Parade waren die Generale und die Obersten der Regimenter bei der Kaiserin zur Tafel. Nachher zog sich Katharina II. in ihre Garderobe zurück und warf die prachtvollen Staatsroben ab, um es sich in einem kaum minder kostbaren Schlafrock von persischem goldgesticktem Scharlach bequem zu machen, nachdem sie sich auf einer Ottomane aus grünem Damast ausgestreckt, entfernte ein Wink der schönen Despotin ihre Frauen, nur Angela hieß sie bleiben.

»Gib mir einen Zahnstocher,« begann sie.

Das Kammerfräulein beeilte sich, den Befehl der Gebieterin zu vollführen.

»Nun, was sagst Du zu der Parade?« fragte die Zarin.

»Es war ein glänzendes Schauspiel, von dem mir jetzt noch der Kopf wirbelt,« erwiderte Angela.

»Und was gefiel Dir am besten dabei? Hast Du Dir irgendeinen jungen Offizier in den Reihen unserer Krieger ausgesucht, den Du durch Deine Gunst beglücken willst?«

Das schöne Mädchen errötete und schlug die Augen nieder.

»Du bist ein Kind, Angela,« sagte Katharina, »komm zu mir.« Sie zog das Mädchen zu ihren Füßen nieder und legte den vollen Arm nachlässig um ihren Nacken. »Weißt Du, wer mir bei dem ganzen Spektakel am besten gefiel? Du bist so gut, so unschuldig, Angela, ich habe Zutrauen zu Dir und will Dich zur intimen Freundin meines Herzens und seiner Geheimnisse machen. Sahst Du im Regimente Simbirsk –«

Angela begann am ganzen Leibe zu beben.

»Was hast Du? Du zitterst,« fragte die Monarchin rasch.

»Die Huld Eurer Majestät ist so groß –«

»Dass sie Dir Furcht einflößt,« lächelte Katharina. »Höre also. Hast Du im Regimente Simbirsk den jungen Offizier bemerkt, welcher die Fahne trug?«

»Allerdings, Majestät.«

»Findest Du nicht, dass er wunderbar schön ist?«

»Allerdings.«

»Ja, jeder Mensch muss es finden, es ist eine Erscheinung, wie wir sie nur noch aus den Gebilden der Antike ahnen konnten,« sprach die Kaiserin, »da steht sie aber verkörpert vor uns, mit warmem pulsierenden Leben. Ein Mann, berufen, alle Frauen wahnsinnig zu machen, und alle andern Männer als Sklaven zu seinen Füßen zu sehen. Dies Schicksal hat die Natur in sein Antlitz geschrieben, und zu seinem Glücke habe ich die Macht, es ihm zu erfüllen.«

Angela war das Weinen nahe, aber Katharina bemerkte es in ihrem Enthusiasmus nicht. »Ich liebe diesen auferstandenen Apollo und Adonis,« fuhr sie fort, »aber obwohl die unumschränkte Gebieterin eines mächtigen Reiches, habe ich doch alle Ursache, vorsichtig zu sein, und darf ihm meine Gunst nicht gleich offen vor aller Welt zuwenden. Potemkin bewacht eifersüchtig die Rechte, welche er an meinem Hofe besitzt, es könnte schlimme Folgen für mich, wie für den schönen Fähnrich haben. Ich bin mit mir zu Rate gegangen und habe mir eine Intrige ersonnen, zu der Du, Angela, mir die Hand leihen sollst. Du wirst ihm vorerst schreiben und ihn zu einer Unterredung einladen. Das weitere wird sich finden.«

»Majestät haben nur zu befehlen,« stammelte Angela.

»Fürchte nichts,« bemühte sich die Monarchin sie zu beruhigen, »Dein Ruf soll bei dieser Affäre keinerlei Gefahr laufen. Nun aber wollen wir an ihn schreiben.«

Katharina II. erhob sich und ging, von Angela gefolgt, in ihr Arbeitskabinett, wo sie das Mädchen an den mit hellem Holze kunstvoll eingelegten Mahagonisekretär setzte und auf- und abschreitend zu diktieren begann:

»Mein Herr!

Eine Dame vom Hofe, welche Sie durch Ihre Erscheinung bezaubert haben, wird von dem unbezähmbaren Wunsche gequält, Ihre nähere Bekanntschaft zu machen. Wenn Ihr Herz noch frei ist, so finden Sie sich morgen Abend um neun Uhr vor dem kleinen chinesischen Pavillon im Garten der Zarin ein. Der süßeste Lohn erwartet Sie.«

»Nun die Adresse.«

Angela erbleichte.

»An den Fähnrich im Regimente Simbirsk, Maxim von Urussow.«

»So, jetzt besorge den Brief auf der Stelle an seine Adresse,« sprach die Zarin.

Angela verließ rasch das Kabinett, draußen stürzten ihr die hellen Tränen über die Wangen, sie kam in einem Zustande vollkommener Verzweiflung und Auflösung in das Appartement der Gräfin Labanoff, warf sich vor ihr auf die Knie und schluchzte. Die Gräfin suchte sie zu beruhigen und forschte nach der Ursache ihres Gemütszustandes, als aber Angela ihr alles erzählt hatte, schüttelte auch sie bedenklich den Kopf. Sie meinte, so wie die Dinge stünden, bliebe nichts übrig, als sich dem Willen der Monarchin in allem zu fügen, Widerstand könnte den Liebenden nicht allein ihr Lebensglück, sondern vielleicht Freiheit und Leben kosten. Katharina II. sei bei aller ihrer Seelengröße nur ein Weib und habe Launen, welche oft ebenso schnell verschwinden, als sie gekommen sind.

»Und ich soll ihm den Brief der Zarin übergeben.« klagte Angela, »soll ihm noch selbst zu ihren Füßen führen?«

»Ja, das musst Du, mein Kind,« sagte die Gräfin, »wenn Du nicht Maxim opfern, oder zum mindesten für immer verlieren willst. Aber wir wollen gleich nach ihm senden und ihm seine Instruktion erteilen.«

Eine Stunde später trat Maxim bei der Gräfin ein und schloss Angela, welche mit einem Aufschrei an seinen Hals flog, stürmisch an seine Brust.

Staunend hörte er die Eröffnung der beiden Frauen an, dann las er den Brief, den die Zarin diktiert hatte.

Das erste, was er sagte, war: »Aber sie fragt ja ob mein Herz noch frei ist, wie wäre es, wenn ich offen sagte: nein! Da ich nicht wissen soll, dass sie es ist, kann sie sich durch meine Aufrichtigkeit nicht beleidigt fühlen, dieselbe gilt ja nicht der Monarchin, sondern einer namenlosen Unbekannten.«

»Sie braucht nur zu wissen, dass Ihr Herz einer anderen gehört, Maxim,« erwiderte die Gräfin, »um noch heftiger nach Ihrem Besitz zu streben. Ihr müsst Euch fügen, mir in allem gehorchen lernen, noch ist alles zu gewinnen.«

»Ach, wäre er nur hässlich,« lächelte Angela unter Tränen, »es ist doch ein wahres Unglück, einen Geliebten zu haben, der so schön ist.«

An dem nächsten Abende, es hatte eben neun Uhr geschlagen, traten zwei junge Männer, der eine hoch und schlank, der andere klein und von erstaunlicher Breite, aus den Gebüschen, welche den chinesischen

Pavillon der Zarin umgaben, und näherten sich demselben. Es war Maxim, von seinem Freunde Arkadi begleitet.

»Du Glückspilz, Du Narr Gottes,« seufzte der letztere, dem sein riesiger Bauch dem Atem benahm, und ihn so zu einer gewissen Sentimentalität im Ausdruck zwang, »kaum vierzehn Tage beim Regimente und bereits ein Liebling einer hohen Dame, und am Ende noch einer schönen Dame, denn kannibalisch reich und voll Einfluss sind sie alle. Morgen bist Du Leutnant, in einem Monate Kapitän, in einem Jahre Oberst. Aber wer nur die Dame sein mag? Am Ende gar die Zarin selbst.«

»Was fällt Dir ein!«

»Warum nicht. Ich habe den Blick gemerkt, den sie Dir gestern bei der Parade zuwarf, ganz wie ein Geier, der auf ein Täubchen stoßen will. Sei nur nicht zu furchtsam, Maxim.«

In dem Pavillon brannte Licht, zwei Frauen standen hinter der fest verschlossenen Jalousie, beide dicht verschleiert.

»Sie kommen,« sagte jetzt die größere, zog mit einer majestätischen Bewegung die dunklen Vorhänge zusammen und verbarg sich hinter denselben. »Tue jetzt, wie ich Dir gesagt.«

Angela verlöschte das Licht und setzte sich auf den Diwan, der in der Nähe des Fensters stand; ihr Herz klopfte heftig. Maxim stieg leise die Stufen empor, öffnete die Türe und blickte hinein.

»Sind Sie da?« fragte er.

»Treten Sie ein und schließen Sie die Türe,« gebot Angela mit zitternder Stimme.

Maxim gehorchte und näherte sich dann dem Diwan, plötzlich fasste eine Hand den Schößel seiner Uniform und zog ihn an sich. »Madame,« stammelte der arme Junge, der eine entsetzliche Angst ausstand.

»Fürchte Dich nicht, ich bin es,« flüsterte Angela, »aber die Kaiserin lauscht hinter dem Vorhang.« Jetzt hatte Maxim mit einem male seine ganze Kühnheit wieder. »Sie haben mir geschrieben, Madame oder Mademoiselle,« fuhr er fort, »dass ich das Glück habe, Ihnen zu gefallen, lassen Sie mich jetzt auch Ihr Angesicht sehen, damit ich Ihnen sage, ob ich Sie lieben kann.«

»Das ist unmöglich.«

»Aber ich muss mich doch überzeugen.« Er umschlang Angela, und seine Hand suchte die ihre. »Eine reizende kleine Hand,« sagte er, »und glühend wie Feuer, und diese schlanke Gestalt, o, Sie sind jung, sehr jung und gewiss auch schön.«

»Nein, nein,« erwiderte Angela und versuchte sich los zu machen.

Aber Maxim gefiel die Rolle, die er spielte, nur zu gut. »Sie sind jung und schön, ich habe bis jetzt nur meine Kaiserin geliebt, aber ich fühle jetzt schon, dass ich auch Sie lieben, Sie anbeten werde. Ihre Nähe, Ihr Atem – möchte ich sagen – haben etwas, was mich unwiderstehlich berauscht.« Er warf sich auf beide Knie vor ihr nieder, und seine Lippen brannten in einem leidenschaftlichen Kuss auf den ihren.

»Aber, mein Herr, wie können Sie wagen,« rief Angela.

»Sie haben mich hierher beschieden,« sagte Maxim, »und jetzt wollen Sie grausam gegen mich sein, nein, nein, Ihr Herz gehört mir, wie Sie mir selbst gestanden haben, und ich bin der Mann, mir jetzt alles übrige dazu zu nehmen.«

Der Vorhang rauschte zornig.

Maxim kümmerte sich aber wenig um den Zorn der Kaiserin, er hielt die Geliebte in seinen Armen und bedeckte sie mit Küssen; Angela wehrte sich lange Zeit vergebens, bis es plötzlich von außen an die Jalousie klopfte.

»Was ist's?« fragte Maxim.

»Man kommt, machen wir, dass wir fortkommen,« gab Arkadi zur Antwort.

»Ja, ja, Sie müssen mich verlassen und zwar auf der Stelle,« gebot Angela.

»Auf Wiedersehen!« flüsterte Maxim, indem er sie nochmals an seine Lippen zog.

»Auf Wiedersehen!«

Er stürzte hinaus und verbarg sich mit Arkadi in dem Gebüsch.

Die Damen verließen jetzt gleichfalls den Pavillon und gingen langsam auf dem weißen Kieswege. Da kam ihnen rasch ein Mann entgegen, der bei ihrem Anblick stutzte und den Hut abnahm.

»Sie hier, General –?«

»Ja – Majestät – ich –.«

»Habe ich Ihnen nicht ein für allemal verboten, mich bei meinen Spaziergängen zu belästigen,« sagte die Zarin strenge.

»Ich dachte nur –«

»Gehen Sie,« gebot die Despotin, ihr Fuß trat heftig auf den Kies, so dass Funken unter ihm hervorstoben, dann drehte sie ihm den Rücken, und er schlich davon wie ein gezüchtigter Leibeigner.

»Weißt Du, wer das war?« fragte Maxim.

»Ich kenne ihn nicht.«

»Es war Potemkin.«

»Potemkin!« staunte Arkadi, »dann war die große majestätische Dame niemand anders, als die Kaiserin Ich gratuliere Sr. Excellenz zu dieser Eroberung und bitte nur, seinerzeit dero gehorsamsten Diener Arkadi Wassiliew Wuschitschinkoff nicht ganz zu vergessen. Jetzt aber wollen wir uns für den ausgestandenen Schreck bei meiner lieblichen Anastasia erholen.«

Damit nahm er Maxim unter dem Arme und führte ihn durch ein Labyrinth von Straßen in ein enges schmutziges Gässchen und hier in eine rauchige, niedere Schnapsbudike, in der die Witwe Anastasia Nikitischna Srebrna das Regiment führte. Es war niemand mehr in der Spelunke als die Wirtin und eine große weiße Katze, der sie apathisch den Rücken strich.

»Hier stelle ich Euch meinen Freund Maxim Repnin vor,« sagte Arkadi nachlässig, »und das, mein Lieber, ist meine Nastka, meine schöne reizende Anastasia; habe ich zu viel gesagt?«

Die kleine runde Witwe war wirklich gar nicht übel, und dabei hatte sie eine Art, ihren trägen, langsamen Anbeter zu behandeln, welche demselben sehr wohl bekam.

»Seid Ihr von Sinnen oder seid Ihr betrunken,« sagte sie, »zu dieser Stunde zu kommen, bei was für einem verruchten Weibsbild seid Ihr wohl gewesen? Geht nur!«

»Mein Freund hatte eine Affäre mit einer vornehmen Dame, versteht Ihr,« entgegnete Arkadi, die hübsche Witwe umschlingend, »das hat uns aufgehalten, ich aber liebe nur Euch, treu wie Gold.«

Anastasia lächelte, die Katze machte einen Buckel und richtete dann gähnend ihre Krallen, Arkadi aber gab der runden Schönen einen herzhaften Kuss. Sie drückte ihn auf einen Stuhl nieder und sprach wie erzürnt: »Da bleibt und rührt Euch nicht. Was wollt Ihr etwa trinken?«

»Was Ihr uns gebt.« Während sie mit der rechten zwei Gläser vollschenkte, küsste Arkadi ihre linke Hand. »Rührt Euch nicht, sage ich,« sie schlug ihn auf den Mund.

»Ein herrliches Weib,« murmelte Arkadi, »sie hat eine Art, wie eine Zarin, die würde Euch regieren, trotz einer Katharina!«

Anastasia zuckte verächtlich die Achsel, setzte sich auf Arkadis Knie und begann mit seinem Zopf zu spielen. – – –

Maxim lag noch im Bett und träumte, als Arkadi spornklirrend in seine Stube trat und ein großes gesiegeltes Schreiben auf seine Decke warf. »Habe ich es Dir nicht gesagt,« schnaubte er, »da hast Du Deine Ernennung zum Leutnant.«

»Wie? Was?« sagte Maxim.

»Leutnant bist Du!« schrie Arkadi dem Schlaftrunkenen zu.

»Nein, doch Fähnrich?«

»Leutnant, sage ich Dir.«

»Ich?«

»Ja, Du, und Adjutant.«

»Wie ist das möglich?«

»Durch einen Unterrock ist heut zu Tage alles möglich,« brummte Arkadi; »besonders, wenn es ein Unterrock ist, der nicht unter einem gewöhnlichen Weiberkittel, sondern unter einem mächtigen Hermelinpelz steckt. Steh' auf, Glückspilz, kleide Dich an, Du bist von der Zarin zur Audienz beschieden.«

»Ich – zur Audienz?«

»Wer sonst, aber ich will Dir helfen,« und er zog ihn bei den Füßen aus dem Bette und begann seine Kleider instand zu setzen.

Als Maxim zur bestimmten Stunde im Audienzsaal unter den Bittstellern stand, war ihm durchaus nicht wie einem Glückspilz zu Mute, sondern wie einem jungen Mädchen, das die Eltern, ohne es zu fragen, verheiraten wollen, und das nun angstvoll der Ankunft des Bräutigams entgegensieht. Der diensttuende Kammerherr nannte seinen Namen, und Maxim trat in das Zimmer, in welchem die Kaiserin den Bitten und Klagen ihrer Untertanen Gehör zu schenken pflegte. Sie ging, die Arme auf der Brust gekreuzt, auf und ab und stand plötzlich in einem schwarzen Samtkleide, eine kleine Krone aus Diamanten in den weißen Locken, in ihrer ganzen Majestät vor dem jungen Offiziere.

»Ich habe Sie zum Leutnant und zum Adjutanten in meinem Palaste ernannt,« begann sie, »weil Sie mir wohl gefallen und ich Ihnen sehr gewogen bin.«

»Ich weiß nicht, Majestät, wie ich so viel Gnade –« stotterte der unglückliche Günstling.

»Gnade kann man niemals verdienen,« fiel die Kaiserin ein, »sie kommt unerwartet wie ein Geschenk von oben, ein Wunder oft selbst für jenen, der sie spendet. Deshalb kann man aber auch ebenso leicht und unerwartet in Ungnade fallen. Merken Sie sich das, Maxim Petrowitsch, und richten Sie alle Ihre Schritte hier am Hofe darnach ein.«

Die Kaiserin lächelte ihm huldvoll zu und wendete ihm dann den Rücken, sie suchte, indem sie den Anblick des schönen jungen Mannes mied, ihre Leidenschaft für ihn zu bekämpfen, er aber nahm es für ein Zeichen, dass er entlassen sei, verneigte sich stumm und wollte gehen.

»Sie dürfen mir danken, ehe Sie gehen,« sprach Katharina II., sich rasch zu ihm wendend, »küssen Sie mir die Hand, ich erlaube es Ihnen.«

Maxim ließ sich auf ein Knie nieder und führte die Hand der Monarchin an seine Lippen.

»Wie respektvoll,« spottete Katharina, »Sie halten mich wohl für eine grausame Tyrannin, ja, für Semiramis selbst, wie mich Voltaire galant getauft hat, und ich, ich will von meinen Untertanen nicht allein verehrt, sondern auch geliebt werden, und Sie behaupten doch, mich zu lieben, Maxim Petrowitsch.«

Der junge Offizier kniete wie auf Kohlen. »Stehen Sie auf,« befahl die Kaiserin leise und schmeichelnd, »ich sehe, dass ich selbst mich der angenehmen Mühe unterziehen muss, Sie küssen zu lernen.« Maxim erhob sich, und das schöne, gebieterische Weib legte sanft die vollen Arme um seinen Hals.

»So, mein junger Freund, so machte es Venus, als sie Adonis am Abhänge des Libanons traf, und der schöne Jüngling verlor allen Respekt vor der Göttin und küsste sie. Nun, fehlt Ihnen auch jetzt noch der Mut dazu?«

Katharina zog ihn an sich, und ihre Lippen berührten feucht und glühend die seinen.

»Nun – ich will sehen, ob Sie auch gelehrig sind.«

Maxim hatte trotz seiner Angst bei dem sinnbetörenden Kuss des herrlichen Weibes eine Art Rausch erfasst, er ließ es sich nicht noch einmal befehlen. Rasch entschlossen umfasste er mit seinen kräftigen Armen die Zarin und küsste sie noch einmal.

Jetzt zitterte sie an seiner Brust, und das Blut schoss ihr verräterisch in die Wangen.

»Jetzt gehen Sie,« sprach sie, »ich liebe Sie, Maxim Petrowitsch; dies auf den Weg.«

Als Maxim in einem Zustand unbeschreiblicher Verwirrung in den Audienzsaal zurückkehrte, stand Potemkin in einer Fensternische und winkte ihn zu sich. »Also das nennen Sie Dankbarkeit, Herr Leutnant,« begann er mit unterdrückter Wut.

»Excellenz, ich verstehe nicht,« stammelte Maxim.

»Ich weiß alles,« unterbrach ihn Potemkin, »die Zarin ist in der Laune, einen Roman mit Ihnen zu spielen, und Sie hoffen, mich zu verdrängen und an meine Stelle –«

Jetzt unterbrach Maxim eben so heftig den mächtigen Günstling Katharinas.

»Kein Wort weiter, Sie treten meiner Ehre nahe, Exzellenz. Ich strebe nicht darnach, Sie zu verdrängen, im Gegenteil, die Gunst der Kaiserin setzt mich in Schrecken, denn sie droht mir, mein Glück zu rauben. Ich liebe meine Braut, Angela Repnin, von ganzem Herzen, habe keinen anderen Ehrgeiz, als von ihr wieder geliebt zu werden, und verwünsche die Stunde, wo wir beide an diesen Hof gekommen sind.«

Die Art und Weise, in der der junge Mann sprach, trugen so sehr den Stempel der Wahrheit, dass Potemkin, der stets Misstrauische, Vorsichtige, ihm Glauben schenkte.

»Sie sollen Ihr braves Mädchen nicht verlieren,« sprach er, Maxim die Hand bietend, »wir haben hier ein gemeinsames Ziel zu erreichen und wollen daher redliche Freunde und Verbündete sein.« »Wie soll ich es also anfangen, Exzellenz,« erwiderte Maxim aufatmend, »um bei der Kaiserin in Ungnade zu fallen?«

»In Ungnade?« Potemkin brach in ein lautes Lachen aus, »es klingt unglaublich, hier, wo alles um Gunst und Gnade buhlt, intrigiert, kriecht und kämpft, hier sucht der ehrliche Bursche Ungnade.«

»Ja wohl, Ungnade,« rief Maxim, und zwar *Ungnade um jeden Preis!*«

Noch denselben Abend erhielt Maxim durch eine vertraute Kammerfrau der Zarin einen Brief derselben, in welchem sie ihn zu sich berief.

Er ging zu Potemkin und beriet sich mit demselben. Der erfahrene Mann, der einzige, unter dessen Einfluss Katharina II., so lange sie lebte, stand, gab ihm eine eingehende Instruktion, in der er jeden nur denkbaren Fall vorsah und besprach. Beruhigt ging der junge Leutnant an das Werk. Er begann damit, dass er nicht bei der Zarin erschien, ja, nicht einmal ihren Brief beantwortete.

Am nächsten Tage wurde er in das Kabinett der Kaiserin befohlen, welche die Stirne zornig runzelte, als er eintrat. Potemkin hatte ihm gesagt, dass die Zarin geistreiche Männer liebe, und ihm den Wink gegeben, sich so albern als möglich zu stellen.

»Weshalb sind Sie gestern Abend nicht gekommen?« herrschte ihn Katharina II. an, »Sie verdienten, gezüchtigt zu werden, wie ein unartiger Knabe.«

»Hätte ich kommen sollen?« entgegnete Maxim erstaunt.

»Haben Sie meinen Brief erhalten?«

»Ja.«

»Also?«

»Ja, Majestät, *erhalten* habe ich ihn wohl,« sprach Maxim mit dem dümmsten Gesicht von der Welt, »aber nicht gelesen.«

»Nicht gelesen? Was soll das?«

»Weil ich nicht lesen kann, Majestät.«

»Sie können nicht lesen!« sagte Katharina II. starr.

»Und – und – da ich wusste, dass der Brief – dass er von Eurer Majestät – wagte ich nicht, ihn mir von jemand anderem vorlesen zu lassen,« stammelte Maxim.

»Das fehlte noch,« rief Katharina II., »gut, für diesmal sind Sie entschuldigt, aber Sie sollen mir sofort lesen lernen, ich selbst will Ihre Lehrerin sein. Heute Abend, um acht Uhr ist die erste Lektion, wagen Sie es nicht, dieselbe zu versäumen.«

»Würde ich in Ungnade fallen?« fragte Maxim angenehm überrascht.

»Mehr als das,« sagte Katharina II. streng, »eine neue Beleidigung würde ich unerbittlich strafen.«

»Mit Degradation?«

»Ja wohl, mit Degradation und dann –«

»Dann?« rief Maxim erschreckt.

»Ja, dann sind Sie gemeiner Soldat, mein lieber Freund,« fuhr die Zarin fort, »und ein Soldat, den man dem strengsten Kommandanten übergibt. Bei dem geringsten Vergehen – und ein guter Kommandant sorgt dann dafür, dass Sie bald eines begehen – sind Sie ohne Pardon der Knute verfallen.«

»O, ich werde pünktlich sein, Majestät,« seufzte Maxim, der mit schlotternden Knien vor dem schönen Weibe stand, das ebenso grenzenlos grausam sein konnte, als es zu lieben imstande war.

»Auf heute Abend denn –« Der Abend kam. Schon eine halbe Stunde vor acht Uhr stand Maxim vor der Türe des kaiserlichen Boudoirs, in das er diesmal beschieden war, und hinter dieser Tür musste Angela der Zarin bei dem Negligee behilflich sein, das diese machte, um ihren Bräutigam zu berücken. Die reizende Unordnung der weiß gepuderten Locken und Löckchen schien gelungen, Reifrock und Korsett der Rokokodame, ähnlich den Rüststücken eines mittelalterlichen Ritters, waren abgelegt, über einem Brüsselerhemde floss ein langer Rock von weißer Seide von den Hüften der Zarin bis zur Erde hinab und in schimmernder Schleppe nach. Jetzt schlüpfte Katharina langsam, sich selbstzufrieden in dem Spiegel betrachtend, in den weiten Schlafpelz von blutrotem Samt, der mit glänzendem Hermelin gefüttert und verschwenderisch ausgeschlagen war. Indem sie ihre Arme anmutig in dem reichen Pelzwerk badete, drohte das arme Mädchen hinter ihr in die Knie zu sinken.

»Was hast Du?«

»Ach! der Pelz ist so schwer.«

Die Augen voll Tränen befestigte Angela zuletzt noch einen weißen Spitzenschleier auf dem Haupte der Kaiserin, welcher auf ihren Schultern herabfallend alles das, was er zu verbergen schien, sinnbetörend durchschimmern ließ.

»Glaubst Du, dass er mich so lieben wird, Angela,« sagte die Zarin, sich mit einem stolzen Blick im Spiegel musternd.

»Ich fürchte,« wollte das Mädchen zur Antwort geben. »Wem wäre es möglich, Sie nicht zu lieben!« sagte sie dann.

Katharina küsste sie auf die Stirne und entließ sie, dann warf sie noch einen Blick in den Spiegel und öffnete die Tür.

»Treten Sie ein.«

Sie ließ sich nachlässig auf einem Fauteuil nieder und betrachtete mit unverhülltem Vergnügen den schönen, jungen Menschen, der demütig und in sein Schicksal ergeben wie ein Sklave vor ihr stand. Und war er nicht in der Tat ihr Sklave, der Sklave ihrer Leidenschaft, ihrer Laune? »Reichen Sie mir das Buch, das dort auf dem Toilettentisch liegt,« befahl die Kaiserin. Maxim gehorchte. »So, jetzt setzen Sie sich.« Sie schob ihm mit dem Fuße den Schemel hin, und als er zu ihren Füßen saß, legte sie die Hand leicht auf seine Schulter und zeigte ihm die Buchstaben und hieß ihn, sie nachsprechen. Maxim benahm sich so einfältig bei der Lektion, dass Katharina II. nur zu bald die Geduld verlor und ungeduldig mit dem Fuße stampfend das Buch wegwarf.

»Wie gefällt Ihnen meine Toilette?« fragte sie dann kokett, »dieser Pelz?« Sie schlug ihn einen Augenblick auseinander, so dass der Hermelin wie weißes Mondlicht an ihr herunterfloss.

»Als Kaiserin müssen Sie ihn wohl tragen,« entgegnete Maxim mit absichtlicher Naivität, »aber er muss entsetzlich heiß machen.«

Die Zarin begann sich über ihren Adonis zu ärgern. »Ich will versuchen, Sie die Buchstaben schreiben zu lassen,« sagte sie nach einer kleinen Pause, »stellen Sie den kleinen Tisch dort hierher vor mich.«

Nachdem Maxim es getan, verlangte sie Feder und Tinte. Nun winkte dem Günstling, der um jeden Preis in Ungnade fallen wollte, die verlockendste Gelegenheit zu einem Hauptcoup; er nahm das Schreibzeug, schickte sich beim Tragen so tölpelhaft als nur möglich an, und als er ihr nahe genug war, ließ er es mit einem lauten Schrei fallen, die Zarin sprang auf, der schwarze Strom rieselte über den Schnee ihres Schlafpelzes und das Silber ihrer Robe zur Erde hinab. Im selben Augenblicke klatschte eine derbe kaiserliche Ohrfeige auf der Wange Maxims, dem dabei vor Seligkeit das Herz zerspringen wollte. Es war ihm gelungen, die schöne Despotin in Zorn zu bringen. Er schien gerettet.

»Wie kann man so ungeschickt sein?« grollte Katharina II., und ein zweiter Schlag ihrer kleinen energischen Hand illustrierte ihre Worte. Aber jetzt geschah etwas, was die ganze schöne Wirkung des Coups, den Maxim ausgeführt, vernichtete, die Kaiserin hatte in der Aufregung nicht bemerkt, dass sie, bemüht, ihre Toilette zu retten, ihre Hände in Tinte gebadet hatte. Jetzt sah sie plötzlich, dass die beiden Ohrfeigen, welche Maxim rechts und links empfangen hatte, ihn in einen Neger verwandelt hatten. » *Mon dieu!* Wie sehen Sie aus?« rief sie und schüttelte sich vor Lachen.

Maxim trat vor den Spiegel, und als er sich sah, begann er gleichfalls herzlich zu lachen. Die Zarin gewann zuerst ihre Ruhe wieder.

»Ach, jetzt ist es mir in der Tat heiß geworden,« sagte sie, »reichen Sie mir ein Glas Wasser.« Nachdem sie getrunken, gab sie es Maxim zurück. »Sie dürfen auch trinken,« sagte sie, »ja, ich erlaube Ihnen sogar, Ihre Lippen an die Stelle zu legen, auf der die meinen geruht haben.«

»Ich danke, Majestät.«

»Sie danken –?«

»Ich – ich – trinke kein Wasser,« stammelte Maxim, zum Äußersten entschlossen.

»Ja, was trinken Sie denn?«

»Schnaps.«

»Schnaps? – pfui! – Marsch! Aus meinen Augen.« Katharina kehrte ihm empört den Rücken, und er, überzeugt, dass er jetzt endlich wirklich in Ungnade gefallen sei, eilte aus ihrem Boudoir und tanzte im vollen Übermut der Jugend durch die Zimmer und die Treppe hinab.

Des unglücklichen Maxim Erstaunen kannte keine Grenzen, als er wenige Tage nach der heiteren Katastrophe mit der Zarin durch Potemkin die Eröffnung erhielt, dass Katharina II. durchaus nicht gesonnen sei, das Spielzeug, das sie sich erwählt hatte, so leichten Kaufes aufzugeben. Sie ließ ihm zwar wissen, dass er auf unbestimmte Zeit aus ihrer Nähe verbannt sei, aber nur, um sich gründlich und fleißig mit seiner Ausbildung in jeder Richtung zu befassen. Von der Monarchin beordert, kam zuerst ein Tanzmeister, der ihn bei dem Gesang einer alten Geige in allen möglichen Pas jener steifen zeremoniellen Zeit exerzierte, nach ihm erschien ein französischer Sprachmeister, der die Aufgabe hatte, ihm die Sprache Voltaires in möglichst kurzer Zeit einzutrichtern, und zuletzt kam ein deutscher Professor, der ihn in den Wissenschaften unterwies. Das tägliche *Tête-à-Tête* mit diesen drei Perücken gefiel Maxim ungleich besser, als jenes mit dem schönen verliebten Weibe im kaiserlichen Pelz. Er war, wie alle Russen, von großer Begier, sich zu unterrichten, erfüllt und machte überraschende Fortschritte. Drei Monate waren vergangen, in denen der junge Offizier weder die Zarin, noch die Geliebte gesehen hatte, da wurde er eines Tages wieder zur Monarchin beschieden.

Die Rolle des Dummkopfs und des Tölpels konnte er nicht mehr spielen, das gab sogar Potemkin zu, er stand also mit aller Grazie, die ihm der Tanzmeister verliehen hatte, vor Katharina, ihrer Befehle gewärtig.

»Sie haben fleißig gelernt, Maxim Petrowitsch,« begann diese mit rosigem Wohlwollen, »Ihre Lehrer stellen Ihnen die besten Zeugnisse aus. Ich will Ihnen also Ihre Ungeschicklichkeit in Bausch und Bogen verzeihen und mich ein wenig mit Ihrer Karriere befassen. Heute noch soll ein Courier nach Berlin abgehen, ich habe Sie zu dieser Mission ausersehen, weil ich Ihnen Gelegenheit geben will, sich auszuzeichnen. Aber einem Leutnant kann man so wichtige Depeschen nicht anvertrauen. Ich habe Sie also zum Kapitän ernannt.«

»O! Majestät!« rief Maxim freudig überrascht und ließ sich vor der Kaiserin auf ein Knie nieder, nicht mit jenem wilden Enthusiasmus, wie er es sonst getan, sondern mit der ganzen Anmut eines französischen Kavaliers, ganz so, wie es ihn der Tanzmeister gelehrt.

»Wie hübsch Sie jetzt knieten,« sprach Katharina II., ihn durch die Lorgnette betrachtend. »So, jetzt küssen Sie mir auch die Hand.«

Maxim führte die Hand der Zarin mit galanter Zärtlichkeit an die Lippen.

»Sie haben auch im Küssen Fortschritte gemacht,« sagte Katharina II. lächelnd, »verdanken Sie dieselben auch Ihrem Tanzmeister, oder haben Sie darin andere Lehrmeister gehabt?« Sie schlug ihn mit der Hand leicht auf die Wange. »Holen Sie jetzt Ihre Depeschen bei dem Generaladjutanten, Herr Kapitän, und reisen Sie mit Gott.«

Als Maxim bei seinem Gönner Potemkin eintrat, rief ihm dieser von Weitem schon entgegen:

»Ich gratuliere, Kapitän, ich gratuliere,« dann setzte er leise hinzu:

»Aber die Depeschen werden Sie nicht überbringen, ich habe bereits einen Anderen damit abgeschickt. Wir werden einen neuen Streich ausführen, auf den Sie gewiss in Ungnade fallen. Gehorchen Sie mir nur blind. Sie werden es nicht bereuen.«

Gegen Abend ließ sich Potemkin bei der Monarchin melden.

»Was bringst Du, Gregor Alexandrowitsch, Du scheinst sehr aufgeregt?« rief die Zarin.

»Und mit Recht, Majestät,« entgegnete Potemkin, »Sie haben diesen Urussow gegen meinen Rat heute Vormittag mit wichtigen Depeschen abgeschickt. Wenn ich nun nicht wäre, hätte sie der unvorsichtige Knabe, ohne es zu wollen, dem Feinde in die Hände gespielt.« »Wie?«

»Herr Urussow ist, seitdem er durch die mütterliche« – Potemkin betonte das Wort absichtlich sehr stark – »Vorsorge Eurer Majestät aufgehört hat, ein Einfaltspinsel zu sein, dafür ein Raufbold, Spieler und Trinker geworden.«

»Er trinkt Schnaps –«

»Ja wohl, gemeinen Schnaps,« fiel Potemkin ein, »und so kam er denn vor vier Stunden vollständig betrunken zurück und meldete mir, dass er die Depeschen verloren habe.«

»Verloren, der Elende!« schrie Katharina II. auf.

»Majestät wissen, dass es in Russland von Spionen unserer Gegner wimmelt. Wie leicht konnten diese für uns kompromittierenden Papiere in ihre Hände fallen. Ich bestieg also auf der Stelle selbst ein Pferd und eilte auf der Straße, welche der Courier eingeschlagen hatte, von Schänke zu Schänke, denn in jeder hatte dieser Urussow Halt gemacht und getrunken.«

»Schnaps?« fragte die Zarin.

»Ja, gemeinen Schnaps,« fuhr Potemkin fort, »und endlich fand ich einen klugen Wirt, der das dem Betrunkenen entfallene Paket aufgehoben und wohl verwahrt hatte. Ich sandte auf der Stelle einen anderen Courier nach Berlin und habe den Kapitän Urussow auf die Wache führen lassen, wo er der Strafe harrt, welche Eure Majestät über ihn zu verhängen geruhen werden.«

»Er muss exemplarisch bestraft werden,« entschied die Kaiserin, welche zornig auf- und abging, »ich degradiere ihn hiermit zum Gemeinen und verurteile ihn zu hundert Knutenhieben.«

»Majestät, dieses Urteil ist etwas hart,« bemerkte Potemkin, der nicht im Entferntesten daran dachte, die Strafe vollziehen zu lassen, und dem das Lachen nahe war.

»Ich will aber hart sein,« rief Katharina, II., »und mehr als das, ich will in diesem Falle sogar grausam sein, die Exekution hat morgen um zehn Uhr vormittags stattzufinden, und ich selbst werde derselben zusehen.«

Potemkin, welcher seine Gebieterin kannte und wusste, dass im Augenblicke nichts weiter zu machen war, verneigte sich und ging. Nach einer Stunde wurde er von neuem zu ihr beschieden.

»Es wäre doch unmenschlich, diesen schönen, jungen Menschen unter der Knute des Henkers sterben oder nur verstümmeln zu lassen,« sagte Katharina II.

»Gewiss, Majestät.«

»Aber bei der Degradation bleibt es.«

»Wie Eure Majestät befehlen.«

Am nächsten Tage war auch die Degradation aufgehoben, und als Maxim bei Potemkin erschien, eröffnete ihm dieser lachend, dass die Kaiserin ihm die überstandene Angst als Strafe anrechne und ihn zum Obersten ernannt habe.

Maxim hielt es anfangs für Scherz, aber als er das Patent sah, konnte er nicht länger zweifeln und war in seinem Jubel nahe daran, Potemkin die Hand zu küssen.

»Aber die Angst, die ich ausgestanden habe?« sagte er dann, »was für eine Angst habe ich denn ausgestanden?«

»Ja, das ist eine große Geschichte,« erklärte ihm Potemkin, »während Sie mit Ihren Kameraden zechten, waren Sie zuerst verhaftet, dann degradiert und zur Knute verurteilt und dann wieder begnadigt.«

»Also sie wollte mich im Ernste knuten lassen,« fragte Maxim mit einigem Schauder.

»Allerdings, und noch selbst dabei zusehen,« lachte Potemkin, »ja, die Frauen sind unberechenbar, mein lieber Maxim Petrowitsch, und vor allem dann, wenn sie uns lieben.«

Bald, nachdem der junge Oberst sein Regiment übernommen hatte, fand in der Nähe von Moskau ein großes Manöver unter den Augen der Kaiserin statt. Ein Teil der Truppen unter dem Kommando Suwarows stellte die Türken vor und sollte durch eine kühne Flankenbewegung umgangen und gezwungen werden, sich der Kaiserin, an deren Seite Potemkin die Russen befehligte, auf Gnade und Ungnade zu ergeben.

Aber die Sache kam anders.

Nicht umsonst hatte Potemkin dem Obersten Urussow die Führung der Truppen anvertraut, welche das geniale Manöver ausführen sollten und mit demselben Tags vorher die Karte studiert.

Als der Moment kam, wo die Russen unerwartet den Türken in Flanke und Rücken fallen sollten, wartete Katharina II. vergebens auf die Reiter Urussows, welche die Reserve Suwarows anfallen, auf seine Geschütze, welche den Feind in ein Kreuzfeuer nehmen sollten. Eine Viertelstunde verstrich und eine zweite, dann sprengte Suwarow durch eine plötzliche Attacke seiner Kavallerie das Zentrum der Russen und nahm die Kaiserin gefangen.

Die Kaiserin machte gute Miene zum bösen Spiel sie reichte Suwarow lachend die Hand, aber ihr ganzer Zorn entlud sich jetzt auf das Haupt des schönen Obersten.

Ein Adjutant wurde abgeschickt, ihn vor die Zarin zu laden.

Er kehrte allein und mit einer reglementwidrig heitern Miene zurück.

»Wo ist der Oberst,« fragte Katharina II. mit einer gewissen Heftigkeit.

»Der Herr Oberst lässt sich entschuldigen, es ist ihm unmöglich,« –sagte der Adjutant, der in Gefahr war, sich die Zunge abzubrechen.

»Unmöglich, wenn ich es befehle?« rief die schöne Despotin.

»Der Herr Oberst steckt mit seinen Kanonen, Soldaten und Pferden bis an den Hals in einem großen Sumpf,« sagte der Adjutant.

Die Kaiserin stutzte einen Augenblick, dann brach sie in ein schallendes Gelächter aus, in das der Generalstab und endlich die ganze Armee einstimmte.

»Glauben Majestät nicht, dass es an der Zeit wäre, diesen Herrn Obersten in Pension zu schicken,« sagte Potemkin, als er auf dem Rückweg neben ihr ritt.

»O! Durchaus nicht an der Zeit,« rief Katharina II. mit einem Blitz ihrer kühnen geistvollen Augen, »dieser Oberst ist, wie ich sehe, imstande, Sie eifersüchtig zu machen, lieber Potemkin, und das macht mir so viel Spaß, dass ich ihn jetzt erst recht protegieren will.«

Die Kaiserin hatte mit ihrem Vertrauten Potemkin in ihrem Kabinett gearbeitet, sie war zu dem Entschluss gekommen, eine Reihe drückender Steuern aufzuheben und ein ganz neues System der inneren Verwaltung einzuführen, bei welchem zum ersten male die Grundsätze der französischen Philosophen zur Anwendung kommen sollten. Sie hatte die Entwürfe, welche vor ihr lagen, mit dem außerordentlichen Scharfsinn, der sie charakterisierte, schnell erfasst und auf der Stelle die Schwächen derselben erkannt und Potemkin jene Verbesserungen diktiert, welche sie nötig fand. Nun streckte sie sich müde in den weichen Samtpolstern aus und ihr Auge mit ruhigem Spotte auf den einzigen Mann heftend, der ihrem Herzen wirklich nahe stand, fragte sie, in der Absicht, sich mit seinen Qualen die Zeit zu vertreiben:

»Bist Du noch immer eifersüchtig, Gregor Alexandrowitsch?«

»Auf wen?«

»Auf Urussow.«

»Nicht mehr.«

»Nicht mehr? Und was hat Dich so schnell geheilt?«

»Die Überzeugung, dass meine Eifersucht grundlos war,« sagte Potemkin.

»Du glaubst also nicht, dass ich ihn liebe?« fragte Katharina II. lauernd.

»Ich glaube nur nicht, dass der Oberst Dich liebt.«

»Wie das?«

»Oder besser gesagt, ich glaube, dass er eine andere liebt.« Potemkin blickte mit einer Siegesgewissheit auf die Kaiserin, welche dieselbe verwirrte.

»Eine andere? Du lügst.«

Potemkin zuckte die Achseln. »Überzeuge Dich selbst.«

»Wie kann ich das?«

»Noch heute Abend, wenn Du willst.«

»Gut denn, noch heute Abend, und wenn Du Recht behältst?« sprach Katharina, sich erhebend.

»Versprichst Du mir, dass er in Ungnade fällt und den Hof verlassen muss?« fiel Potemkin rasch ein

»Ha! Mein Freund, doch eifersüchtig,« sprach Katharina II. angenehm überrascht, »und wenn ich Recht behalte, Potemkin, was dann?«

»Dann schicke mich nach Sibirien,« sagte Potemkin.

»Das kann ich so auch tun,« entgegnete Katharina II. mit boshafter Eile, denn sie ließ keine Gelegenheit vorübergehen, den Mann, dessen Macht sie fühlte, zu demütigen.

»Was könntest Du nicht, wenn es Dir beliebt,« sprach Potemkin, ohne einen Augenblick seine Miene zu ändern, »ich bin Dein Untertan, Dein Sklave.«

Katharina sah ihn, ohne ein Wort zu sagen, an und reichte ihm dann die Hand.

»Ich werde mich hüten, Dich nach Sibirien zu schicken,« sagte sie herzlich, »ich brauche Dich hier viel notwendiger. Also, heute Abend.« –

Als es vollkommen dunkel geworden war, ging Maxim, wie es ihm sein Gönner geboten hatte, durch den kaiserlichen Garten, die von beschnittenen Taxuswänden eingerahmte Hauptallee hinauf, bis zu dem Springbrunnen, der seinen silbernen Strahl hoch in die Luft warf und in tausend Diamanten zerschellt in die von einer nackten Nymphe gehaltene große Muschel zurückfallen ließ. Er setzte sich auf die Rasenbank, welche ihm bezeichnet war; sie war durch einen Amor kenntlich, der im Begriffe, seinen Pfeil abzuschießen, in der von der Taxuswand gebildeten grünen Nische hinter ihm stand. Hier blieb er sitzen, betrachtete die wunderbaren Gebilde der Sterne an dem wolkenlosen Himmel und dachte an Angela.

Plötzlich stand eine weiße Gestalt vor ihm. War es die Kaiserin? Er erhob sich und nahm ehrerbietig den Hut ab.

»Ich bin es, Maxim,« sprach eine wohlbekannte Stimme, deren süßen Klang er so lange entbehrt hatte, und zwei weiche Arme umfingen ihn. Nach einem langen Kusse machte sich Angela los. »Das ist nicht genug,« sagte sie, »ich werde auf der Bank sitzen und Du musst vor mir knieten und mir Liebe schwören.«

»Muss ich?«

»Denke, dass wir die Kaiserin aufbringen müssen.«

»Wie?«

»Frage nicht weiter, Potemkin will es so, und das sei Dir genug. Auf die Knie!« Sie deutete mit ihrer weißen Hand auf den Boden und erschien Maxim mit einem male so majestätisch, dass er ihr gehorchen musste. Da lag er nun zu ihren Füßen und beschwor das Auge bald zu ihr, bald zu den Sternen erhoben, allerhand Unsinn, und die Sterne hörten geduldig zu, aber Angela gab ihm einen leichten Backenstreich und flüsterte: »Nicht so toll!«

Und wie sie ihn jetzt an ihre Brust zog und sein liebes Antlitz mit Küssen bedeckte, stand Katharina II. mit Potemkin hinter der grünen Wand und fieberte vor Wut und Eifersucht.

»Ich könnte ihn zerreißen,« murmelte sie, und da sie es nicht konnte, kniff sie Potemkin heftig in den Arm.

»Hören wir, was sie sagt, die Schöne spricht mit ihm,« entgegnete der Günstling, der seine Heiterkeit mit Mühe verbarg.

»Jetzt, Maxim, jetzt gilt's.« flüsterte Angela, so dass es niemand als er hören konnte, »die Zarin ist da, ich höre den Sand unter ihren Füßen knistern.«

»Und ich sehe ihren Hermelinpelz durch die grüne Wand schimmern,« wisperte Maxim. »Also schieß los.«

»Mein lieber Oberst,« begann Angela laut, »Sie schwören mir, dass Sie mich lieben und, doch scheint es mir, dass sie eine andere Dame vielmehr als mich lieben.«

»Wer sollte das sein?« erwiderte Maxim ebenso vernehmlich.

»Die Kaiserin, sagt man, und man sagt auch, dass Sie sehr in ihrer Gunst stehen,« fuhr Angela fort.

»Ich will es nicht leugnen, dass sie sehr gnädig gegen mich ist,« gab Maxim zur Antwort, »aber wie können Sie glauben, dass eine Frau von ihrem Genie und ihrer Würde sich so viel vergeben könnte, einen jungen unbedeutenden Menschen wie mich zu lieben?«

»Hörst Du?« sagte Potemkin leise zu Katharina. »Aber Sie, Sie lieben sie,« fuhr Angela fort.

»Ich?« antwortete der junge Oberst, »Katharina II. ist die schönste Frau der Erde.«

»Hörst Du,« flüsterte jetzt die Zarin ihrem Vertrauten zu.

»Ich verehre die große Herrscherin,« fuhr Maxim fort, »und bete das schöne Weib in ihr an, aber eben deshalb wage ich es nicht, die Augen zu ihr zu erheben, und ich hätte nicht einmal den Mut, sie zu lieben.«

»Hörst Du,« sagte Potemkin.

»Ich liebe Sie, teure Angela,« schloss Maxim, »Sie allein.«

»Nun denn, Herr Oberst, auch ich liebe Sie,« gab Angela so laut als nur möglich zur Antwort, und sie begannen sich von neuem zu küssen wie zwei Täubchen, die beim Sternenlicht im grünen Busche schnäbeln.

»Die Verräterin!« murmelte Katharina, »sie soll es mir büßen.«

»Sie?« sagte Potemkin, »das wäre eine Ungerechtigkeit und noch mehr eine Unklugheit, und dieser beiden weiblichen Schwächen halte ich meine große Kaiserin nicht für fähig.«

»Du hast Recht, aber sie regen mich auf und tun mir weh, und das Geküsse nimmt kein Ende, ich könnte rasend werden, komm', Gregor.« Sie eilte mit den raschen Schritten eines jungen Mädchens die Allee hinab, dann durch einen grünen Seitengang, immer von Potemkin gefolgt, bis zu einer zweiten Fontaine, und ließ sich hier auf einer Rasenbank nieder, über der eine weiße steinerne Venus mit einem steinernen Adonis koste. »Sei doch kein Bär, Gregor, was tut man, wenn man unter dem flimmernden Sternenhimmel allein ist mit einer Frau?«

»Mit dem schönsten Weibe der Erde, willst Du sagen, Katharina,« rief Potemkin mit aufrichtigem Enthusiasmus, »man kniet nieder und betet an.« Und er warf sich zu ihren Füßen nieder, und sein Antlitz in dem schimmernden Pelzwerk begraben, bedeckte er die herrliche Büste der Zarin mit feurigen Küssen. Katharina lächelte. »Aber wir sollten die beiden doch strafen,« sagte sie.

»Du hast Recht,« erwiderte Potemkin, »und zwar recht empfindlich.«

»Wie meinst Du?«

»Indem wir sie zusammen verheiraten.«

Als die Kaiserin in ihrem Schlafgemach allein war, im Begriffe zur Ruhe zu gehen, erwachte mit einem male, je mehr sie desselben Meister geworden zu sein glaubte, ihr Gefühl für den treulosen Adonis mit erneuter Gewalt. Sie war zu stolz, ihm ferner von Liebe zu sprechen, aber sie war Weib genug, zu wünschen, dass er sie liebe, sie wollte ein Netz von Koketterie und Wollust um ihn spannen, ihn ahnen lassen, dass ihr

Besitz für ihn nicht so unerreichbar war, als er dachte, und ihn dann fortschicken, den Pfeil im Herzen, nicht sie durfte die Verschmähte sein, sondern er sollte zu ihren Füßen liegen, verschmäht und verlacht.

Sie schrieb an ihn: »Undankbarer! Ich weiß, dass Sie eine andere lieben, aber dennoch will ich Sie noch einmal sehen, morgen um Mitternacht im chinesischen Pavillon.«

Diesen Brief erhielt Maxim am nächsten Morgen, diesmal ging er aber nicht zu Potemkin, sondern ersann sich selbst einen tollen Spaß. Er schloss die Zeilen von der Hand der Zarin in ein anderes Couvert ohne Adresse und sendete damit einen treu-verlässlichen Diener in die Kaserne des Regimentes Simbirsk, wo sie dem diensttuenden Unteroffizier für Herrn Arkadi Wuschitschinkoff übergeben wurden. Es währte nicht gar zu lange, und Arkadi trat schwer atmend bei seinem Freund, dem Obersten, ein.

»Lies diesen Brief,« sprach er feierlich. Er schien um mindestens fünf Zoll gewachsen. Maxim las mit großem Ernst und gab dann das Billet Arkadi zurück.

»Was sagst Du?«

»Dass Du der eigentliche Glückspilz bist.«

»Ich – aber ich weiß ja gar nicht, von wem diese Zeilen sind. Ein Lakai hat sie gebracht, das steht fest, aber es gibt viele Lakaien!« seufzte Arkadi.

»Gewiss, aber es gibt nur eine Frau, welche diese kühnen, ich möchte sagen, despotischen Schriftzüge hat,« gab Maxim zur Antwort.

»Wer soll das sein?«

»Sieh' die Unterschrift.«

»Katharina.«

»Nun?«

»Nun.«

»Die Zarin, wer sonst.«

»Aber die liebt ja Dich,« sagte Arkadi misstrauisch.

»Was Dir einfällt, die Dame damals war eine ganz andere, ihr danke ich, dass ich Oberst geworden bin, denke Dir nun, welche Laufbahn erst Dir winkt, wenn die Zarin selbst –«

»Lass mich niedersetzen, mir wird schwül,« seufzte Arkadi.

»Aber sie schreibt da, sie will mich noch *einmal* sehen,« fuhr er fort, » *noch einmal!*«

»Sehr einfach. Erinnerst Du Dich genau aller Umstände damals bei meinem Rendezvous im chinesischen Pavillon?«

»Ja.«

»Erinnerst Du Dich der großen majestätischen Dame, welche meine Schöne begleitete?«

»Ja.«

»Das war Katharina, und damals hat sie Dich gesehen, als Du an die Jalousie klopftest, und sich in Dich verliebt,« schloss der Oberst seine Auseinandersetzung.

»Wie aber hat sie erfahren, dass ich eine andere liebe?« fragte Arkadi, der noch immer zweifelte.

»Frage sie selbst.«

»Hm! hm! heilige Mutter von Kasan, Du meinst also, dass ich so, wie ich bin, heute Nacht zu dem Rendezvous gehen soll!«

»Gewiss, ich fürchte nur eins, dass Du nämlich bei der schmalen Türe nicht hinein kannst,« lachte Maxim.

»Ich will also gehen, aber nur, wenn Du mich begleitest, Maxim.«

»Abgemacht.« Sie schüttelten sich die Hände. –

Gegen Abend kam Arkadi wie gewöhnlich zu der hübschen Schnapswitwe; diesmal tiefe Falten auf der Stirne und die rote Nase hoch erhoben.

»Guten Abend, Frau Srebna,« begann er mit Würde.

»Seit wann stehen wir so feierlich miteinander,« erwiderte Nastka, die Arme in die Seiten stemmend »trägt er die Nase wie ein General und spricht er wie, ein Metropolit?«

»Ja, die Zeiten ändern sich, Frau Srebna, und die Menschen mit ihnen,« seufzte Arkadi, »heute noch Fähnrich, morgen vielleicht in der Tat General. Sie wissen, Anastasia Nikitischna, dass mein Herz nur für Sie schlägt, aber es sind Verhältnisse eingetreten –«

»Was schwatzt der Esel da?«

»Eine hohe Dame hat ihr Auge auf mich geworfen.« fuhr Arkadi fort.

»Auf ihn? Ha! ha! ha! wohl die Zarin selbst, nicht?« spottete Nastka.

»So ist es, Anastasia, die Zarin selbst,« erwiderte Arkadi mit einem Anflug von Rührung, »mir bleibt als getreuem Untertan Ihrer Majestät

nichts übrig, als zu gehorchen. Wir müssen scheiden, Anastasia Nikitischna.«

»Aber das ist sehr traurig,« sagte Nastka plötzlich in verändertem Tone,
denn es ging ihr ans Herz.

»Sehr traurig, Anastasia Nikitischna,« flennte Arkadi, »geben Sie mir
einen Schnaps.«

Sie schenkte ein und ihre Tränen perlten mit in das Glas. –

Als es vom benachbarten Turme Mitternacht schlug, stand Arkadi mit
einem Herzen voll Angst, das wie eine ganze Bauernschmiede hämmer-
te, an Maxims Seite vor dem chinesischen Pavillon.

»So, jetzt ist es Zeit,« flüsterte Maxim; »geh' hinein.«

»Aber Maxim,« seufzte Arkadi, »sich einmal die, kleine enge Türe an,
wie soll ich da hinein?«

»Nur vorwärts.« Maxim verbarg sich im Gebüsch, und Arkadi schob
sich sachte in den Pavillon hinein, der vollkommen dunkel war. »Pst! ist
wer da?« fragte er. Keine Antwort. »Pst! Majestät!« fuhr er fort. Alles
blieb stille wie zuvor. Er hätte sich am liebsten gleich wieder aus dem
Staube gemacht, aber da fielen ihm allerhand angenehme Dinge ein, wie
Sibirien, Knute und Ketten, und er blieb mitten im Pavillon stehen und
begann andächtig zu beten.

Endlich ging die Türe hinter ihm, und Katharina trat ein. »Sind Sie da?«

»Ja, ich bin da, und erlöse uns von allem Übel, Amen,« murmelte Arkadi mit tiefer Grabesstimme.

»Sind Sie heiser, Oberst,« sprach die Zarin, »Ihre Stimme klingt ganz
anders als sonst.« »Schon Oberst,« dachte Arkadi, »das geht schnell,
wenn das so fortgeht, bin ich, wenn sie fortgeht, mindestens General.«

»Ich sollte Ihnen eigentlich zürnen,« sprach die Zarin.

»Wegen der anderen,« fiel Arkadi ein; »keine Ursache, Majestät, ist
schon aus.«

»Schon aus?«

»In Folge hochdero Briefes abgebrochen.«

»Ist das möglich? Sie lieben mich also?« flüsterte Katharina, Arkadi
umschlingend.

»Wie ein Narr, Majestät.«

Katharina gab dem dicken Fähnrich einen feurigen Kuss. »Aber Sie sind
ja dick geworden, Oberst,« sagte sie dann erstaunt, »überhaupt erkenne

ich sie nicht mehr, Ihre raue Stimme und Ihre Ausdrücke, die ein wenig nach der Schnapskneipe duften.«

»Vergebung, Majestät.«

»Und Sie riechen auch nach Schnaps, *fi donc!*« rief die Zarin, »nun machen Sie aber Licht.«

Arkadi gehorchte. In dem Augenblicke, wo er die Kerzen des silbernen Armleuchters angezündet hatte, stieß die Kaiserin einen Schrei aus.

»Was ist das? Wer sind Sie? Wer hat es gewagt?« rief sie im höchsten Zorne mit dem Fuße stampfend. »Dieser Brief – Majestät – ich glaubte – ich dachte – o! heilige Mutter von Kasan, ich bin unschuldig!« stöhnte der Koloss und warf sich vor Katharina auf die Knie, dass der ganze Pavillon dröhnte.

»Da ist der Brief.«

Die Kaiserin nahm ihn. »Diese Zeilen sind allerdings von mir.«

»Ich habe sie durch einen La – La – kaien erhalten,« stotterte Arkadi mehr tot als lebendig.

»Und ich habe Sie geküsst,« rief Katharina mit flammenden Augen.

»Nein, nein, nein; ich schwöre, Majestät, dass es kein Kuss war;« schrie der dicke Fähnrich in der Angst seines Herzens.

»Können Sie das wirklich beschwören,« sprach die Kaiserin, welcher es bei dem Anblick ihres unfreiwilligen Seladons und seiner Verzweiflung immer heiterer zu Mute wurde.

»Ich will schwören, dass dies alles ein Traum ist und ich jetzt auf meiner Stelle in der Kaserne liege, nichts als ein Traum, ein schwerer Traum.«

»Ja, so ist es,« sagte die Kaiserin, welche die Hand gnädig auf Arkadis Schulter legte, »und im Traume sagt Ihnen Ihre Kaiserin, dass Sie Kapitän sind.«

»Ka – Ka – pi – tän?«

»Und wenn Sie erwachen, liegt das Patent unter Ihrem Kopfpolster.«

»Und Sie haben doch wieder ein Rendezvous mit dem Obersten gehabt,« sagte Potemkin plötzlich, während ihm die Kaiserin von einem neuen Handelsprojekt auf dem Schwarzen Meer sprach. Er sprach immer sehr zeremoniell, wenn er sich die Miene gab, der Beleidigte zu sein.

»Schilt mich nicht, Gregor,« erwiderte Katharina II. sanft und beinahe verschämt, »ich wollte ihn noch einmal sehen, aber es ist misslungen.«

»O! Ich weiß.«

»Still, still!« rief die Zarin.

»Zu welchem Zwecke wollten Sie ihn sehen?« fuhr Potemkin fort.

»Ich bin doch nur ein Weib,« sagte Katharina II., »und wenn ich schon den Hermelin trage, ein eitles schwaches Weib im Hermelin. Ich habe die Laune gehabt, diesen jungen Adonis zu begünstigen, sie ist vorüber, jetzt quält mich eine andere Laune.«

»Und diese wäre?«

»Nicht die Verschmähte zu sein,« sagte sie rasch; »ihn zu meinen Füßen vor Liebe sterben zu sehen und dann auszulachen.«

»Nun, das wäre noch zu erreichen,« gab Potemkin lächelnd zur Antwort.

»Glaubst Du, nun dann gönne mir diesen Triumph,« flehte die Allmächtige.

»Mehr als das, ich will dem Obersten, der Dich das schönste Weib der Erde nennt und so unbewusst schon liebt, sagen, dass er nicht ohne Hoffnung liebt,« erklärte der Günstling, der die Gefahr, die ihn bedrohte, geschwunden sah; »er wird heute noch zu Deinen Füßen liegen.«

»Und ich werde über ihn lachen, mein Wort, Gregor Alexandrowitsch, und Du weißt, das ist mir heilig.«

Die hübsche Witwe saß gegen Abend zum Sterben betrübt hinter ihren Schnapsflaschen und dachte an Arkadi, den Günstling der Zarin, den General.

Plötzlich ging die Tür auf, und er trat, von Maxim begleitet, ein. Sie hätte ihm an den Hals fliegen mögen, aber sie rührte sich nicht.

»Die Herren befehlen?«

»Zürnen Sie mir, Anastasia Nikitschna,« begann Arkadi, der sich hinter Maxim verschanzt hatte.

»Wie hätte ich das Recht, Ihnen zu zürnen,« gab Nastka kühl zur Antwort. Es war ihr nicht entgangen, dass Arkadi ziemlich kleinlaut war. »Steht es so,« dachte sie und war entschlossen, ihren Vorteil unbarmherzig auszubeuten. »Sind Sie bereits General, Herr Wuschitschinkoff?«

»Das nicht, aber Kapitän,« entgegnete Arkadi apathisch, als verstände sich das bei seinen Meriten von selbst.

»Kapitän – dieser Esel – ist das wahr?« schrie die Witwe aufgebracht; »er belügt uns, schäm' er sich, er Branntweinfass!«

Die Beiden schwiegen, Maxim, weil er sich zusammennehmen musste, um nicht zu lachen, und Arkadi, weil er ein Gewitter heraufziehen sah, vor dem er keine Rettung wusste.

»Ist er wirklich Kapitän geworden?« wendete sie sich zu dem Obersten.

»Ja, Frau Srebrna, er ist in der Tat Kapitän,« sagte Maxim.

»Durch die Gnade der Zarin?«

»Ja, durch Gottes Erbarmen,« sagte Arkadi; »geben Sie mir einen Schnaps, Frau Srebrna.«

»Also die Kaiserin hat wirklich Gefallen gefunden an diesem Branntweinfass, diesem heiseren Raben, diesem Esel,« schrie die hübsche Witwe.

»Nein, Anastasia,« erwiderte Arkadi gerührt; »Sie denkt nicht an mich, und ich, ich liebe nur Dich, Alles war eine Prüfung.«

»Eine Prüfung? Wie?« sagte die Erzürnte starr »Ich wollte mich überzeugen, ob Du mich auch wirklich liebst, und da – da ersann ich dieses Märchen,« bemühte sich Arkadi zu erklären; »alles nur eine Prüfung, teure Nastka, welche Du glänzend bestanden hast, Du reines Gold, Du;« er wollte sie umarmen.

»Halt, Musje Arkadi,« sagte die hübsche Witwe kalt mit einem bösen Blick, der dem armen Kapitän kaum weniger Todesangst bereitete, als jener, der ihn zu den Füßen Katharinas niedergeschmettert hatte. »So rasch geht das nicht. Ich bin kein Kind, dem man Märchen erzählt, und was die Prüfung betrifft so könnte ich damit viel eher bei Ihnen beginnen So mir nichts, dir nichts kränkt man mich nicht.«

»Aber was willst Du denn dann eigentlich?« fragte Arkadi, der sich immer kleiner werden fühlte.

»Was ich will,« sprach die Witwe mit einer Entschiedenheit, welche jeden Widerspruch von vorne herein ausschloss. »Du hast mir meinen Teil gegeben, ich werde Dir jetzt Deinen geben. Du hast Dich an meiner Qual belustigt, jetzt sollst Du mir einmal ordentlich zappeln. Für die Prüfung sollst Du Deine Strafe erleiden. Ich verzeihe Dir, ja.« – »O! Göttliche Nastka!« schrie Arkadi, umschlang sie und küsste sie derb auf ihre vollen roten Lippen.

»Ich verzeihe Dir,« fuhr sie fort, nachdem sie sich den Mund mit der Schürze abgewischt, »aber unter der Bedingung, dass Du Dich ruhig von mir hauen lässt.«

»Hauen?«

»Ja, gehauen musst Du werden,« entschied sie; »also wähle, eine tüchtige Tracht Prügel oder Trennung für immer.«

»Was soll ich tun, Maxim,« jammerte Arkadi; »ich muss ihr ihren Willen lassen.«

Der Oberst ging lachend davon, er sah noch, wie Nastka die Tür schloss und behaglich den Ärmel aufschürzte, dann begab er sich rasch in den Palast.

Katharina erwartete den Obersten diesmal in ihrem Schlafgemach. Sie lag in einem weißen duftigen Schlafrock auf einer türkischen Polsterottomane und lächelte seltsam, als er damit begann, sich vor ihr niederzuwerfen und ihren Fuß zu küssen. »Wie feurig auf einmal,« sagte sie; »was für ein Ereignis hat denn Ihre Gefühle so sehr verändert, wo nehmen Sie die Kühnheit her, mir so zu nahen?«

»Katharina,« rief Maxim, alle Etikette beiseite setzend; »ich war blind bisher und bin auf einmal sehend geworden, die Bewunderung für Dein Genie, Deine Größe hat mich geblendet, ich sah Deine Schönheit, Deine Reize, die nicht ihresgleichen haben, aber der Gedanke, Dich zu besitzen, schien mir zu vermessen. zu feenhaft: jetzt aber ist die Binde gefallen, ein Himmel voll Liebe und Seligkeit hat sich mir aufgetan, und ich fühle, wo Du bist, ist der Genuss, das Leben, die Freude; wo Du nicht bist, der Schmerz, die Qual, der Tod. Sage mir, dass ich Dich lieben darf, dass ich unter den Sklaven, welchen das Glück zu Teil geworden ist, zu Deinen Füßen liegen und Dir gehorchen, Dir dienen zu dürfen, Dir der am wenigsten Verhasste bin.«

»Nun, Oberst, ich will aufrichtig sein,« sagte die Zarin, deren Herz bei den begeisterten Worten des schönen Mannes eine stolze Freude erfüllt hatte; »ich hasse Sie nicht.«

»Du liebst mich also?«

»Das habe ich nicht gesagt.«

»Aber Du erlaubst mir, Dich anzubeten?«

»Ja, Oberst, beten Sie mich an,« sagte sie kokett.

Maxim umschlang das schöne Weib mit einer Leidenschaft, die, so ehrlich er auch gegen Angela war, doch etwas mehr als Komödie war.

Die Zarin war es, die sich endlich losmachte. »Genug,« sagte sie.

»Ich verstehe Dich nicht,« flüsterte Maxim; »hast Du mich zu Dir beschieden, um mich wieder fortzuschicken, wie einen Knaben?«

»Lass mich,« sagte sie; »ich will mich schön machen.«

»Bist Du's nicht?«

»Ich will Dich vollends wahnsinnig machen,« murmelte sie, erhob sich und schlüpfte in eine mit dunklem Pelzwerk verbrämte weite Jacke, welche auf einem Stuhle bereit lag. »Wie gefall ich Dir so?« fragte sie mit einem Blick, der Maxim für kurze Zeit die Besinnung raubte.

»Du bist wunderbar –,« sein Auge hing trunken an dem schönen majestätischen Weibe, dessen herrliche Büste in dem dunklen Pelzwerk noch blendender erschien. »Sei mein, Katharina, ganz mein, Du wolltest mich wahnsinnig sehen, ich bin es. Sei gnädig jetzt, erbarme Dich meiner.«

Beide, der treue Bräutigam und das grausame kokette Weib, hatten ihre Rollen vortrefflich studiert und die Komödie klappte bis jetzt ausgezeichnet; nun kam es aber doch ein wenig anders, als es der Oberst, und die Zarin, oder gar Potemkin und Angela dachten.

Die Leidenschaft des schönen Mannes ergriff die Sinne der Kaiserin, und als er sie auf die Ottomane niederzog und mit feurigen Küssen die höhnischen Worte erstickte, welche sie bereits auf den Lippen hatte, da, in dem Augenblicke, wo er erwartete, von ihr mit Füßen getreten und verlacht zu werden, zog sie ihn plötzlich an ihre Brust, und er musste nun gute Miene zum bösen Spiele machen, das eigentlich gar nicht so böse war.

Die schöne Despotin gehörte ihm, aber nur für einen seligen Augenblick, dann erwachte mit einem Male die neronische Natur in ihr, und sie wollte die Wollust, den schönen Mann, den sie liebte, zu verschmähen, eben so voll und ungeschmälert genießen, als jene, ihn zu besitzen.

»Was glaubst Du nun, Maxim Petrowitsch,« begann sie; »Du glaubst, dass ich Dich liebe?«

»Ich weiß es nicht,« stammelte er; »ich weiß nur, dass ich Dich anbete, dass ich nicht leben kann ohne Dich.«

»Das wäre sehr schlimm für Dich,« erwiderte Katharina II. mit schneidender Kälte; » *denn ich liebe Dich nicht*. Du warst ein Spielzeug, das mir Vergnügen machte, so lange ich es nicht besaß, und mir jetzt gleichgültig, morgen vielleicht schon widerwärtig ist.«

»Katharina,« schrie Maxim auf.

»Was willst Du noch?« fuhr sie, sich aufrichtend fort; »Du Wurm, der dazu da ist, sich unter meinem Fuße zu krümmen, Sklave! gut genug, mir eine Stunde zu vertreiben, nicht mehr! Aus meinen Augen, Du langweilst mich.«

»Jetzt bist Du mein, Du schönes Weib,« rief Maxim, sie umfassend, »und keine Macht der Welt soll Dich mir entreißen.«

Die Zarin stieß ihn von sich, zog ihr Pelzwerk über der blendenden Brust zusammen und klingelte. »Du sprichst im Fieber,« sagte sie mit einem Blicke, den sie dem Obersten gleich einem Dolch in das Herz stieß, kalt und vernichtend.

Auf den ersten Ton der Glocke waren vier Kosaken ihrer Leibwache eingetreten, welche auf einen Wink der Kaiserin den Obersten ergriffen und durch eine Reihe von Zimmern in ein vollkommen leeres kleines Gemach ohne Fenster führten. Hier stießen sie ihn hinein und schlossen die Türe, in welcher sich ein kleines Schubfenster befand. Es ging jetzt auf und Katharina II. blickte hinein.

»Nun, Oberst, wollen wir sehen, ob es mir nicht gelingt, die Gluten Ihrer Leidenschaft ein wenig abzukühlen,« sprach sie; im nächsten Augenblicke stürzte von der Decke ein förmlicher Platzregen auf den armen verliebten Thoren nieder und aus allen Wänden sprangen kräftige Wasserstrahlen, welche gleich unsichtbaren Furien auf ihn losschlugen. Katharina aber sah zu und lachte.

Ihre verletzte Eitelkeit war befriedigt, sie hatte Rache genommen; und als sie zuletzt den Obersten gleich einem nassen Pudel entließ, sagte sie – nicht mehr mit jenem grausamen Spott, der ihn so vernichtet hatte, sondern mit liebenswürdiger Schalkhaftigkeit: »Lieben Sie mich noch?«

»Ich bete Sie an,« erwiderte Maxim, sich vor ihr niederwerfend, »und werde Sie anbeten bis zum letzten Atemzuge.«

Das gefiel der Kaiserin, und sie reichte ihm beim Abschied gnädig die Hand zum Kusse.

Am nächsten Tage hieß es, Oberst Urussow sei in Ungnade gefallen und habe seinen Abschied bekommen. Angela folgte ihm nach wenigen Tagen, um mit der Bewilligung der Zarin seine Frau zu werden. Ehe noch ein Jahr vergangen war, waren die jungen Eheleute mit einem schönen kräftigen Knaben beschenkt, und Potemkin, der Taurier, war sein Pate.

Ein Damen-Duell

Das Fußregiment der Preobraschenskischen Garden hatte die Wache im Winterpalast bezogen. Es war im Frühsommer, aber die Zarin Katharina die Zweite schien noch immer nicht daran zu denken, das festliche Petersburg mit dem idyllischen Landaufenthalt von Zarskoje Selo zu vertauschen.

In der geräumigen weißgetünchten Wachstube schliefen die Soldaten sitzend, aus Furcht, ihre großen festgewickelten Zöpfe zu beschädigen; in dem kleinen anstoßenden Offizierszimmer lagerten Leutnants und Junker von den verschiedensten Regimentern um einen langen schmierigen Tisch und spielten *Onze et demi*; sie spielten bereits den ganzen Nachmittag und spielten bis in die Nacht hinein bei dem spärlichen Lichte einer kleinen Öllampe, welche von der rußigen Decke herabhing. Nur einer spielte nicht. Es war ein junger schlanker Offizier mit blühendem Gesicht und großen hellblauen Augen unter dunklen Wimpern und dunklen Brauen, welche sich beinahe kokett von dem weißen Toupet abhoben. Er saß, die Beine weit von sich gestreckt, die Hände nach rückwärts in die Taschen seines grünen Uniformrockes versenkt, in einer finstern Ecke und starrte vor sich hin.

Jetzt verließ auch ein Zweiter den Spieltisch; er atmete auf und blickte um sich, dann näherte er sich dem Kameraden in der Ecke.

»Du spielst nicht mehr, Koltoff?« begann er, die Hand auf seine Schulter legend.

»Nein – und Du?«

»Ich bin fertig,« erwiderte der Zweite. »Ich habe alles verspielt.«

»Ich auch,« sprach Koltoff, »aber bei Dir, mein lieber Lapinski, bedeutet dies im Grunde nichts, oder doch nicht viel. Eine Karambole mit Deinem teueren Vater, eine Sittenpredigt, und damit gut. Ich bin ruiniert. Ich habe entsetzlich viel Schulden, wie Du weißt, und keinen Vater, der sie zahlen würde, nicht einmal einen Onkel, den ich beerben könnte; ich habe heute meine Gage verspielt in der wahnsinnigen Hoffnung, das Glück könnte mir lächeln und mir ein paar Tausend Rubel in den Schoß werfen wie neulich dem Grafen Saltikoff, und jetzt stehe ich da ohne eine Kopeke, und in ganz Russland gibt es niemand mehr, der mir eine Kopeke leiht. Mir bleibt also nichts übrig, als mich zu erschießen.«

»Hör' mir auf,« erwiderte sein Freund. »Wie Du richtig bemerkt hast, gilt es nur eine Karambole mit meinem teuren Vater, und wir haben Geld.«

»Das heißt, Du hast Geld.«

»Nein, wir.«

»Ich kann doch nicht –«

»Was kannst Du nicht?«

»Von Deinem Gelde leben,« sprach Koltoff; »die Ehre gebietet mir, mich zu töten.«

»Ah! ich glaube, Du hast zu viel getrunken,« erwiderte Lapinski, die Achseln zuckend; »aber sage mir lieber gleich, wie viel Du brauchst, es geht in Einem.«

Koltoff schwieg.

»Nun, wenn Du durchaus nicht willst,« sprach Lapinski ärgerlich, »ich dränge meine Liebe und Freundschaft niemandem auf.«

Damit stülpte er den dreieckigen goldbordierten Hut so heftig auf seinen wohlgepuderten Kopf, dass eine weiße Wolke aus demselben emporwirbelte, und verließ sporenklirrend die Wache; als er jedoch vor dem niedrigen Thore seines Wohnhauses stand und bereits den Klopfer in der Hand hatte, da fielen ihm die Worte seines Kameraden schwer und beängstigend auf die Brust; er kehrte um und ging mit raschen Schritten zu Koltoffs Wohnung, sprang über die Planke, welche den Hof derselben umfasste, und die morsche Holztreppe empor.

Durch die Türe seines Freundes fiel ein weißer Streifen Licht auf die Diele. Er war also gleichfalls nach Hause zurückgekehrt und noch wach. Lapinski klopfte. Keine Antwort. Er klopfte stärker und rief zugleich: »Um Gottes willen, mach auf; Geld, es ist Geld da für Dich!«

Nun hörte er Schritte, dann wurde eine Lade zugeschoben, endlich öffnete Koltoff.

Lapinski erschrak über die Veränderung, die in so kurzer Zeit mit seinem Freunde vorgegangen war; das Haar hing ihm wirr in das bleiche Gesicht, die Augen waren tief in ihren Höhlen eingesunken und zeigten ein unheimliches, unruhiges Feuer.

Lapinski hatte instinktmäßig, als wenn er ihn von einem Vorhaben abhalten wollte, seine Hand ergriffen und blickte verstört im Zimmer umher, ohne dass er etwas Verdächtiges entdecken konnte, dann näherte er sich rasch dem Tische, welcher in der Fenstertiefe stand und auf dem Koltoff zu schreiben pflegte. Dieser machte eine Bewegung, aber schon hatte der Kamerad eine Lade hervorgezogen und in derselben die Pistole entdeckt, deren Hahn noch gespannt war.

»Also wirklich?« stammelte Lapinski; mehr vermochte er im Augenblicke nicht.

Beide schwiegen einige Zeit. Dann nahm Lapinski das Wort. »Habe ich Dir nicht gesagt, dass ich Dir Geld schaffen will?«

»Ich erkenne Deine treue Freundschaft von ganzem Herzen an,« erwiderte Koltoff, »aber ich bin nicht imstande, auf fremde Kosten zu leben. Es handelt sich ja bei mir nicht um momentane Hülfe. Es fehlt jede Aussicht für die Zukunft, und wenn ich auch von Brot und Wasser leben und Spiel und Frauen für immer abschwören will, wie soll ich von meiner elenden Leutnantsgage meine Schulden zahlen? Zuletzt wird mir doch nichts übrig bleiben als – eine Kugel.«

»Sollte es wirklich keinen anderen Ausweg mehr geben?« sprach Lapinski. »Lass uns nachdenken. Aber versprich mir vor allem, nichts gegen Dein Leben zu unternehmen, ehe unser Witz sich nicht erschöpft hat. Gib mir die Hand darauf.«

»Unter Bedingungen,« entgegnete Koltoff.

»Gut,« entschied der erstere, »wenn wir binnen einem Monate zu keinem Resultate gelangt sind, steht es Dir frei –«

»Mich zu erschießen?«

»Zu erschießen, zu ersäufen, zu vergiften, rädern zu lassen, was Dir besser gefällt.«

»Abgemacht.«

Die Kameraden schüttelten sich herzlich die Hände.

»Aber was hast Du für ein Projekt?« begann Koltoff.

»Vor der Hand noch gar keins,« erwiderte Lapinski, »aber mir ist nicht bange darum. Gäbe es etwas Erfinderischeres auf der Welt als das Hirn eines Leutnants? Also gib Acht! Fangen wir gleich mit dem Kühnsten an. Stürze Orloff und schwinge Dich zum Günstling der Zarin auf.«

»Was fällt Dir ein!« rief Koltoff.

»Warum nicht?« meinte der Kamerad. »Die Geschichte ist nur halb so lebensgefährlich wie das Erschießen, Du bist ein hübscher Junge, es muss Dir gelingen.«

Koltoff antwortete mit einem lauten Lachen.

»Warum lachst Du?« fuhr Lapinski fort. »Heutzutage ist alles möglich, alles, sag ich Dir, das Wunderbarste und Seltsamste, genau so wie zu Zeiten des Kalifen Harun al Raschid. Aber ich sehe, zu einem solchen Wagestück hast Du nicht den Mut, oder ist Katharina die Zweite vielleicht nicht ganz nach Deinem Geschmacke? Ziehst Du die schwarzen Augen vor?«

»Genug des Spaßes!« sagte hierauf Koltoff, »der Weg, den ich gehen soll, muss vor allem ein ehrlicher sein.«

»Hm« – Lapinski sann nach. »Ich hab' es« schrie er plötzlich auf. »Ich hab' es. Du musst heiraten.«

»Heiraten?« Nein, da will ich mich lieber erschießen,« erwiderte der Leutnant mit dem Ausdrucke wirklichen Entsetzens in dem jugendlichen Gesichte.

»Verloren bist Du einmal,« lachte der Kamerad, »so wähle mindestens die angenehmste Todesart und – heirate.«

»Angenommen, ich könnte mich entschließen,« sprach Koltoff, »wo fändest Du eine Frau für mich; eine reiche Frau, die den armen verschuldeten Offizier die Hand reichen würde?«

»Nichts leichter als das,« erwiderte Lapinski, »ein armes Mädchen zu finden, das Dich nimmt, aus purer Liebe nimmt, das hielte schwer; unsere Fräulein vom alten Adel und leerem Geldsack spekulieren sämtlich auf Generäle oder mindestens auf einen reichen Bojaren vom Lande; aber eine Dame, die selbst ein großes Vermögen hat, kann sich schon den Luxus gestatten, einen Mann zu nehmen, den sie liebt.«

Koltoff lächelte. »Du hast vielleicht schon eine Braut für mich in *petto*?«

»Warum nicht? Hundert auf einmal,« sprach Lapinski, »ich habe darin schon manchem braven Menschen geholfen, aus reinem Vergnügen an der Sache, und weil ich, wie Dir bekannt, in allem Ordnung liebe und halte, so habe ich mir zu diesem Zwecke ein genaues Lexikon aller unserer heiratsfähigen Damen angelegt.«

»Wie?« rief Koltoff immer heiterer, »ein Heiratslexikon?«

»Hier,« fuhr Lapinski fort, ein ziemlich voluminöses Notizbuch hervorsuchend, »da hast Du es. Du findest sie alle beisammen, unsere Schönen, jede mit genauer Personbeschreibung, sowie Angabe ihres Vermögens, Charakters, Vorlebens und anderweitiger Verhältnisse.«

»Das ist in der Tat kostbar,« lachte Koltoff »Lass also sehen.« Und die beiden munteren Offiziere begannen das Heiratslexikon zu studieren.

»Ich wäre dafür, alphabetisch vorzugehen,« begann Lapinski nach einer Pause, »versuche bei der ersten Dein Glück, und bekommst Du einen Korb, so belagere die zweite und so fort von A bis Z.«

»Das wäre doch zu leichtsinnig,« meinte Koltoff, »ich bin meinetwegen bereit, meinen Nacken dem Pantoffel einer Frau zu beugen, aber es muss ein Pantoffel sein, – eine Frau wollte ich sagen, welche ich liebe.«

»Wie ist also Dein Geschmack, blond, braun, schwarz?«

»Vor allem lege ich auf ein bescheidenes Wesen Wert.«

»Dann erschieße Dich auf der Stelle,« rief Lapinski, »im Reiche und am Hofe der nordischen Semiramis Katharina der Zweiten ein bescheidenes Wesen! Weißt Du nicht, dass unsere besten Frauen, von dem Beispiel oben verführt, mindestens Amazonen und Blaustrümpfe sind?«

»Was also tun?«

»Wenn Du schon zu gewissenhaft bist, alphabetisch vorzugehen, so lass das Fatum entscheiden,« meinte der übermütige Kamerad.

»Wie?«

»Wie? Ganz einfach. Wir machen es wie die Araber, wenn sie ihren Koran um Rat fragen,« erwiderte Lapinski, »wir stechen mit einer Nadel in mein Lexikon, und dort, wo die Spitze haften bleibt, dort hast Du Deine Braut zu suchen.«

»Gut.«

Lapinski nahm hierauf eine Nadel und verfuhr ganz in der Weise und mit dem Ernste orientalischer Fatalisten, dann schlug er das durchstochene Notizbuch auf. »Du hast ungeheures Glück,« sagte er, nachdem er den Stich aufgesucht und geprüft. »Dein Schicksal führt Dich zu der zugleich schönsten und reichsten Dame meines Verzeichnisses.«

»Lass sehen!« rief Koltoff erregt.

»Lubina Fürstin Mentschikoff,« las Lapinski, »Witwe des Fürsten Iwan, dreiundzwanzig Jahre alt, hohe, imposante Gestalt, schlank, herrliche Formen stolze, schöne Gesichtszüge, schwarzes Haar, schwarze, feurige Augen, tiefe Altstimme. Charakter fest und verlässlich, Wesen gebieterisch, aber liebenswürdig und anmutig, viel Geist, große Bildung, besitzt ein Vermögen von zwei Millionen Rubel, vollkommen frei und unverschuldet, ist ihren Verwandten gegenüber vollkommen selbständig. Ihr Ruf sowohl in ihrer Ehe, als seitdem, der beste. Besondere Bemerkungen: gilt als Männerfeindin.«

»Dient sie nicht in der Armee?« fragte Koltoff.

»Warte. Richtig, ja. Sie dient im Regiment« Simbirsk und hat den Rang eines Majors.«

»Das kommt ungelegen,« meinte Koltoff.

»Weshalb? Unsere Amazonen tragen ja sämtlich Offiziersepauletten, die Gräfin Iwan Saltikoff, Frau Samarin, Fräulein Sophie Narischkin und viele andere, und Frau von Mellin kommandiert sogar ein Regiment.«

»Aber ich bitte Dich,« rief Koltoff, »wie soll ich es anfangen, meinem Vorgesetzten eine Liebeserklärung und einen Heiratsantrag zu machen?«

»Ich weiß nichts davon, dass dies gegen das Reglement wäre,« entgegnete Lapinski. »Zu Deinem Glücke hat Peter der Große nicht im Entferntesten daran gedacht, dass es Leutnants in Reifröcken und einen Major geben könnte, welcher der mediceischen Venus Konkurrenz macht. Also fasse Dir ein Herz, es wird Dir nicht den Kopf kosten, beziehe jetzt ruhig Dein Biwak, und morgen beginnen wir die Operationen, das heißt, der Herr Leutnant der Preobraschenskischen Garde wird anfangen, dem Herrn Major des Regiments Simbirsk den Hof zu machen.«

»Und wenn mich der schöne Major für meine Kühnheit in den Arrest schickt?« lachte Koltoff.

»Dann tröstest Du Dich damit,« erwiderte der Kamerad, »dass Amor Dein Profoss ist.«

Es war gegen Mittag, als Koltoff am nächsten Tage von seinem Freunde aufgepoltert wurde, welcher in rosigster Laune, den Schnurrbart unternehmend aufgedreht, mit den großen Sporen klirrend, bei ihm eintrat.

»Zu den Waffen!« schrie Lapinski. »Auf den Feind! Der Krieg beginnt, zu den Waffen!« und zu gleicher Zeit stellte er sich vor den Nachttisch und begann mit den Fäusten auf demselben Reveille zu trommeln.

Koltoff, der Selbstmörder, dehnte sich behaglich in seinem Bette und gähnte. »Was drängst Du so?« sprach er langsam gedehnt, »wir haben ja nichts zu versäumen.«

»Wir haben sehr viel zu versäumen,« rief der Kamerad; »Du vergisst, dass ich nur vier Wochen Zeit habe, um Dich zu verheiraten, mein Geliebter, und dann, wenn es nicht gelungen ist, bist Du toll genug, Deinem kostbaren Leben ein Ende zu machen. Also zu den Waffen, um so mehr als dies die Stunde ist, wo die Fürstin Lubina Mentschikoff nach den übereinstimmenden Berichten meiner Spione auf der Terrasse ihres Palastes die Morgenschokolade nimmt.«

»Du hast schon Spione?« murmelte Koltoff erstaunt, indem er sich anzukleiden begann.

»Spione, gute Spione sind für eine geschickte und erfolgreiche Kriegführung unentbehrlich,« antwortete Lapinski, »man muss über die Aufstellung und die Bewegungen des Feindes stets auf das genaueste unterrichtet sein, um darnach seine Dispositionen treffen zu können.« Der lustige junge Offizier blickte auf seine Uhr. »Es fehlt eine Viertelstunde zu Zwölf. Genau vor fünfzehn Minuten ist unsere Göttin erwacht, in weiteren fünfzehn Minuten wird sie ihre Morgentoilette beendet haben und Schlag zwölf Uhr auf die Terrasse hinaustreten. Also beeile Dich!«

In wenigen Minuten war Koltoff fertig, und die beiden Freunde durchschritten, ein französisches Kriegslied der Zopfzeit trällernd, die Straße, welche zu dem Paläste der Fürstin Mentschikoff führte, aber sie näherten sich dieser feindlichen Festung, wie Lapinski das in schönem Renaissancestile erbaute, von einem weitläufigen Parke, im Geschmack von Versailles, umgebene Gebäude nannte, von rückwärts, durch ein schmutziges Gässchen, das längs der Gartenmauer lief.

»Kein Mensch in der Nähe,« sprach Lapinski, »lass uns somit vor allem rekognoszieren.«

Koltoff stellte sich auf seine Anordnung an die Mauer des Parks, und sein Kamerad schwang sich auf seine Schulter und blickte hinein. »Auch im Garten ist alles still,« meldete er, »und weithin nichts zu entdecken. Wir können es also wagen, einzudringen.«

Ohne weiteres schwang sich Lapinski hierauf von der Schulter seines Freundes auf die Mauer, und von dieser mit Hülfe eines Astes auf einen nahestehenden Nussbaum, von welchem er sich rasch zur Erde herabgleiten ließ.

»Warte,« ertönte seine Stimme von innen, »ich will sehen, ob ich keine Bresche entdecke.«

Die Bresche fand sich nicht, aber dafür eine Gartenleiter, welche vor einer halbgestutzten Taxushecke ausgespreizt stand. Lapinski bemächtigte sich ihrer und schob sie über die Mauer, drüben wurde sie von Koltoff aufgefangen, der wenige Sekunden darnach auf der Mauer erschien und die Leiter an sich zog, um dann bequem auf ihren Sprossen in den Garten hinabzusteigen. Die beiden Freunde näherten sich nun, durch die langen parallel laufenden Hecken verdeckt, dem Palast, von dem eine geräumige Terrasse mit breiten Stufen gegen den Garten ablief. Sie verbargen sich hinter einem großen Boskett roter Rosen etwa fünfzig Schritte von derselben entfernt.

Auf der Terrasse stand zwischen schlechten, geschmacklosen Statuen der Venus und des Liebesgottes ein kleines Tischchen, für eine Person gedeckt, und vor demselben ein samtener Armstuhl und ein Fußschemel von gleichem Stoffe.

Nicht lange, und ein Diener in gestickter Livree nach französischem Schnitte erschien und brachte auf einem silbernen Brette die Schokolade, während ein zweiter die Flügeltüren weit öffnete.

Eine Dame trat mit raschen Schritten in stolzer gebieterischer Haltung heraus. Nach der Beschreibung des Heiratslexikons seines Kameraden konnte Koltoff keinen Augenblick zweifeln, dass es die Fürstin Lubina Mentschikoff war, aber die lebendige Erscheinung wirkte ganz anders, als das tote Wort.

Koltoff war in der ersten Sekunde von der jugendlich majestätischen Gestalt, dem feinen, geistvollen Gesichte, den großen, blitzenden schwarzen Augen der schönen Amazone überrascht, in der zweiten geblendet, in der dritten bis zum Wahnsinn verliebt. Die Fürstin trug ihr dunkles, nur ganz leicht gepudertes üppiges Haar in einem großen, von einem hellroten Bande zusammengehaltenen Knoten, über dem duftigen weißen Spitzennegligee einen Schlafpelz von rotem Atlas mit reichem Hermelinbesatz, nach damaliger Mode in der Taille knapp anschließend und dann in reichen Falten sich einbauschend bis zu der Schleppe, welche weit zurückfloss. Ohne dass sie nur im geringsten ahnte, man beobachte sie, benahm sie sich doch bei ihrem Frühstück mit der ganzen koketten Anmut einer Rokokodame, so dass der junge Leutnant von der Preobraschenskischen Garde nahe daran war, alle Subordination bei Seite zu setzen und den verführerischen Major vom Regimente Simbirsk glattweg zu Füßen zu stürzen.

»Nun, wie gefällt Dir Deine Braut?« fragte Lapinski im Flüstertone.

»Du hast mich hierher geführt,« erwiderte Koltoff, »nur um mich noch unglücklicher zu machen; wie soll ich nur eine Sekunde hoffen, dieses herrliche Weib, diese Gottheit mein zu nennen, wo soll ich den Mut hernehmen, mich ihr zu nähern oder gar um ihre Hand zu werben?«

»Sehr gut, ausgezeichnet,« sprach leise sein Freund, »Du bist verliebt, ja, Du brennst lichterloh, wie ich sehe. Alles nach Wunsch –«

»Wie?«

»Lass mich nur manövrieren.«

»Was hast Du vor?«

»Du musst ihr eine Liebeserklärung machen,« fuhr Lapinski fort.

»Ja, aber wie soll ich das anfangen?« fragte Koltoff ziemlich ratlos. »Ich kann doch nicht hier –«

»Ich denke nicht im Entferntesten daran,« entgegnete Lapinski.

Indes hatte sich, von dem Geräusche auf der Terrasse und dem Anblick der Fürstin angelockt, von dem Dache des Palastes herab, sowie aus allen Büschen und Ästen eine zahlreiche Gesellschaft von Sperlingen, Finken, Zeisigen, Stieglitzen um die schöne Frau versammelt, welche ihr Brot zerpflückte und den schreienden und durcheinander flatternden kleinen Bettlern die Krumen desselben zuwarf.

»Genug, Du wirst Dich doch nie sattsehen,« fuhr Lapinski fort, »so reizend auch die Idylle gerade jetzt ist. Komm also, ich habe einen Plan, Du wirst heute noch die Bekanntschaft der stolzen Schönen machen. Was sage ich, heute! Auf der Stelle!«

Die beiden Offiziere verließen hierauf ihr Versteck und den Park auf demselben Wege, auf welchem sie denselben betreten hatten.

Eine Stunde nach dem Frühstück pflegte die Fürstin Lubina Mentschikoff eine Spazierfahrt durch die Stadt zu machen und dann in der Kaserne ihres Regimentes den Bataillonsrapport entgegen zu nehmen und die dringendsten dienstlichen Angelegenheiten zu erledigen.

Zugleich mit ihrer Equipage waren diesmal die beiden Leutnants zur Stelle, welche sich indes darauf beschränkten, den Palast und das Fuhrwerk aus weiter Entfernung zu beobachten. Der Wagen der Fürstin im Rokokostile war einer jener schwerfälligen Kriegsmaschinen, mit denen die eroberungslustigen Damen jener Tage zum Siege zogen; auf vier hohen Rädern ruhte ein viereckiger vergoldeter Kasten mit Glaswänden, welche die in demselben sitzende Dame von allen Seiten deutlich zu sehen gestatteten. Ein großer dicker Kutscher in roter Livree mit großem dickem Zopf und einer weißen Halsbinde, welche gleich einem Riesenschmetterling unter seinem Kinn saß, leitete die schönen Holsteiner Pferde mit großer Würde.

Zwei Lakaien sprangen aus dem Palast hervor, der eine riss den Schlag auf. Die Fürstin folgte raschen Schrittes in einer Uniform, welche weibliche und männliche Toilette geschmackvoll verband; über die hohen schwarzen Reitstiefeln, an denen gewaltige Sporen saßen, fiel eine reichfaltige samtne Robe von dem Grün des russischen Soldatenkleides, welche, da sie von keinem Reifrock auseinander gespannt wurde, in natürlichen malerischen Falten fiel. Ein Überrock von gleichem Stoff und gleicher Farbe mit rotem Aufschlag und goldenen Litzen umschloss die Taille, an dem schwarzen Lackgürtel hing der Stoßdegen, auf dem weißen Toupet ruhte der dreieckige Hut mit weißem Federbesatz.

»Nun kaltes Blut und Geistesgegenwart!« sprach Lapinski.

Die schöne Amazone war eben im Begriff, ihre Handschuhe zuzuknöpfen, als ein Bettler, welcher bisher mit den Pferden schön getan hatte, sie um eine Gabe ansprach. Sie warf ihm eine Münze zu, stieg elastisch in den Wagen, der Lakai schloss den Schlag, und der Wagen rollte davon. Die Pferde gingen im ruhigen, stolzen Trabe, aber nicht lange. Nach wenigen Schritten schon wurden sie unruhig, fielen in ein rascheres Tempo, begannen sich zu bäumen, zu wiehern und zeigten Lust durchzugehen. Der Kutscher riss sie mit aller Kraft zurück, aber ein neuer Anlauf, den die Pferde nahmen, warf ihn vom Kutschbock herab und in den Straßenkot. Die Pferde rasten mit dem schwerfälligen Wagen, welcher jeden Augenblick umzuwerfen drohte, davon, die Fürstin war in Gefahr – sie richtete sich vom Sitze auf und suchte das Fenster zu öffnen, vergebens. Der Pöbel schrie und lief dem Wagen nach, wodurch die Pferde nur noch scheuer wurden. Da, im entscheidenden Augenblick stürzte sich Leutnant Koltoff dem Gespann entgegen, warf sich den Pferden in die Zügel und brachte sie zum Stehen. Lapinski war in der nächsten Sekunde gleichfalls zur Stelle und fasste die Pferde, während Koltoff den zertrümmerten Wagenschlag öffnete und die Fürstin, welche, von Glassplittern verwundet, am Kopfe und an den Händen blutend, ohnmächtig geworden war, heraushob. Er trug sie auf seinen Armen in ihr Palais zurück und ließ sie auf einem Lehnstuhl, den die herbeigeeilte Dienerschaft im Thorwege aufstellte, nieder. Während ihre Kammermädchen ihr mit Wasser und Essenzen Hülfe leisteten, lag der junge Offizier, unbekümmert um die gaffende Umgebung, vor ihr auf den Knien und bedeckte ihre Hände mit Küssen. Endlich schlug die Fürstin die Augen auf, sah Koltoff lange und erstaunt an und fragte:

»Was ist geschehen? Wo bin ich?«

Der junge Offizier erklärte ihr die Lage, in welcher sie sich befand, indes kam sie selbst vollkommen zur Besinnung und dankte ihrem Retter mit einigen abgebrochenen Worten, dann erhob sie sich und zog sich, auf den Arm einer alte Amme gestützt, in ihre Gemächer zurück.

Koltoff suchte seinen Freund auf, welcher ihn mit einem selbstgefälligen Lächeln erwartete.

»Nun, Du dankst mir nicht einmal,« begann er, »habe ich meine Sache nicht gut gemacht?«

Koltoff verstand seinen Kameraden nicht und sah ihn mit unzweideutigem Erstaunen an. »Du – wie soll ich das verstehen?« stammelte er endlich.

»Hältst Du Dich für so einen Glückspilz,« erwiderte Lapinski, dass die fürstlich Mentschikoff'schen Pferde Dir zu lieb aus eigenem Antriebe durchgehen, damit Du die Ehre und das Vergnügen hast, ihre Gebieterin zu retten?«

Koltoff war vollständig verblüfft. »Also Du hast – aber wie?« stotterte er.

»Hast Du den alten Bettler bemerkt, welcher sich an den Pferden zu schaffen machte, während Deine Göttin einstieg?« fragte Lapinski.

»Ja, nun?«

»Der geriebene Bursche hat dem einen Gaul, mit dem ich übrigens das lebhafteste Bedauern fühle, einen brennenden Feuerschwamm in die Nüster gesteckt.«

»In Deinem Auftrag?« schrie Koltoff auf.

»Allerdings, damit Du Gelegenheit habest, der Fürstin das Leben zu retten,« entgegnete sein Kamerad mit vollkommener Seelenruhe.

»Du bist ja ein furchtbarer Mensch!« rief Koltoff. »Bedenke, welches Unglück geschehen konnte!«

»Ich habe keinerlei Bedenklichkeit, wo es das Glück, das Leben eines Freundes gilt,« erwiderte Lapinski. »Übrigens ist alles gut abgelaufen, wozu sich also jetzt über alle möglichen und unmöglichen Möglichkeiten den Kopf zerbrechen!«

»Aber wenn die Fürstin tot geblieben wäre?«

»Nun, so hätten wir sie beweint,« entgegnete der leichtfertige Gardeleutnant, »und das Heiratslexikon von neuem zu Rate gezogen. Aber sie ist vor der Hand nicht gestorben, und der Schreck, den der Herr Major trotz seiner schönen Uniform und seinem Degen ausgestanden, wird ihm hoffentlich nicht schaden. Du bist jetzt auf das glänzendste bei der schönen Lubina eingeführt, und ich kann es mir lebhaft vorstellen, wie sie jetzt aufgelöst auf ihrer Ottomane ruht und Du ihr im Traume erscheinst, schön wie Adonis, stark und mutig wie Herkules, von bengalischen Flammen effektvoll beleuchtet. Komm, mein Junge, trinken wir eine Flasche guten Weins!«

»Ja, das wollen wir,« stimmte Koltoff bei »auf das Wohl der Fürstin.«

»Was fällt Dir ein?« lachte Lapinski; »auf jenen großen Unbekannten, der den Feuerschwamm entdeckt hat.«

Gegen Abend erschienen die beiden Offiziere in voller Parade in dem Palast der Fürstin, um über das Befinden derselben Erkundigungen einzuziehen. Nachdem man ihnen darüber die beruhigendsten Versicherungen gegeben, traten sie den Rückweg an.

»Höre,« begann Lapinski, »wir können uns doch nicht so ohne weiteres damit zufrieden geben, dass man uns mitteilt, die Fürstin sei so gut wie unversehrt und vollkommen wohl. Es ist anständig und klug, dass wir unserer Freude darüber, dass dieser Unfall keine ernsten Folgen gehabt hat, auf irgendeine Weise Ausdruck geben. Was hältst Du von einer Serenade?«

Koltoff brach in lautes Lachen aus. »Eine Serenade, ohne eine Kopeke im Sack zu haben?«

»Warum nicht?« erwiderte sein ausgelassener Kamerad, seine Säcke umkehrend. »Sieh mich an, ich besitze noch bare anderthalb Rubel, und doch wollen wir allen Geldsäcken zum Trotz der Fürstin heute eine Serenade bringen, wie sie das kleine Weibchen gewiss noch nicht erlebt hat.«

Während Koltoff noch den Kopf schüttelte, zählte Lapinski das Geld, ein und einen halben Rubel, in seine Hand und beauftragte ihn, Papiere in allen Farben, Öl und Unschlittkerzen einzukaufen; er selbst nahm es auf sich, die Musik, sowie ein preziöses Bouquet, wie er sich ausdrückte, herbeizuschaffen.

»Ich fange an zu glauben, dass Du mit dem Teufel im Bunde bist,« meinte Koltoff.

»Allerdings,« erwiderte Lapinski, »und zwar mit einem armen, aber lustigen Teufel.«

Damit trennten sich die Freunde.

Nach einer Stunde trafen sie, wie es Lapinski angeordnet hatte, in der Kaserne der Preobraschenskischen Garde zusammen, Lapinski mit einem riesigen Bouquet dessen Zusammenstellung zwar viel zu wünschen übrig ließ, das aber nichts destoweniger durch die Seltenheit seiner Blumen und die Pracht seiner Farben imponierte

»Wie kommst Du dazu?« fragte Koltoff, während er den schweren Strauß in der Hand hielt und bewundernd betrachtete.

»Auf die billigste Weise von der Welt,« erwiderte Lapinski; »ich stieg auf dem bekannten Wege in den Garten der Fürstin und band dort höchst eigenhändig das Bouquet.«

»Du hast also die Blumen gestohlen?«

»Nehmen wir an, es wäre so,« erwiderte der wenig bedenkliche Kamerad, »so geschah es nur, um sie der Eigentümerin wieder in kürzester Zeit zurückzustellen.«

»Du bist unverbesserlich,« meinte Koltoff.

Lapinski hatte indes bei sämtlichen Wäscherinnen des Regiments die Wäschestangen requiriert, und jetzt begannen seine Soldaten unter seiner Anleitung aus den von Koltoff eingekauften Kerzen und dem in Öl getränkten farbigen Papiere Lampions zu verfertigen und auf den Stangen zu befestigen. Das Ganze ging so militärisch rasch und genau vor sich, dass mit eingetretener Dunkelheit der Abmarsch beginnen konnte.

Vorn gingen Soldaten mit brennenden Lampen in allen Farben, dann folgten in einem Spalier von Lampions die beiden Offiziere, Koltoff mit dem Bouquet und hinter ihnen sämtliche kleine Tambours und Pfeifer der Preobraschenskischen Garde in voller Parade, frisch gepudert, mit steifen Zöpfchen. Den Zug schlossen wieder Soldaten mit Lampions. Zahlreiche Gaffer folgten; als man vor dem Palast der Fürstin Halt machte, war bereits eine unabsehbare Menschenmenge versammelt.

Lapinski stellte seine Leute in ein Karree, welches, von den farbigen Lampions umgeben, gar nicht übel aussah, und postierte sich mit Koltoff unmittelbar vor der Front desselben dem Balkon des schönen weiblichen Majors gegenüber. Als alles bereit war, hob er den Rohrstock, welchen damals jeder Offizier trug, und die Tambours eröffneten die seltsame, echt soldatische Serenade mit einem höllischen Wirbel, dann fielen die Pfeifer ein und alle zusammen spielten nunmehr den originellen zierlich pedantischen Marsch, nach welchem die Rokokosoldaten damals marschierten und der auch damals bei Gassenlaufen üblich war.

Es währte nicht lange, so klang die Glastür des Balkons, und die schöne Lubina trat heraus im weißen Nachtgewande, eine Samtmantille umgeworfen; sie blickte sichtlich erstaunt auf die Menge, die Tambours, die Offiziere; erst als Koltoff den Hut abnahm und mit einem kräftigen Wurf den riesigen Blumenstrauß emporschleuderte, so dass er zu den Füßen der Fürstin niederfiel, erkannte diese den Retter ihres Lebens und verstand seine Absicht. Sie dankte mit artiger Verneigung, hob die Blumen auf, und als die Tambours wieder ihren Wirbel schlugen, hielt sie sich die Ohren zu und brach in lautes Lachen aus.

Lapinski gebot Ruhe. Die Fürstin dankte nochmals mit einem bezaubernden Lächeln und zog sich zurück. Wenig Augenblicke später erschien ein Kammerdiener, welcher in ihrem Namen die beiden Offiziere einlud, zu ihr zu kommen.

»Vorwärts!« flüsterte Lapinski seinem strahlenden Kameraden zu. »Jetzt liegt alles in Deiner Hand. Erkläre Dich ihr auf der Stelle. Ich führe indes meine kleinen Helden nach Hause.«

Während die Serenade schwenkte und abmarschierte, wobei Lapinski noch tüchtig wirbeln ließ, stieg Koltoff langsam, bei jedem Treppenabsatz anhaltend und Atem schöpfend, die Stiege empor. Der Kammerdiener führte ihn durch eine Flucht herrlich eingerichteter Säle, schlug eine Portiere zurück und im nächsten Augenblicke stand der junge Offizier der reizenden Frau gegenüber, mit ihr allein in einem Boudoir, wie es nur jene Zeit so kokett und sinnverwirrend einzurichten verstand.

Die Fürstin war so taktvoll, nicht nach seinem Freunde zu fragen, sondern lud Koltoff mit der anmutigsten Handbewegung und dem liebenswürdigsten Lächeln, als verstehe sich ihr *Tête-à-Tête* von selbst, ein, neben ihr auf dem echt türkischen Diwan Platz zu nehmen.

»Vergeben Sie,« begann Koltoff, »Fürstin, die armselige Art und Weise, in der ich meiner Freude über Ihre Rettung aus einer so ernsten Gefahr Ausdruck gegeben habe, aber –«

»Weshalb vergeben?« unterbrach ihn die Fürstin. »Es war eine echt militärische Serenade.«

»Sie sind zu gütig,« erwiderte der Gardeleutnant; »aber ich bitte nochmals, nicht darnach meine Gefühle für Sie zu beurteilen.«

»Ich bin von Ihren guten Gesinnungen gegen mich überzeugt,« sagte die schöne Frau, indem sie ihre dunkle Samtmantille fallen ließ und die Büste einer olympischen Göttin zeigte.

»O, ich wäre glücklich, wenn ich mein Blut für Sie verspritzen, mein Leben für Sie geben könnte!« erwiderte Koltoff leidenschaftlich erregt.

»Illusionen der Jugend!« sprach die Fürstin; »aber Sie wählen Worte, wie man sie nur einer Frau gegenüber gebraucht, welche man liebt.«

»Und Sie finden es recht traurig, dass ein armer Leutnant die Fürstin Mentschikoff zu lieben wagt?«

»Traurig? Nein.«

»Also lächerlich!« rief Koltoff.

»Noch weniger,« erwiderte die schöne Frau, mit den Spitzen ihres Deshabilles spielend. Zugleich zuckte ein mutwilliges Lächeln um ihre Mundwinkel.

»Aber Sie lachen doch,« rief Koltoff vorwurfsvoll.

»Über Ihre Zaghaftigkeit,« erwiderte die kokette Rokokoschöne, »sie steht dem Soldaten schlecht an.«

»Sie ermutigen mich also?«

»Wozu?«

»Sie zu lieben.«

»Lieben Sie mich denn?« rief die Fürstin und schlug ein helles Lachen an.

»Aber jetzt lachen Sie doch über den armen Leutnant!« sagte Koltoff bitter.

»Bei Gott, nein!« entgegnete die Fürstin auf einmal sehr ernst.

»Lachen Sie nur,« fuhr der junge Offizier fort, »verspotten Sie mich auf das unbarmherzigste, ich liebe Sie dennoch und werde Sie immer lieben; ich bin glückselig, dass ich Ihnen nun einmal sagen darf, wie sehr, wie unaussprechlich ich sie liebe, wenn Sie mich auch auf der Stelle für immer aus Ihrer Nähe verbannen.«

»Wer sagt Ihnen, dass ich dies tue?« entgegnete die Fürstin, welche sich offenbar an der jugendlichen Glut des Leutnants ergötzte.

»Sie verbannen mich nicht?« schrie Koltoff auf.

Die schöne Lubina legte den Finger auf den Mund, um vorerst den Ausbruch seiner Freude ein wenig zu mäßigen, und als der hübsche Offizier noch einmal, noch dringender, aber leise fragte, schüttelte sie den Kopf. O, wie reizend, wie verheißend war dieses Kopfschütteln für Koltoff.

»Sie lieben mich also wieder?« fragte er, von der Liebenswürdigkeit seines Vorgesetzten, des Majors vom Regimente Simbirsk, fortgerissen.

»Das habe ich nicht gesagt,« beeilte sich Lubina, seine Hoffnungen kokett vernichtend, einzufallen, »aber –,« sie lächelte wieder mit ihrem bezaubernden Lächeln, »ich erlaube Ihnen, mich zu lieben.«

»Und Sie erlauben mir, um Ihre Gunst, um Ihre Hand zu werben?« rief der von neuem entstammte Leutnant.

»Wie kühn auf einmal!« sagte die Fürstin.

»Sie verbieten es mir wenigstens nicht?« drängte Koltoff, ihre kleine Hand ergreifend, welche sich vergebens in die weißen Spitzenwellen zu retten suchte.

»Nein, nein,« lachte Lubina.

In demselben Augenblicke lag Koltoff zu ihren Füßen und küsste ihre Hände, und die schöne Rokokodame wurde auffallend rot, trotz der weißen und roten Schminke, mit der ihr Gesicht bemalt war.

Einige Tage später, an einem warmen Sommernachmittag, gingen die Fürstin und Koltoff in einer schmalen Allee des Mentschikoff'schen Parks, durch die dichte grüne Taxuswand vor der Sonne geschützt, auf und ab. Sir sprachen lange nicht, sondern schienen damit beschäftigt, mit ihren Blicken den Faltern zu folgen, welche paarweise über die Spaliere herein- und hinausflogen und, hier und da sich auf der Erde niederlassend, ihre farbenprächtigen Flügel auseinanderspannten. Endlich schlug die schöne Lubina einen Seitenweg ein, und sie kamen zu einem reizenden Plätzchen, einer massiven Steinbank, von den Zweigen einer alten Eiche beschattet, der gegenüber ein Springbrunnen plätscherte, und hinter der riesigen Marmormuschel, in welche derselbe sein helles schäumendes Wasser warf, stand eine von einem Italiener der Antike fein nachgebildete Gruppe, Venus und Adonis. Koltoff heftete seine Augen mit einem so seltsamen Ausdrucke auf diese Gruppe, dass Lubina, ihn leicht mit dem Fächer treffend, fragte, ob er die marmorne Dame schöner finde als sie.

Koltoff gab keine Antwort. Nach einer kleinen Weile seufzte er aber und sprach: »Glauben Sie nicht, dass die Menschen damals weit glücklicher waren als jetzt?«

»Sie meinen, weil die schönen Göttinnen des Olymps damals zu den Sterblichen herabstiegen?«

»Nein, weil sie lieben konnten,« sprach Koltoff »es ist als hätten Korsett und Reifrock alle natürlichen Empfindungen erstickt.«

»Warum gerade Korsett und Reifrock?« fiel die Fürstin ein. »Glauben Sie, dass das Jabot und der Zopf dem Herzen freieren Spielraum lassen?«

Der Leutnant zuckte die Achseln, ihm schien es doch, dass er ordentlich liebe und darin den verliebten Heroen des Altertums in nichts nachgebe, aber die Fürstin war anderer Ansicht.

»Sie glauben, mich zu lieben,« sprach sie, »aber was ist das, was Sie da empfinden? Ein wenig Einbildung, ein wenig Eigensinn und sehr viel – Eitelkeit. Heutzutage liebt man nicht mehr, sondern hat Liaisons, und nicht das Herz, nicht die Leidenschaft sind es, welche diese zarten Banden knüpfen, nur die Langeweile.«

»Und was hätte diesen Umschwung in der menschlichen Natur hervorgebracht?«

»Die Philosophie,« erwiderte die Rokokodame, »wir denken zu viel über unsere Gefühle nach, als dass dieselben tiefe Wurzeln fassen könnten, und wir haben Ideale, welche uns die Freude an der Wirklichkeit verderben, und wäre die letztere noch so schön, noch so lachend. Bleiben wir gleich bei mir selbst stehen. Sie haben mir, gleich im ersten Augenblicke, als ich nach jenem Unfall zur Besinnung kam und Sie vor mir knien sah, sehr wohl gefallen –«

Koltoff errötete und blickte verschämt zu Boden. »Sie gefielen mir an jenem Abende, wo Sie mir nach der originellen Serenade Ihre Liebe gestanden,« fuhr Lubina fort, »beinahe noch besser, und jetzt –«

»Jetzt finden Sie mich bereits unausstehlich!« rief Koltoff.

»Nein,« erwiderte die Fürstin, mit ihrem Fächer und jedem einzelnen Worte tändelnd, »jetzt glaube ich sogar, dass ich Sie liebe.«

»Sie lieben mich!« schrie der junge Offizier auf, und so heftig zwar, dass ein kleines Rotkehlchen, das vom Rande des Bassins aus neugierig mit seinen Edelsteinaugen das Paar betrachtet hatte, erschreckt aufflog.

»Es scheint,« sagte die Fürstin, »oder was soll es bedeuten, dass mein Herz so heftig klopft, wenn Sie eintreten, und auch dann, wenn Sie bei mir sind, lange noch? Entscheiden Sie selbst.« Und die kokette Schöne nahm die Hund des jungen Offiziers und legte sie auf ihr Herz.

»In der Tat,« stammelte Koltoff.

»Nun denn, nehmen wir an, dass ich Sie liebe,« fuhr Lubina fort. »Wie lange werde ich Sie lieben? Ich bin so unglücklich, ein sehr hohes männliches Ideal in meiner Seele zu tragen. Begegnet mir nun ein Mann im Leben, der durch einen oder den anderen oder mehrere jener Vorzüge, welche ich von einem echten Manne unzertrennlich halte, meine Phantasie erregt, so meine ich ihn zu lieben, ja, ich liebe ihn vielleicht wirklich, ich bin begeistert von ihm, ich könnte alle die Torheiten eines jungen Mädchens begehen, bis – bei fortgesetzter und schärferer Betrachtung – an meinem glänzenden Monde die Flecken hervortreten.«

»Wie?«

»Bis ich jene dunklen Stellen entdecke, welche jeder Mensch in seinem Wesen hat,« fuhr die schöne Frau fort, »denn ich sehe plötzlich, wie weit der Mann, den ich liebe, von dem Manne entfernt ist, den ich mir träume, und ich bin enttäuscht, meine Neigung ist entwurzelt, ich habe kaum Mitleid, wo ich vor kurzem noch Bewunderung hatte.«

»Das ist aber recht traurig,« sagte Koltoff, eigentlich wusste er aber weder, was er von der Fürstin denken, noch was er sagen sollte.

»Sie sehen also,« fuhr diese fort, »dass ich Unrecht begehe, Unrecht an mir und dem Manne, dem ich mich gebe, wenn ich eine neue Ehe eingehe.«

»Und wie ist das männliche Ideal beschaffen, das Ihnen vorschwebt?« fragte Koltoff nach einer kleinen Pause.

»Der Mann, den ich liebe, den ich gehören soll,« erwiderte Lubina, »muss alle Vorzüge des Körpers mit jenen des Geistes vereinigen, er muss zu gleicher Zeit ein vollkommener Kavalier, ein tapferer Soldat und ein Philosoph von nicht gewöhnlichem Geiste sein.«

»Sie verlangen viel,« stammelte der junge Leutnant, ihn erschreckte vorzüglich die Philosophie.

»Gewiss finden sich alle diese Eigenschaften selten vereinigt,« sagte Lubina, »ja, vielleicht nie. Voltaire ist hässlich wie ein Affe, und Moritz von Sachsen hat die Logik eines Korporals; aber wenn dies wirklich so ist, bin ich, wenn mein Geist in höheren Regionen schwebt, verpflichtet, statt meiner göttlichen Träume mit der gemeinen Wirklichkeit vorlieb zu nehmen. Beklagen Sie mich.«

Die Fürstin versank in Nachdenken.

»Werde ich je mein Ideal finden?« sprach sie nach einiger Zeit, den Blick ihrer dunklen seelenvollen Augen schwermütig in die Weite verloren.

Koltoff schwieg, und er schwieg auch beharrlich, als die schöne Frau, scheinbar unabsichtlich, zuerst mit ihrer Fußspitze die seine berührte, dann mit ihrem vollen warmen Arm seine Hand streifte. »Eine seltsame Frau,« dachte er, »sollte sie wirklich unfähig sein zu lieben?«

Und die Fürstin? Die Fürstin sagte zu sich: »Ein seltener Leutnant. Er scheint zu viel in Plato gelesen zu haben.«

Koltoff kam bald täglich zu der schönen Fürstin, ja, es gab Tage, wo er dienstfrei war und sich dafür von früh bis abends dem Dienste der launischen Göttin weihte, und Lubina verfügte in der Tat über ihn wie eine Olympierin über den Erdgebornen, wie die Gebieterin über den Sklaven. Wenn sie ausritt, war es Koltoff, welcher ihr in den Sattel helfen, welcher sie begleiten musste, und das Reiten mit ihr war ein gefährliches Ding, denn sie setzte kühn über Gräben Hecken und andere Hindernisse, so dass der dienende Kavalier nicht selten in die Gefahr kam, das Genick oder doch mindestens Arm und Bein zu brechen. Im Parke wurde ein Schießstand eingerichtet, Lubina schoss mit ihrem Anbeter um die Wette, und hier bewährte sich allerdings, dass Amor blind ist, denn der gute Leutnant fehlte regelmäßig die Scheibe, und alle die schönen alten Bäume, welche dieselbe umgaben, trugen bereits die Spuren seiner Kugeln.

Im Parterre des Palastes war ein kleiner Fechtsaal eingerichtet, in welchem sich die kühne Amazone und ihr Anbeter täglich auf der Mensur gegenüberstanden, Lubina über dem weißen hochgeschürzten Gewande einen leichten Brustpanzer, beide mit Drahtmasken und großen Stulphandschuhen, das Florett in der Hand, und dann, nachdem der Appell gegeben, gab es kaum etwas Reizenderes als die schöne Frau, wenn sie mit schlangenähnlicher Behändigkeit die Stöße des Gegners auffing, zurücksprang, und wieder zum Angriffe übergehend, ihn bis an die Wand trieb, wo sie ihn, gewöhnlich durch eine Finte entwaffnete und ihm die Spitze ihrer Waffe zum Zeichen des Sieges auf die Brust setzte.

Aber es blieb nicht bei diesen Körperübungen, bei denen der Offizier in seinem Elemente war; er musste der Amazone, welche sich, wie alle vornehmen Damen ihrer Zeit, mit Philosophie, Naturwissenschaften, schöner Literatur, Geschichte beschäftigte, auch auf den geistigen Kampfplatz folgen, und so eifrig Koltoff war, in jenen Stunden, welche ihm seine Göttin frei ließ, das Versäumte nachzuholen, seinen Kopf mit den Philosophien der Griechen, Römer und der französischen Enzyklopädisten zu füllen, sich mit den herrlichen Werken eines Homer und Virgil, eines Horaz und Ovid, wenn auch nur in schlechten französischen Übersetzungen, bekannt zu machen, die Modedichtungen Voltaires, Diderots, Lafontaines zu verschlingen, die Fürstin, welche mit einem, wenn auch sehr oberflächlichen, doch weitschweifenden Wissen einen lebhaften, weiblich feinen Geist und eine große natürliche Beredsamkeit verband, bereitete ihm viel schwere Stunden; er geriet endlich ganz in die Rolle eines Schülers dem gelehrten Meister gegenüber und stellte sich zu den physikalischen Experimenten und den astronomischen Beobachtungen, bei denen er Lubina beistehen musste, so naiv an, dass die Fürstin sich an ihm noch mehr ergötzte, als an den erzielten wissenschaftlichen Ergebnissen.

Eine griechische Rotunde auf einer großen Wiese ihres weitläufigen Parks bildete das Studio der Fürstin; es enthielt im Erdgeschoß einen chemischen Herd und alle die mysteriösen Anstalten der damaligen, noch mit der Alchimie Hand in Hand gehenden Chemie und Physik; in dem oberen Stockwerk befand sich eine große Bibliothek, zwischen deren hohen Fächerkästen Globen, Büsten berühmter Männer der Wissenschaft und Tiergerippe aufgestellt waren; das oberste Geschoß mit weit durchbrochenen Fenstern und die Plattform dienten zu astronomischen Zwecken, und wenn die Fürstin, durch einen weiten schwarzen Samttalar und einer runden Samthaube vor der kalten Nachtluft geschützt, mit ihrem Adepten hier oben erschien und das Sternrohr zu richten begann, machte sie den Eindruck eines weiblichen Faust.

Es schien aber der gelehrten Amazone bald nicht mehr zu genügen, dass ihr Anbeter sich ohne Groll von ihr entwaffnen ließ und ihr mit den Retorten und Quadranten zur Hand war. Er musste die Flöte blasen lernen, um sie zu begleiten, wenn sie auf dem Piano spielte, er nahm auf ihr Geheiß Tanzstunden bei einem Pariser Tanzmeister, welcher sich in

Petersburg niedergelassen hatte, und hatte die Aufgabe, täglich nach dem Essen, während seine Göttin in dem künstlich verdunkelten Zimmer ruhte, ihre Hunde spazieren zu führen.

Endlich gab ihm Lubina förmliche Proben auf, ganz wie die Damen der Troubadours und Minnesäuger es zu tun pflegten. Sie hatte in ihrem Parke unter anderem einen großen braunen Bären, welcher in einem weiten Zwinger verwahrt war. Derselbe war sehr jung in ihren Besitz gekommen und zeigte daher nur noch geringe Spuren von Wildheit. Immerhin war jedoch eine Unterhaltung unter vier Augen mit ihm ein Wagestück.

Lubina verlangte also eines Morgens mit dem liebenswürdigsten Lächeln von der Welt von ihrem Anbeter, er möchte in den Käfig des Bären steigen und den drolligen braunen Gesellen nach der damaligen Mode frisieren.

Koltoff war im ersten Augenblick starr, aber er besann sich nicht lange und gehorchte. Zu seinem Glücke stand er seit langem schon, ohne dass seine grausame Herrin es wusste, mit dem Bären auf gutem Fuße. Er brachte ihm täglich Obst und Honigscheiben, welche derselbe mit einem ganz besonders artigen Knurren und Brummen entgegennahm.

Auch diesmal führte der Gardeleutnant derlei Leckereien bei sich, und nachdem er noch zwei Pistolen und ein persisches Jagdmesser zu sich gesteckt und sich mit Kamm, Bürste, Pomade und Puder versehen hatte, ließ er sich von dem Gärtner den Zwinger aufschließen und trat in das Gefängnis seines gefährlichen Freundes, während die schöne Lubina, vor dem Gitter stehend, mit einem seltsamen, halb neugierigen, halb schauerlichen Reiz die eigentümliche Szene beobachtete. Der Bär blieb anfangs vollkommen gleichgültig, er ließ seinen mächtigen Kopf auf den Vordertatzen ruhen und blinzelte nur mit den kleinen Augen nach rechts und links.

Koltoff rief ihn mit starker Stimme an. Er rührte sich nicht. Hierauf warf der kecke Leutnant etwas von seinem Obst in die Futterschüssel des Bären und schob sie ihm hin. Der Bär schnupperte, setzte sich auf und leckte an dem Obst. Plötzlich richtete er sich aber in seiner vollen imponierenden Größe auf und wollte, ein eigentümliches Gewinsel ausstoßend, Koltoff umarmen.

Die Fürstin erschrak und schrie auf, sie hielt ihren Anbeter für verloren.

Der Bär hatte indes durchaus nichts Übles im Sinn, der Geruch des Honigs, den Koltoff bei sich führte, hatte ihn aus seiner süßen Ruhe geweckt, und als er sich aufrichtend seinen Freund erkannte, versuchte er nach echt täppischer Bärenart denselben zu liebkosen. Koltoff schob ihm rasch eine große Honigscheibe in den Rachen, worauf sich der Bär artig niedersetzte und, die Augen wie ein echtes Leckermaul schließend, zu naschen begann.

Nun war der Augenblick da, das kühne Wagnis auszuführen. Koltoff besann sich nicht lange, sondern nahm den zottigen Kumpan frisch an die Arbeit, er kämmte ihm, so gut es ging, mit Hülfe der Pomade das Kopfhaar zu einem Toupet zusammen und beeilte sich, so oft das Tier ungeduldig zu werden schien und ihm darüber brummend seine Bemerkungen machte demselben eine neue süße duftende Honigscheibe zuzuwerfen. In wenigen Augenblicken war der große Kopf des Bären dicht eingepudert, schneeweiß gleich dem eines Elegant, und Koltoff zog sich rasch auf den Fußspitzen zurück. Als sich die Tür des Zwingers hinter ihm schloss, atmete er auf. Das gefährliche Abenteuer war überstanden.

Lubina überhäufte ihn mit schwärmerischen Lobeserhebungen, ihr Herz schien bezwungen, aber zur größten Überraschung des armen Leutnants gab sie ihm noch denselben Abend eine neue Prüfung auf.

»Sie haben mir einen so großen bewunderungswürdigen Beweis von Ihrer Kaltblütigkeit und Ihren, Mute gegeben,« sagte sie, »dass es Ihnen gewiss selbst erwünscht sein wird, mir nun auch eine Probe von Ihrem Geiste und Ihren Kenntnissen zu geben.«

Koltoff erschrak, er fand keine Worte und verneigte sich stumm.

»Ich werde Ihnen eine Ihrer würdige Aufgabe stellen,« fuhr die gelehrte Amazone fort. »Schreiben Sie ein Werk unter dem Titel ›Der Mensch und die Natur‹, weisen Sie in demselben alle Beziehungen nach, welche zwischen beiden bestehen, zeigen Sie, inwieweit der Mensch von seiner großen Mutter abhängig ist, abhängig bleiben muss, worin er sich von ihr befreien, ja sogar über sie stellen und auf sie einen Einfluss gewinnen kann. Aber ich vergesse, dass Sie ja selbst es sind, welcher uns über diese Materie ganz neue, ungeahnte Perspektiven eröffnen wird.«

Koltoff hatte sich noch nie so unglücklich gefühlt, nie in seinem Leben, nicht einmal in jener Nacht, wo er sich erschießen wollte, als heute, wo er die schöne Fürstin Mentschikoff als zukünftiger Verfasser des Buches »Der Mensch und die Natur« verließ. Wo sollte er die Ideen, wo die Kenntnisse, ja, wo nur das leere Papier zu diesem verwünschten Werke hernehmen? Er ließ sich den ganzen folgenden Tag im Palast Mentschikoff nicht sehen, sondern irrte trübselig in den Straßen umher, sah auf der Wache dem Kartenspiel der Kameraden zu und schlich endlich zu seiner Tanzstunde, und überall war es ihm, als ob ihn eine Stimme verfolge und ihm in das Ohr raune: »Der Mensch und die Natur!« und wie er bei der Menuette in der dritten Position stehend den ersten Geigenstrich seines Tanzmeisters Monsieur Perdrix erwartete, entfuhren ihm unwillkürlich die unseligen Worte: »Der Mensch und die Natur!«

Der kleine Franzose, welcher eben den Bogen erhoben hatte, setzte ab und sah den Leutnant erstaunt an.

»Der Mensch und die Natur,« wiederholte er, »was haben Sie damit?«

»Bemitleiden Sie mich,« erwiderte Koltoff, »ich soll ein Buch schreiben über diesen Gegenstand, ein philosophisches Werk in der Art der französischen Enzyklopädisten, und habe keinen Dunst davon.«

»Nun, so lassen Sie es bleiben,« meinte der kleine Franzose.

»Aber es hängt mein Lebensglück, ja, vielleicht mein Leben von diesem unseligen Buche ab!« rief Koltoff.

»Ihr Leben?« entgegnete der Tanzmeister lächelnd.

»Ich schwöre es Ihnen, mein Leben,« rief der Russe, und dabei sah er so verzweifelt aus, dass der kleine Franzose dadurch überzeugt wurde und mit ihm auf Rettung zu sinnen begann.

Als Koltoff ihn zum Vertrauten gemacht und in alle Umstände eingeweiht hatte, machte der kleine Franzose plötzlich einen Luftsprung und begann dann, seine alte verstimmte Geige mörderisch mit dem Bogen bearbeitend, in der Stube herumzutanzen, und zwar alle nur denkbaren Schritte und Takte durch einander, dann schlug er eine Pirouette und sagte, vor dem erstaunten Koltoff in einer graziösen Positur stehen bleibend:

»Ich rette Sie, ich schreibe Ihnen das Werk.«

»Wie,« schrie Koltoff, »Sie wollen, herrlicher, goldener Monsieur Perdrix?« Er umfasste den kleinen Mann, hob ihn in die Luft und sprang mit ihm herum. »Nun, wie aber machen wir das?« sagte der Leutnant, als er Monsieur Perdrix wieder der Erde zurückgegeben hatte; »denn ich für meinen Teil will lieber täglich zwei Mal den Bären frisieren und pudern, als eine Zeile daran schreiben.«

»Wie? wie ich das mache, junger Leonidas?« schmunzelte der alte durchtriebene Tanzmeister. »Sie bekommen das Werk, *parole d'honneur*, aber Sie fragen mich nie, wie ich es gemacht habe.«

Es vergingen einige Wochen.

Koltoff kam gegen Abend stets nur für Augenblicke zu der Fürstin, und war auch sonst wenig zu sehen, er gab sich ganz die Miene, in seinen Studien vergraben zu sein.

Indes war der Tanzmeister Monsieur Pertrix in der Tat in einem wahren Gebirge von Büchern vergraben, er hatte alles, was an philosophischer und naturhistorischer Literatur in der Residenz Katharinas der Zweiten aufzutreiben war, um sich angehäuft und schrieb, auf das Geratewohl in die Masse hineingreifend, und bald den, bald jenen Band, jetzt Aristoteles, jetzt Hippokrates, dann Voltaire, Quesnay, Baco, und wieder einmal Aristoteles amputierend – denn abschreiben oder bestellen ist kein Wort für die mörderische literarische Schlächterei, welche der Alte unter den Philosophen anrichtete – und schrieb und las und schrieb wieder und hatte in nicht vier Wochen ein ganz stattliches Manuskript beisammen. Allerdings gehörte davon kein Gedanke, keine Phrase, kaum eine Wendung ihm, aber er hatte mit der seinem Volke eigentümlichen Geschicklichkeit alles klar geordnet und – was nur in einer streng entwickelten, akademischen Sprache, wie die seine, dem Halbgebildeten möglich war – in gutem klarem, ja elegantem Französisch niedergeschrieben.

Koltoff war, als er das Manuskript las, auf dessen Titelblatt in schöner Frakturschrift die Worte: »Der Mensch und die Natur, ein philosophischer Versuch von J. Koltoff, Leutnant in der Preobraschenstischen Garde,« standen, von seinem eigenen Werke so begeistert, ja gerührt, dass er Tränen vergoss, Monsieur Perdrix seinen Lebensretter nannte, ihn umarmte, küsste, in fünf Kneipen schleppte, in jeder auf Kosten Lapinskis glänzend bewirtete und ihm endlich, gleichfalls aus Lapinskis Tasche, ein Honorar von zehn Rubeln, damals in der Tat eine stolze Summe, einhändigte.

Lapinski, der von »dem Menschen und der Natur« kein Wort verstand, zeigte sich gleichfalls entzückt.

Koltoff konnte also mit dem Bewusstsein einer Leuchte der Wissenschaft vor die schöne Lubina treten. Noch denselben Abend las er die Schrift des Tanzmeisters, von der er jetzt schon selbst überzeugt war, dass es seine Schrift sei, der Fürstin vor, welche ihn von Zeit zu Zeit durch ein »wie geistreich!« oder »vortrefflich!« oder »in der Tat ganz neu, vollkommen neu!« unterbrach, so dass er zuletzt, mit gerechtem Stolz erfüllt, ihr und sich selbst das Wort gab, bei diesem ersten Schritt, den er so bescheiden einen »Versuch« genannt hatte, nicht stehen zu bleiben, sondern zu seinem und seines Vaterlandes Ruhme auf dem so glücklich betretenen Pfade fortzuschreiten.

»Der Mensch und die Natur« aber kam aus den Händen des schönen Majors in jene der Fürstin Daschkoff und wurde von dieser der Zarin vorgelegt. Und Katharina die Zweite, dieses geniale Weib mit dem kühnen Blicke eines großen Mannes, las es. Sie las es und sagte: »Es enthält nichts neues, aber es verrät umfassende Kenntnisse und ist sehr gut geschrieben.«

Damit war das Glück des jungen Offiziers gemacht.

Einige Tage nach der kaiserlichen Lektüre erhielt er das Patent eines Kapitäns im Regimente Tobolsk, welches damals gleichfalls eine Dame, die schöne Amazone Frau von Mellin, befehligte. Das Manuskript des französischen Tanzmeisters aber wurde auf Kosten der Petersburger Akademie gedruckt.

Der Siegesjubel des philosophischen Offiziers wurde nur dadurch ein wenig getrübt, dass auch der »Kapitän« Koltoff, der Verfasser des Buches »Der Mensch und die Natur,« die schöne Amazone mit nicht größerem Erfolg belagerte, als der Leutnant Koltoff, der Friseur des Bären.

Die kokette Schöne wich mit ebensoviel Geschick als Ausdauer jeder Auseinandersetzung aus.

Und endlich geschah es, dass Koltoff eines Abends bei der liebenswürdigen Lubina einen Anderen fand. Dieser andere war ein schöner Pole Czartoristi, welcher den polnischen Gesandten nach Petersburg begleitet hatte; er zeichnete sich durch die seiner Nation nächst der französischen eigentümliche Eleganz und Feinheit des Benehmens aus, hatte in Paris die Modeschriftsteller kennen gelernt und verstand es, über das physiokratische System und die Rechte des Menschen ebenso blendend zu sprechen, wie über die Toilette der Marquise von Pompadour und die Einrichtungen des Hirschparks.

Als er die Fürstin verließ, küsste er ihr mit einem mehr liebenswürdigen als ehrerbietigen Blick die Hand, und die Fürstin erwiderte diesen Blick mit einem Lächeln.

Koltoff, in dem längst alles wogte, begann zu fiebern. Kaum hatte der Pole das Gemach verlassen, so überhäufte er Lubina mit Vorwürfen, welche ihn ruhig, ja gleichgültig anhörte.

»Also dies ist Ihr neues Ideal?« rief der von Eifersucht entstellte wütende Kapitän endlich.

»Sie sind in der Tat ein Mann von Geist,« erwiderte die Fürstin. »Sie erraten, was andere kaum ahnen. Sie haben mich in diesem Augenblicke über meine eigenen Gefühle aufgeklärt. Ja, dieser Pole ist mein Ideal, er –«

»Für wie lange?« unterbrach sie Koltoff barsch, »es gab eine Zeit, wo Sie ein anderes Ideal hatten.«

»Ja wohl, ein anderes,« lispelte die Fürstin mit einem müden Lächeln, »ich habe schon viele Ideale gehabt.«

Koltoff ging mit großen ungeduldigen Schritten in dem duftigen Boudoir auf und ab, so dass sich die weißen Fenstervorhänge wie Segel aufblähten und die Porzellanchinesen auf dem Kamin mit den großen Köpfen zu nicken begannen. Jetzt blieb er vor der übermütigen Frau, welche er gegen seinen Willen köstlich unterhielt, stehen und sprach sehr ernst, beinahe feierlich: »Wir müssen zu einem Resultate kommen, Madame!«

»Also kommen wir zu einem Resultate,« spottete Lubina.

»Heute noch?«

»Heute noch!«

»Sie werden offen und ohne Rückhalt auf meine Fragen antworten!«

»Ja.«

»Offen und ohne Rückhalt?«

»Offen und ohne Rückhalt.«

»Lieben Sie mich noch?« begann Koltoff sein Verhör.

Die Fürstin schwieg.

»Ich bitte um Antwort,« rief Koltoff schon etwas unartig. »Lieben Sie mich noch?«

»Wie soll ich darauf antworten?« lispelte die Fürstin.

»Sie versprachen mir zu antworten, offen und ohne Rückhalt,« fuhr Koltoff vor Wut zitternd fort, »also antworten Sie.«

Die Fürstin zögerte noch immer.

»Lieben Sie mich noch?« fragte Koltoff immer heftiger.

»Ich weiß es nicht,« erwiderte die Fürstin, die Achseln zuckend.

»Nun, vielleicht wissen Sie, ob Sie jenen Herrn lieben?« schrie Koltoff.

»Ich weiß es eben so wenig,« sagte die Fürstin. »Jedenfalls scheine ich hier überflüssig zu sein,« sprach Koltoff und nahm seinen Hut. In demselben Augenblick sprang die Kokette auf und hielt ihn zurück. »Sie dürfen nicht gehen,« sprach sie ebenso stolz als dringend, »ich verbiete es Ihnen.«

Koltoff stieß ein grobes bäuerisches Gelächter aus und ging, er war auf das Äußerste gebracht, da – er war eben im Begriffe, die Tür hinter sich zu schließen – geschah, was er am wenigsten erwartet, die Fürstin brach in Weinen aus, sank zu Boden und bekam Krämpfe. Koltoff eilte ihr zur Hülfe, er war von neuem gefangen.

Der Monat, welchen sich Lapinski zu seiner Verheiratung ausbedungen, war längst verflossen, aber Koltoff schien es nicht zu bemerken, er dachte nicht im Entferntesten mehr daran, sich zu erschießen. Er kam täglich wie zuvor zu der Fürstin, war täglich nahe daran, vor Wut und Eifersucht zu ersticken, nahm jedes Mal seinen Hut, um für immer zu gehen, und blieb jedes Mal von der schönen Kokette im neuen Netze gefangen.

Er wäre nie in seinem Leben zu einem Ende gekommen, wenn nicht Lapinski, sein treuer Kamerad, neuerdings interveniert hätte.

»Es ist klar, dass die Fürstin Dich liebt,« sagte dieser eines Tages zu Koltoff, der ihm seine Leiden klagte, »denn liebte Sie dich nicht, so hätte sie längst den Polen genommen und Dich gehen lassen, denn Du bist wahrhaftig weder so liebenswürdig, noch so geistreich, wie Du Dir einbildest, trotz Deinem Werke ›Der Mensch und die Natur‹; es kann also nicht bloß der Reiz Deiner Unterhaltung sein, der Dich ihr so wert macht, dass sie sofort Krämpfe bekommt, wenn Du an das Desertieren denkst. Sie liebt Dich, also benutze Dein Heidenglück, dringe auf eine Entscheidung von ihrer Seite, und wenn sie, wie ich erwarte, Dich abweist, bleibe einmal wirklich aus, sei ein Mann, trotze nur eine Woche ihren Tränen, ihren Krämpfen, ihren Bitten, ihren Briefen, und sie ist Dein.«

Koltoff ging noch an demselben Abend an die Ausführung dessen, was ihm sein Freund so klar entwickelt hatte. Er nahm eine gewisse ernste, ja, würdevolle Miene an und blieb anfangs so einsilbig, dass die Fürstin ihren Anbeter herzlich langweilig fand, und als nicht einmal das wärmste Lob, das sie dem Polen spendete, ihn aus seiner Ruhe brachte, begann die schöne Frau zu gähnen und endlich mit ihrem Affen zu spielen.

»Dies muss ein Ende nehmen,« begann der Kapitän ziemlich rau.

»Was muss ein Ende nehmen?« erwiderte die Fürstin, welche mit Vergnügen Leben in die Situation kommen sah.

»Das Spiel, das Sie treiben,« sagte Koltoff.

»Wer will mir verbieten, mit meinem Affen zu spielen?« antwortete Lubina boshaft.

»Also Ihr Affe bin ich.« schrie Koltoff auf.

»Wer spricht denn von Ihnen?« unterbrach ihn die Fürstin mit einem kühlen Lächeln.

»Von wem sprechen wir denn?«

»Von meinem Affen, diesem reizenden Tierchen hier,« entgegnete Lubina, indem sie dasselbe zärtlich an ihre Brust schloss.

»Ich aber spreche von mir,« begann Koltoff von neuem, »von Ihnen, von uns.«

»Ach! tun Sie das,« lispelte Lubina, »ich höre Sie so gern sprechen.«

»Sie haben mir erlaubt, um Ihre Gunst, um Ihre Hand zu werben,« fuhr der Kapitän fort; »ich bin heute gekommen, um mir eine Entscheidung über mein Schicksal zu holen, und ich werde nicht gehen, ohne dieselbe von Ihnen empfangen zu haben.«

»Aber bedenken Sie doch, Kapitän, was die Leute sagen würden, wenn Sie sich bei mir einlogierten,« erwiderte Lubina spöttisch.

»Sie wollen mir also keine entscheidende Antwort geben?«

»Nein!,« erwiderte die Fürstin, »aber wenn Sie fortfahren, so zu schreien und zu poltern, werde ich mich erinnern, dass ich Ihr Vorgesetzter bin.«

»Auch das noch!« stammelte Koltoff, dem der Zorn den Atem benahm. »Wissen Sie, dass Sie eine Kokette sind, eine herzlose Kokette?«

»Möglich,« erwiderte Lubina und begann zu lachen.

»Verspotten Sie mich nur,« schrie der Kapitän außer sich, »Sie sind doch mein und kein Mensch soll Sie mir entreißen!« Zugleich stürzte er auf seinen schönen Vorgesetzten los und schloss ihn in seine Arme. Die Fürstin schrie um Hülfe, während Koltoff sie mit Küssen bedeckte, aber es kam ihr niemand zu Hülfe, als der kleine Affe, welcher seine Herrin in Gefahr sah, Koltoff auf den Rücken sprang und ihn so lange biss und kratzte, bis der wahnsinnige Anbeter die Fürstin losließ und auf ihren Befreier, blutend, den Degen in der Hand, Jagd machte.

Aber jetzt kam Lubina ihrem Liebling zu Hülfe.

Mit voller Majestät trat sie dem Wütenden entgegen. »Herr Kapitän,« rief sie mit Kommandoton. »Ich befehle Ihnen, sofort Ihren Degen einzustecken,« Und als Koltoff, wenn auch sichtlich betroffen, nicht gleich Folge leistete, fuhr sie, mit dem Fuße stampfend, im Zorne fort:. »Wissen Sie, was Sie begehen? Das ist Insubordination. Ich sende Sie hiermit auf die Wache!«

Koltoff wollte sich entschuldigen.

»Kein Wort!« rief der schöne Major. »Geben Sie mir Ihren Degen ...«

Koltoff übergab der Geliebten seinen Degen, verneigte sich und ging.

Nachdem Koltoff volle vierundzwanzig Stunden auf der Wache gewesen, erhielt er seinen Degen zurück. Die Fürstin begleitete diesen Akt mit keinerlei Kundgebung von ihrer Seite; sie saß in ihrem Boudoir und lachte mehr als je und erwartete ihren Anbeter sofort nach seiner Freilassung als reuigen Sünder vor sich zu sehen.

Aber er kam nicht.

Es verging ein Tag. es vergingen zwei, eine Woche, Koltoff kam nicht. Der Major vom Regiment Simbirsk und der Kapitän vom Regimente Tobolsk trotzten miteinander, wie ein paar unartige Kinder. Koltoff schweifte zu Fuß und zu Pferde ruhelos in der wüsten Landschaft von Petersburg umher, er schlief nicht, er aß nicht, er fühlte sich im höchsten Grade unglücklich; aber er hatte sich geschworen, nie und nimmer den ersten Schritt zur Aussöhnung mit der Fürstin zu tun, und er blieb fest. Lubina Mentschikoff quälte ihre Kammerfrauen, ihre Soldaten, ihren Affen, ihre Hunde, vor allem sich selbst; aber sie war zu stolz, einzugestehen, dass sie zu weit gegangen war, dass sie mit Koltoff ein kokettes Spiel getrieben, und vor allem zu stolz, einzugestehen, dass sie ihn liebe; und das fühlte sie jetzt beinahe zu ihrer Beschämung täglich mehr; sie entbehrte ihn, sie sehnte sich nach ihm, sie weinte vor Zorn in ihre Kissen, aber sie brachte es doch nicht über sich, ihm zuerst die Hand zur Versöhnung zu bieten, so gern sie auch die seinige ergriffen hätte.

Da geschah es, dass eines Tages den Offizieren des Regiments Tobolsk bei der Wachtparade von ihrem Obersten Frau von Mellin ein neuer Kamerad vorgestellt wurde, der Leutnant Sophia von Narischkin.

Dieser neugeschaffene Leutnant war eines der reizendsten Mädchen der damaligen russischen Aristokratie. Auf dem Lande, in der idyllischen Umgebung eines russischen Dörfchens, in den patriarchalischen Sitten russischer Landedelleute aufgewachsen, war Sophia von Narischkin, wie viele Frauen und Mädchen jener Tage, von der Erscheinung Katharinas geblendet, durch eine abenteuerliche Phantasie dem Kreise ihrer Familie, der engen weiblichen Sphäre entrückt, zur Amazone geworden, aber zu gleicher Zeit das unschuldige, gute, ehrbare Landmädchen geblieben, das mit aristokratischem Anstand und angeborenem Mutterwitz eine edle Einfalt der Gesinnung verband, welche damals an dem Hofe von Petersburg nicht weniger selten war, als an jenem von Versailles.

Man ist nie mehr geneigt, sich zu verlieben, als wenn man von einer Geliebten beleidigt, getäuscht oder verlassen worden ist

Koltoff sah in sich ein Spielzeug, das die schöne Lubina zu ihrem Zeitvertreibe benutzt und dann weggeworfen hatte. Alles, was die Natur des Mannes ausmacht, empörte sich in ihm bei diesem Gedanken, und es ist natürlich, dass er im ersten Augenblicke, wo er das schöne hochgewachsene Mädchen mit den wunderbaren blauen Augen sah, es liebte und beinahe in dem nächsten schon es demselben gestand. Der Eindruck, den der junge Kapitän auf Sophia machte, war auch kaum weniger günstig. Das kameradschaftliche Verhältnis erleichterte die Annäherung, und so waren Koltoff und Fräulein von Narischkin bald unzertrennlich, und sie fanden es beide so natürlich, sich zu lieben, dass sie vollkommen darauf vergaßen, es sich zu sagen, und sich über ihre Absichten für die Zukunft zu verständigen.

Umso mehr beschäftigte sich die Welt mit denselben, und man nannte Fräulein von Narischkin längst die Braut des Kapitäns Koltoff, ja, man bezeichnete schon den Hochzeitstag, ehe die Liebenden über den ersten Kuss hinaus waren.

Das Gerücht drang natürlich auch zu der Fürstin Mentschikoff, und die schöne Frau entdeckte plötzlich, dass sie den Mann, den sie so raffiniert auf die Probe gestellt, den sie selbst von sich gestoßen, mit der heftigsten Leidenschaft liebte; sie verzehrte sich vor Eifersucht und war sofort entschlossen, alles aufzubieten, um ihn wieder zu ihren Füßen zurückzuführen. Er liebe sie noch immer, sagte sich ihre Eitelkeit, nur weil sie ihn so schlecht behandelt, habe er sich aus Verzweiflung in die Arme einer anderen geworfen. Welche Reize konnte das simple Landmädchen für ihn haben! Ein Wink von ihr, dem schönen, eleganten, geistvollen Weibe, und er war ihr Sklave wie zuvor.

Sie schrieb an ihn, indes noch immer hochmütig, wenige Zeilen nur, sie erlaube ihm zu kommen. Aber Koltoff war unartig genug, von der Erlaubnis keinen Gebrauch zu machen. Sie schrieb ein zweites Mal, es klang schon wie Entschuldigung, und als Koltoff dennoch nicht kam, bat sie ihn um Vergebung und ersuchte ihn zu kommen. Koltoff gab noch immer kein Lebenszeichen. Da war der Stolz der schönen Kokette gebrochen; sie hatte den Mann, den sie liebte, dessen Besitz ihr zu ihrem Glücke unentbehrlich schien, für sich verloren und noch dazu verloren an eine andere, die ihn liebte und die er wieder liebte. Sie schrieb noch einmal, sie gestand ihre Liebe, sie verriet ihre Leidenschaft, ihre Eifersucht und sie flehte um eine Unterredung.

Koltoff erwiderte in ebenso höflicher wie entschiedener Weise, er habe der Fürstin nichts zu sagen, und nichts, was es auch sei, was sie ihm etwa mitzuteilen hätte, könne jetzt noch die Situation ändern. Wie sie über ihr Ideal längst enttäuscht sei, so sei er fern von seinen früheren

Illusionen, fern davon, sie noch anzubeten. Er bitte sie also, auf die gewünschte Unterredung zu verzichten.

Eine Laune des Zufalls wollte es indes, dass Koltoff zwei Tage, nachdem die Fürstin seine Antwort empfangen hatte, ihrer Karosse in einer engen Gasse begegnen musste, wo ein Ausweichen unmöglich war

Die Fürstin ließ halten und wartete nicht ab, bis der Lakai herabsprang; sie beeilte sich, den Schlag selbst zu öffnen und Koltoff beide Hände entgegenzustrecken.

Der Kapitän nahm sie jedoch nicht, sondern verneigte sich mit kalter Artigkeit, und nachdem er sich über das Befinden der Fürstin beruhigt hatte, entfernte er sich rasch mit einem ebenso zeremoniellen Gruße.

Die Fürstin aber warf sich in eine Ecke des goldverzierten Wagens und weinte.

Dem kurzen russischen Herbst war ein strenger Winter gefolgt; die nordische Kapitale hatte sich in ihren weißen Schneepelz gehüllt; die armen Leibeigenen, die Kleinbürger rückten in ihrem Isbi und in den Branntweinschenken zusammen, die Reichen und Großen an den Kaminen ihrer Paläste; Konzerte wechselten mit Theatervorstellungen, Gesellschaften mit Bällen ab. Die Fürstin Lubina Mentschikoff schien ihren flüchtigen Anbeter vergessen zu haben, und Koltoff und Fräulein von Narischkin waren noch immer kein Brautpaar Der Verfasser des Buches »Der Mensch und die Natur« hatte indes ein neues Buch »Betrachtungen über die Fortschritte des menschlichen Geistes« mit Hülfe des französischen Tanzmeisters Monsieur Perdrix vom Stapel gelassen und damit die Aufmerksamkeit der Petersburger *Bureaux d'esprit* und der Kaiserin Katharina der Zweiten in noch höherem Maße auf sich gezogen.

Auf dem ersten Hofballe dieses Winters erschien er denn auch mit einem ganz neuen Bewusstsein, mit dem, für einen kenntnisreichen und geistvollen Mann zu gelten, von der Gunst der Zarin wie von einer Glorie umgeben. Er verlor sich auch diesmal nicht wie sonst im glänzenden Schwarme der Kameraden, mit ihnen die Damen betrachtend, ihre Toiletten bewitzelnd und ihre Chronik rekapitulierend, sondern gesellte sich zu einigen gewiegten Diplomaten und gefeierten Gelehrten der Petersburger Akademie der Wissenschaften.

Die Stirn in tiefe Falten gelegt, hatte er sogar für Sophia von Narischkin, welche bald nach ihm eintrat, nur einen höflich kühlen Gruß und schien die Fürstin Mentschikoff, welche stolz an ihm vorüber rauschte, nicht einmal zu bemerken.

Im Gedränge fügte es sich, dass sich die beiden Nebenbuhlerinnen das erste Mal gegenüberstanden und feindselige Blicke wechselten. So prächtig, ja berauschend die Erscheinung der Fürstin in ihrer schweren weißen, mit Rosenbouquets in farbiger Stickerei bedeckten Robe, ihrem blitzenden Diamantenschmuck war, so konnte Sophia doch den stechenden drohenden Blick ihrer schwarzen Augen ruhig aushalten und spöttisch lächeln, denn sie war ja Siegerin, und die Besiegte gestand es sich zu, dass dieses schlanke Mädchen mit den großen, treuen, naiv fragenden Augen bezaubernd war.

Das kurze *Tête-à-Tête* der Damen wurde durch den Eintritt der Zarin unterbrochen. Alle Blicke wandten sich der schönen genialen Monarchin zu welche in natürlicher, ungezwungener Majestät durch den Saal schritt.

Katharina die Zweite war noch immer schön, und sie verstand es, wie keine andere Frau, sich immer so zu kleiden, dass ihre Schönheit zur siegreichsten Geltung kam.

Sie trug ein veilchenblaues Samtkleid, dessen viereckiger, mit Hermelin besetzter Ausschnitt ihre herrliche Büste blendend hob. Streifen von Hermelin, durch Kokarden desselben Pelzwerkes unterbrochen, liefen bis zu dein Saum des Gewandes, der breit mit Hermelin ausgeschlagen in reicher Schleppe zurückfloss. Das hochaufgekämmte, schneeweiß gepuderte Haar trug eine kleine Nadel von Diamanten mit dem griechischen Kreuz, zwischen den Löckchen, welche auf der Stirne niederfielen, zitterten einzelne Diamanten gleich Tränen.

Die Kaiserin schien heute Abend in besonders guter Laune, sie erwiderte die ehrfurchtsvollen, beinahe demütigen Grüße ihres Hofes mit huldreicher Herablassung, lichtete, ein reizendes Lächeln um den kleinen Mund mit den vollen Lippen, an verschiedene Personen das Wort und begann endlich in liebenswürdig scherzendem Tone ein längeres Gespräch mit dem Zoologen Lagetschnikoff, welcher zu gleicher Zeit eines der bekanntesten Mitglieder der Petersburger Akademie der Wissenschaften und der schönste Mann Russlands war.

Das Orchester eröffnete den Ball, wie es damals im slawischen Osten Sitte war, mit einer Polonäse. Die Kaiserin nahm den Arm des Grafen Panin und schritt mit ihm an der Spitze der Kolonne. Der zweite Tanz war die Menuette.

Die Fürstin Lubina Mentschikoff, durch den Anblick ihrer Nebenbuhlerin und die Gleichgültigkeit Koltoffs, welcher sie, die gefeierte Schöne, die stolze Herrin von viertausend Seelen, zu übersehen wagte, auf das äußerste aufgebracht und gereizt, griff jetzt zu dem letzten tyrannischen

Mittel, um sich dem Manne zu nähern, der noch vor kurzem ihr unterwürfiger Sklave gewesen war, sie machte von ihrem Rechte als Hofdame und Fürstin Gebrauch und befahl den Kapitän zum Tanze.

Koltoff aber beging das Unerhörte, nie Dagewesene, diesem Befehl nicht Folge zu leisten, er entschuldigte sich bei dem Kammerherrn, welcher ihm denselben überbrachte, und – tanzte mit Sophia Narischkin, welche an diesem Abende alle Damen des Hofes in den Schatten stellte und der Gegenstand allgemeiner Bewunderung war. Dies war zu viel.

Das Orchester hatte nur wenige Takte der Menuette gespielt, als die Fürstin Mentschikoff, ihrer selbst nicht mehr mächtig, die Reihen der Tanzenden durchbrach, um Fräulein von Narischkin zu insultieren.

»Ich habe Sie zum Tanze befohlen, Kapitän,« sprach sie zuerst zu Koltoff gewendet, »und Sie wagen es –,« weiter kam sie nicht, die Wut erstickte ihre Stimme.

»Ich gehorche einem früheren Befehl des Fräulein von Narischkin,« erwiderte Koltoff kalt.

»Ah! die Prinzessin muss also vor Ihrer Dirne, vor einer Landstreicherin zurückstehen!« rief Lubina im höchsten Zorn.

»Sie vergessen sich,« fiel Koltoff ein, während Fräulein von Narischkin, bis in die Lippen bleich, der Fürstin entgegentrat.

»Ich verlange Genugtuung für diesen Schimpf, den ich nicht verdient habe,« stammelte das brave, hochentrüstete Mädchen.

»Da haben Sie Ihre Genugtuung,« rief die Fürstin und vergaß sich so weit, dass sie den Fächer erhob, um die Nebenbuhlerin zu schlagen. In demselben Augenblicke trennten die Umstehenden, von der Handlungsweise Lubinas empört, die Streitenden, aber der öffentliche Skandal war fertig; die Zarin befahl beiden Damen, sofort den Saal zu verlassen.

Sie gehorchten. Die Fürstin wurde von dem Grafen Orloff zu ihrem Wagen gebracht, wo sie in konvulsivisches Weinen ausbrach.

Fräulein von Narischkin hatte sich indes, an dem Halse ihrer Mutter schluchzend, mit dem naiven Ausdruck zu Koltoff gewendet:

»Ich kann Ihnen nicht helfen, Sie müssen mich jetzt heiraten.«

Koltoff, außer sich vor Entzücken, Ort und Umgebung vergessend, schloss das schöne beleidigte Mädchen an seine Brust, und Fräulein von Narischkin verließ den Winterpalast erst, nachdem sie den Kapitän als ihren Bräutigam vorgestellt hatte.

Damit war aber die Sache nicht zu Ende.

Am nächsten Tage sendete Fräulein von Narischkin, ohne Wissen ihrer Eltern und ihres Bräutigams, Frau Hedwig von Samarin zu der Fürstin Lubina Mentschikoff mit einer Herausforderung zum Zweikampfe, und die Fürstin nahm dieselbe »mit Vergnügen« an. In der nächsten Stunde verhandelten die Sekundanten der beiden Teile, Frau Hedwig von Samarin, Offizier im Regimente Tobolsk, und Gräfin Saltikoff, Major im Regimente der finnischen Schützen, über die Bedingungen des Renkontres.

Es wurde festgesetzt, dass die Waffen Pistolen sein sollten, und die Gegner auf dreißig Schritt Entfernung auf Kommando zu gleicher Zeit schießen, und zwar dreimal. Wenn sich in diesen drei Gängen keine Verwundung ergäbe, so sei dadurch der Ehre Genüge geschehen und der Zweikampf als beendet anzusehen.

Den nächsten Morgen trafen sich die beiden Parteien in einem Wäldchen in der Nähe Petersburgs. Es war ein schöner, ruhiger, aber empfindlich kalter russischer Wintertag, weithin nichts zu sehen, als ein paar große Raben, welche mit ihren schwarzen Fittichen langsam über den weißen Himmel segelten.

Da der Schnee ziemlich hoch lag, so musste für Duellanten und Zeugen erst die Bahn frei gemacht werden, wozu die letzteren Bauern aus der Gegend requirierten. Als alle Vorbereitungen beendet waren, kam zuerst Fräulein von Narischkin in phantastisch prächtigem Schlitten, welcher einen großen weißen Schwan darstellte, und gleich nach ihr die Fürstin.

Beide Damen beeilten sich, die Bärenfelle, mit denen sie bedeckt waren, und die großen Pelze, in welche sie sich eingehüllt hatten, abzuwerfen, und standen sich nun, nachdem sie sich kalt, aber artig begrüßt, in der koketten Amazonentracht jener Zeit gegenüber.

Die Fürstin Lubina Mentschikoff trug hohe schwarze Reitstiefel, über der reichfaltigen grünen Samtrobe einen Überrock von gleichem Stoffe mit dem Aufschlage des Regiments Simbirsk, reich mit Zobelpelz besetzt und mit Gold verschnürt.

Die Toilette des Fräulein von Narischkin, der durch Katharinas Vorliebe sogar hoffähig gewordenen Kosakentracht nachgebildet, bestand in Halbstiefeln von rotem Saffian, einem kurzen, roten Samtrock, welcher nicht weiter als bis zu dem Fußknöchel herabfiel, einer enganschließenden Jacke von demselben Stoffe mit breiter Hermelinverbrämung und einer hohen runden Mütze von Hermelin.

Die beiden Damen maßen sich mit Blicken, welche deutlich genug ihre Unversöhnlichkeit verrieten, dennoch versuchten die Sekundanten, wie es ihre Pflicht war, dieselben zu einem Ausgleiche zu bewegen. Vergebens. Die Fürstin hatte erst auf der Fahrt zu dem Duellplatze erfahren, dass Fräulein von Narischkin die Braut Koltoffs sei, und war entschlossen, ihre Nebenbuhlerin zu töten So wurde denn die Entfernung abgeschritten, an den Stellen, wo sich die beiden duellierenden Damen aufstellen sollten, je ein Pflock eingeschlagen. Dann luden die Sekundanten gemeinschaftlich die Pistolen und gaben endlich das Zeichen zur Aufstellung. Noch wenige Sekunden und die Fürstin und Fräulein Narischkin standen sich gegenüber, die Pistole, den Hahn gespannt, in der Hand. Die Zeugen nahmen ihren Posten ein und gaben das Kommando: »Fertig!« Keine der beiden Amazonen verriet eine Bangigkeit, im Gegenteil zeigten sich beide kaltblütig und unerschrocken, wie alte geriebene Duellanten von Profession.

»Eins – zwei – drei –«

Zwei Schüsse blitzten.

Die Sekundanten sprangen herzu. Niemand war verwundet. Man lud also die Waffen von neuem und nahm von neuem Stellung.

Noch einmal ertönte das Kommando, noch einmal knallten die Pistolen; diesmal war die Mütze des Fräulein Narischkin von der Kugel der Fürstin durchlöchert, Fräulein Narischkin nahm sie ab, betrachtete sie lächelnd und stülpte sie wieder auf. Ehe jedoch die Pistolen zum dritten Male geladen werden konnten, kamen im Karriere zwei Reiter herbei, welche von Weitem schon mit einem weißen Tuche wehten, und zu gleicher Zeit wurde ein Schlitten sichtbar, welcher gleichfalls die Richtung nach dem Kampfplatze nahm.

Die beiden Reiter waren Koltoff und Lapinski. Sie sprangen von den schweißbedeckten schäumenden Pferden, und der erstere eilte, die kämpfenden Damen zu trennen. Er bat, er beschwor, er drohte, alles vergebens. Fräulein von Narischkin verlangte zornglühend, mit dem Fuße stampfend, Abbitte von Seiten der Fürstin für die angetane Beleidigung; die schöne Witwe wies dagegen jedes Ansinnen dieser Art mit stolzer, höhnischer Heftigkeit zurück. Beide riefen endlich, man möge die Bahn frei geben, damit sie zum dritten Male die Kugeln wechseln könnten.

Während dieses Wortwechsels war der Schlitten, welcher, wie die Offiziere, auch von Petersburg kam, pfeilschnell herangeschossen, die dampfenden Rosse hielten unweit des Duellplatzes, und zwei Damen, in kostbare Pelze gehüllt und dicht verschleiert, stiegen aus und nahten schnellen Schrittes. Die erste, im kaiserlichen Hermelin, majestätisch und gebieterisch, trat zwischen die Streitenden und gebot Einhalt, zugleich den Schleier zurückschlagend. Es war die Zarin Katharina die Zweite, ihre Begleiterin die Fürstin Daschkoff.

Die Zarin hatte von dem ungewöhnlichen Zweikampfe erfahren und war herbeigeeilt, um womöglich das Blutvergießen noch zu verhindern. Sie fragte die beiden Damen, welche in einiger Verlegenheit vor ihr standen, mit einem Blicke, welcher keinen Widerspruch aufkommen ließ, ob sie sich ihrem Schiedssprüche unterwerfen wollten.

Beide Duellantinnen verbeugten sich schweigend.

Die Monarchin ließ sich hierauf die Ursache des Zweikampfes mitteilen, aber sie begnügte sich nicht mit den Erklärungen der beiden Damen, sie forschte nach dem tieferen Grunde ihres Hasses, der sich so unzweideutig aussprach, und als sie Koltoff erblickte, wandte sie sich an ihn, und der junge Offizier war ehrlich oder indiskret genug, alles zu gestehen. Katharina die Zweite lächelte.

»Hören Sie also mein Urteil in diesem seltsamen Streite,« sprach sie dann. »Ich verbiete die Fortsetzung dieses Zweikampfes, der Ehre ist genüge geschehen; was aber diesen jungen Offizier betrifft, so befehle ich, dass er jener der beiden Damen seine Hand reichen soll, welche ihn mehr liebt.«

»Dann gehört er mir!« rief die Fürstin.

»Nein mir!« fiel Fräulein von Narischkin ein.

Beide schworen, dass sie nicht leben könnten ohne ihn.

Katharina die Zweite lächelte wieder.

Sie machen mir die Sache recht schwer«, sagte sie, die Achseln zuckend. »Indes habe ich einen neuen Ausweg gefunden. Koltoff ist die Ursache dieses Streites, es ist daher gerecht, dass er seine Schuld büßt. Da Sie beide gleich gerechte Ansprüche an seine Person zu haben glauben, und es nicht möglich ist, ihn in zwei Teile zu teilen, so gebiete ich, dass er sich an jenen Baum dort stellt, und Sie, meine Damen, so lange auf ihn schießen, bis Ihr Blutdurst gesättigt ist.«

»Das ist ja nicht möglich!« stammelte Fräulein von Narischkin.

»Was wäre unmöglich, wenn ich es befehle?!« erwiderte die Kaiserin, die stolzen Brauen finster zusammenziehend. »Vorwärts, Koltoff, an jenen Baum dort!«

Der junge Offizier war totenbleich geworden, aber er gehorchte.

Die Gräfin Saltikoff lud die Pistolen.

»Nun schießen Sie, meine Damen!« befahl Katharina die Zweite.

Die Fürstin spannte den Hahn ihrer Pistole und trat vor. »Ich liebe ihn so sehr,« sprach sie auf das Höchste erregt, »dass ich ihn lieber tot zu meinen Füßen sehen will, als in den Armen einer andern,« und sie zielte auf Koltoff.

In dem Augenblicke jedoch, wo sie abdrückte, schlug ihr Fräulein von Narischkin mit einem Aufschrei der Verzweiflung den Lauf in die Höhe, so dass der Schuss in die Luft ging.

»Nein, nein,« rief sie zugleich, »er darf nicht sterben, nehmen Sie ihn hin, meine Liebe ist zu groß, ich will ihn lieber verlieren, als sein Blut fließen sehen!«

Die Fürstin jubelte. »Nun sind Sie mein, Koltoff,« rief sie, »mein Sklave!«

»Gemach,« sprach die Kaiserin, ihr die Hand auf die Schulter legend, »Fräulein von Narischkin hat bewiesen, dass sie ihn mehr liebt, als Sie. Er gehört ihr!«

Zwei Wochen später feierte Koltoff seine Vermählung mit Sophia von Narischkin.

Venus und Adonis

Erstes Kapitel.

An einem heißen Sommernachmittag des Jahres 1785 hatte in einem dichten, schattigen Gebüsch des Parks von Zarskoje Selo ein junger Maler sein luftiges Atelier aufgeschlagen. Seine schlanke Gestalt und sein edel geschnittener Kopf mit den glühenden, dunklen Augen verrieten auf den ersten Blick den Italiener. Er saß auf einem Stein und zeichnete, und vor ihm stand sein Modell, ein junges, hübsches russisches Bauernmädchen mit blondem Haar und vollem Busen, das er trotz ihrem verschämten Widerstreben zu diesem Zwecke von der nahen Gänseweide entführt hatte. Plötzlich teilten sich die Zweige des grünen Musenasyls und eine Frau von dem Umfange einer holländischen Heringstonne stand vor den beiden. Die ländliche Venus stieß einen gellenden Schrei aus und lief davon, während der italienische Maler einige kräftige heimatliche Flüche ausstieß. Der weibliche Störenfried stand indes, die Arme auf der kolossalen Brust verschränkt, vor ihm und lachte so, dass sich der ganze Riesenkörper schüttelte. Es war offenbar eine vornehme Dame, denn sie hatte das reiche Haar gepudert und trug ein weißes Negligee von den kostbarsten flandrischen Spitzen. Sie mochte vor Jahren schön gewesen sein, aber jetzt war ihre Gestalt geradezu unförmig, und das Gesicht, in das Breite verzerrt, trug den Stempel gemeiner Wollust; nur ihr Auge konnte noch bestechen, es war ein großes, schönes blaues Auge voll Geist und Kühnheit, und es lag etwas Gebieterisches in dem Blick desselben.

»Welcher Satan hat Sie hergeführt, Madame?« begann der Maler in ziemlich gutem Französisch.

»Der Satan der Neugierde,« erwiderte die Unbekannte; »ich sah Sie zeichnen, und da ich die Künste liebe und beschütze –«

»Sehr edel von Ihnen«, unterbrach sie der Italiener, »aber eben deshalb hätten Sie mir die Kleine nicht verscheuchen sollen; nun bleibt das Bild unvollendet.«

»Sie sollen mich dafür malen«, erwiderte der weibliche Koloss mit nachlässiger Majestät.

»Sie? Ist das Ihr Ernst?« rief der Maler.

Die Dame nickte, während der junge Italiener in ein ebenso unartiges als ausgelassenes Gelächter ausbrach.

»Sie wollen mich also nicht malen?« begann die Dame, die stolzen Brauen finster zusammenziehend.

»Es fällt mir nicht ein«.

»Bin ich nicht schön?« fragte die Unbekannte mit unnachahmlichem Selbstbewusstsein.

»O! Sie sind außerordentlich schön«, erwiderte der Maler scherzend, »aber beinahe ebenso dick als schön.«

»Wie nennen Sie sich?«

»Tomasi,« sagte der Maler, zuckte die Achseln und packte zusammen.

»Ich gefalle Ihnen offenbar nicht«, sagte die Unbekannte, »aber dies hat nichts zu sagen. Sie gefallen mir und Sie werden mich malen, adieu.« Sie nickte gnädig mit dem Kopfe und schritt langsam davon. Der Italiener folgte ihr von Weitem, in dem Laubgange, in den er nun einbog, fand er seinen Freund und Landsmann Boschi, mit dem er nach Russland gezogen war, um dort, gleich den französischen Philosophen und den italienischen Sängern, an dem glänzenden Hofe der leichtsinnigen Zarin Katharina II. sein Glück zu machen. Er teilte ihm sein Abenteuer mit, und sie lachten noch beide über das Monstrum, das sich durch seinen Pinsel verewigen lassen wollte, als ein Offizier der Garde vor sie hintrat und sich erkundigte, welcher von ihnen der Maler Tomasi sei.

»Ich!« sagte der junge Italiener.

»Ich habe den Befehl, Sie in den Palast zu führen,« sagte der Offizier.

»Mich? Und auf wessen –«

»Auf besonderen Befehl Ihrer Majestät der Kaiserin.«

Tomasi folgte hierauf dem Offizier, welcher ihn durch die Alleen des Parks und die Korridore des prachtvollen Sommersitzes der Zarin bis zu einer Türe führte, vor der er Halt machte. »Hier treten Sie ein,« sagte er, »Frau von Protasow, Hofdame Ihrer Majestät, erwartet Sie, von ihr werden Sie das Weitere hören.« Es entging dem schlauen Italiener nicht, dass der Offizier dabei eigentümlich spöttisch lächelte. Tomasi erwartete, dadurch irregeführt, hinter der Portiere, welche er jetzt teilte, den weiblichen Koloss zu finden, dessen Bekanntschaft er im Park gemacht. Umso angenehmer war er enttäuscht, als er auf einer Ottomane ausgestreckt eine junge Dame erblickte, welche ihm im ersten Augenblicke als ein Ideal der Schönheit und Anmut erschien. Sie war zwar gleich allen russischen Frauen, ebenfalls üppig, aber von einer reizenden, sinnverführenden Fülle, welche nirgends die als klassisch geltenden Körperlinien zu sehr überschritt; ihr feines Gesichtchen zeigte ebenso regelmäßige als gewinnende Züge, und die dunklen Augen blickten unter den langen Wimpern mit einer Art schelmischer Lüsternheit hervor, welche den sonst kecken Maler nicht wenig in Verwirrung setzten. Die Dame wies ihm einen Sitz an und betrachtete ihn noch einige Zeit seltsam prüfend, ehe sie das Wort an ihn richtete.

»Ich bin Sofia von Protasow«, begann sie endlich, »Sie kennen wohl mein heiteres Amt.«

»Vergeben Sie, ich bin ebenso fremd am Hofe der großen Katharina, wie in Russland überhaupt,« entgegnete der Maler.

»Hören Sie also,« sagte die schöne junge Frau, »die Zarin ist, wie Sie auch außer Russland erfahren haben werden, eben so schwach als Weib, wie sie groß ist als Regentin.«

»Man erzählt, dass sie ihre Günstlinge wie Handschuhe wechselt,« fiel der Italiener ein; »aber ich finde dies sehr begreiflich bei einer Frau, welche zugleich die mächtigste und schönste in Europa ist.«

»Sie vergessen, dass Katharina II. jetzt sechsundfünfzig Jahre zählt,« erwiderte Frau von Protasow, »sie war noch mit Vierzig so verführerisch, dass jeder ihrer Günstlinge mit demselben Eifer der Frau wie der Monarchin huldigte; aber jetzt ist sie unförmig dick und strömt eine Atmosphäre aus, welche der stärkste Parfüm zu übertäuben nicht imstande ist. Und dieser Fettklumpen ist ebenso verliebt und in seinen Neigungen ebenso flatterhaft, wie es einst die jugendschöne Frau war. Katharina II. betreibt heute die Liebe wie ein Gourmand das Essen, sie will nicht bloß speisen, gut und fein speisen, sondern sie verlangt die größte Abwechselung; es vergeht kein Tag, wo sie nicht ein neues Opfer – Pardon, einen neuen Glücklichen – entdeckt und zu ihrem Zeitvertreib wählt. Heute haben Sie Gnade vor ihren Augen gefunden.«

»Ich!« stammelte Tomasi entsetzt.

»Sie scheinen nicht sehr entzückt voll der Aussicht, welche sich Ihnen eröffnet,« meinte Frau von Protasow spöttisch.

»In der Tat – nicht,« sagte der Italiener; »aber wie kommt die Kaiserin dazu? –«

»Sie hat Sie vor einer Viertelstunde etwa im Parke –«

»Dieses Monstrum, das mein Modell vertrieben, mit dem ich so kurz angebunden war –«, fiel Tomasi ein.

»War Katharina II.«, sprach Frau von Protasow.

»Und dieses Weib soll ich lieben?« schrie Tomasi, »das ist ja unmöglich.«

»Die Kaiserin versteht das Unmögliche möglich zu machen,« lächelte die schöne Frau. »Vergessen Sie nicht, dass ihr allerhand liebreizende

Bagatellen zur Disposition stehen, wie die Knute, Sibirien und nötigenfalls das – Schafott.«

»Das Schafott!« schrie der Italiener auf, dem es eisig über den Rücken rieselte.

»Nun – sie hat Mirowitsch enthaupten lassen aus keinem anderen Grunde, als weil ihr seine fanatische Liebe anfing lästig zu werden,« erklärte die Protasow, »sie kann einmal das Umgekehrte versuchen.«

»Mein Gott! in welche Geschichte bin ich da hineingeraten,« jammerte der Maler; »Odysseus in dem Palast der Circe war gegen mich beneidenswert.«

»Ist denn das Unglück, von einer Kaiserin geliebt zu werden, gar so groß?« spottete Frau von Protasow.

»Gewiss,« entgegnete Tomasi, »wenn die Kaiserin, wie es hier der Fall ist, über zwei Zentner wiegt.«

»Aber Rubens hat doch sehr dicke Ideale gemalt.«

»Ich bin kein Rubens, meine Gnädige«.

»Ihre Verzweiflung ist ebenso heiter als verdächtig,« sprach die Vertraute Katharinas nach einer kleinen Pause. »Ich zweifle keinen Augenblick länger, dass Sie verliebt sind, verliebt in eine andere.«

»Bei allen Heiligen, nein, mein Herz ist frei,« schwor der Maler.

»Frei – ganz frei?«

»Vollkommen frei.«

»Nun, das ändert die Sache ein wenig zu Ihrem Vorteil,« sprach die reizende Frau mit einem seltsamen Lächeln, »denn es gibt noch eine Dame in diesem Palast der Circe, welche Gefallen an Ihnen findet.«

»Gefallen – an mir?«

»Großen Gefallen.«

»Und ist diese Dame vielleicht auch? –« erwiderte der Italiener, mit seinen Händen den riesigen Umfang der Zarin andeutend.

»Diese Dame ist allerdings auch nicht gerade mager«, entgegnete Frau von Protasow.

»Aber doch jung und schön?« rief Tomasi.

Frau von Protasow zuckte die Achseln. »Ich kenne Ihren Geschmack nicht,« sprach sie, den Kopf kokett zur Seite neigend, »sehen Sie sich sie also noch einmal gut an und entscheiden Sie selbst.«

Zweites Kapitel.

In den nächsten Tagen trennte sich Frau von Protasow immer nur für wenige Augenblicke von dem Geliebten. Während draußen die Sonne Menschen, Tiere und Pflanzen zu versengen drohte, hielt die reizende Kerkermeisterin Tomasi in ihren weiten kühlen Gemächern gefangen. Dann lag sie träge auf einer türkischen Polster-Ottomane, und der glückliche Maler saß zu ihren Füßen und spielte die Laute, oder sie plauderten allerhand kindisches Zeug, wie es nur ein paar Verliebte können.

Und kam der Abend heran, dann schwärmten sie, gleich lustig summenden Bienen, in den grünschattigen Laubgängen des Parks, um endlich, wenn der Himmel die ganze Pracht seiner Sterne, gleich einer Stickerei in Gold, entfaltet hatte, den Palast der gütigen Fee dieses Sommernachtsmärchens aufzusuchen.

Die Kaiserin schien, zum Glück für die Liebenden, den Italiener vergessen zu haben, um so unangenehmer wurde Sofia von Protasow überrascht, als Katharina II. ihr plötzlich einmal, bei einem Lever, einen Wink gab, näher zu treten, und ohne sich vor den anwesenden Damen und Herren des Hofes und ihrem Günstling Potemkin im mindesten zu genieren, mit sichtbarem Interesse um den jungen Maler fragte.

»Ich habe bis heute gezögert, Eurer Majestät Bericht zu erstatten«, begann Frau von Protasow errötend, »weil ich leider nicht in der Lage bin, von dem jungen Menschen irgend etwas günstiges zu melden.«

»Wirklich,« erwiderte Katharina befremdend, »finden Sie ihn nicht schön?«

Frau von Protasow zuckte die Achseln. »Ich wage es nicht, dem Urteile Eurer Majestät vorzugreifen, aber Tomasi ist eben so roh, als schön.«

»Was Sie Rohheit nennen,« sprach die Zarin, mit ihrer Schokolade beschäftigt, »ist vielleicht nur unbändige Männlichkeit.«

»Vergebung, Majestät,« beeilte sich Frau von Protasow zu erwidern, »dieser Italiener ist viel mehr ein ungezogener Knabe als ein Mann, die gemeinsten Manieren beeinträchtigen seine körperlichen Vorzüge.«

»Ihr sonst so scharfer Blick scheint diesmal getrübt, liebe Sofia«, entgegnete die Zarin, »da muss ich mir wohl selbst Klarheit verschaffen.«

»Aber, Majestät –«

»Genug von dieser unbedeutenden Angelegenheit,« entschied die eigenwillige Selbstherrscherin; »ich will Tomasi heute noch sehen, und er soll mich malen, verstehen Sie, Protasow?«

Die arme verliebte Frau, welche in diesem Augenblicke alles verloren sah, denn Katharina gegenüber war Ungehorsam so viel als Selbstmord, verneigte sich stumm und verließ dann rasch den Flügel der Kaiserin, um Tomasi ihr Leid zu klagen. Dieser wollte indes die Sache durchaus nicht ernst nehmen. »Vor allem will ich Sie jetzt malen, teure Sofia,« sprach er, seine Staffelei zurecht rückend, »und dann wollen wir sehen, wie wir der liebevollen Heringstonne dort drüben, trotz ihrem Sibirien, einen Possen spielen.«

»Aber die Zarin, will Sie heute noch sehen, Tomasi.«

»Pah!«

»Sie wird an mir und Ihnen Rache nehmen, wenn wir ihr Widerstand leisten.«

Tomasi lachte und begann seine Farben zu mischen.

»Also Sie wollen mich wirklich malen,« seufzte die schöne junge Frau.

»Gewiss, und zwar auf der Stelle.«

»Aber wie? in welcher Toilette?«

»Ich werde Sie als eine der olympischen Schönheiten malen.«

»Ich soll eine Göttin werden,« staunte die kokette Dame.

»Sie sind es bereits,« lachte Tomasi, »und ich stelle den glücklichen Sterblichen vor, zu dem Sie von Ihrem hohen Olymp herabgestiegen sind, Endymion wenn Sie wollen.«

»Unmöglich, ich kann doch nicht als Diana –«, stammelte Frau von Protasow.

»Oh! die Marquise von Pompadour hat sich auch mit den Emblemen dieser jungfräulichen Jägerin malen lassen,« fiel Tomasi ein, »auch Sie sollen Bogen und Köcher tragen, um die Liebespfeile anzudeuten, welche Sie ohne Mitleid nach allen Männerherzen versenden.«

»Schmeichler!«

Der Italiener gab der schönen Frau die Attitüde und begann hierauf zu malen. Plötzlich schrie Frau von Protasow auf: »Ich hab's, ich hab's« und begann im Gemach herumzutanzen.

»Was haben Sie?« fragte der Maler verblüfft »Wir sind gerettet!« jubelte Frau von Protasow. »Ich kenne einen Freibauern hier in der Nähe, bei dem ich Sie verborgen halten will, und der Kaiserin sage ich, dass Sie plötzlich erkrankt sind und deshalb Zarskoje Selo verlassen haben.«

Ohne ihren Anbeter weiter zu fragen, packte sie ihn in ihre gedeckte *Portechaise* und ließ ihn auf Umwegen durch ihre vertrauten Diener nach dem Hofe des Freibauern bringen, während sie selbst ein Pferd bestieg und vor ihm an Ort und Stelle eintraf, um rasch alles Übrige mit dem treuen und bereitwilligen Alten abzumachen. Dann kehrte sie in den Palast zurück und ließ sich auf der Stelle bei der Kaiserin melden.

»Wo bleibt der Maler?« rief Katharina II., welche in einem prachtvollen Negligee in einem Fauteuil saß und sich von Zeit zu Zeit von oben bis unten mit Parfüm besprengte.

»Er – er ist verhindert,« stammelte die Vertraute.

»Verhindert, wenn ich befehle!« sprach die Zarin schwer atmend, ihre Brust begann im Zorn gleich einem Meer zu wogen.

»Tomasi ist plötzlich krank geworden, Majestät!« fuhr Frau von Protasow fort, »er hat Zarskoje Selo verlassen und befindet sich bei einem Bauern hier in der Nahe.«

»Er hat auf der Stelle gesund zu werden,« gebot Katharina II., »und wenn er binnen einer Stunde nicht vor mir erscheint, sollen ihn vier Grenadiere holen.«

»Unmöglich, Majestät!« rief Frau von Protasow »denn Tomasi hat eine Krankheit, welche ebenso gefährlich als ansteckend ist.«

»Doch nicht die Blattern?« fragte die Zarin rasch.

»Ja wohl, die Blattern, Majestät,« erwiderte Frau von Protasow aufatmend.

»Dann freilich,« murmelte Katharina, »dann geht es nicht.«

»Gewiss nicht,« bekräftigte die Vertraute, »Majestät dürfen Ihre gefeierte Schönheit nicht einer solchen Gefahr aussetzen.«

»Finden Sie mich noch schön«, lächelte Katharina II. gnädig.

»Wer käme in Ihre Nähe, ohne von Ihren Reizen begeistert zu sein.«

»Wirklich, ich sehe heute sehr gut aus,« sprach Katharina – sie hatte sich schwerfällig erhoben und ihren riesigen Körper zu dem nächsten Wandspiegel geschleppt – »sehr gut. Sobald Tomasi wieder gesund ist, soll er mich als Venus malen.«

Drittes Kapitel.

Der Herbst hatte den Hof der nordischen Semiramis früher als sonst aus Zarskoje Selo vertrieben, auch Tomasi war nach Petersburg übergesiedelt, wo er in Gesellschaft seines Freundes Boschi den Hintertrakt des Palastes Protasow bewohnte und die schöne Gebieterin desselben in allen möglichen Stellungen und Toiletten zeichnete und malte. Der ganze Olymp wurde entvölkert, um ihren Palast zu schmücken; hier stieg die Geliebte als Anadiomene aus dem Meeresschaum, dort verwandelte sie, von ihren Nymphen umgeben, Tomasi-Acteon in einen Hirsch, während sie in dem nächsten Saale als Götterkönigin, den Pfau zur Seite, neben Jupiter-Boschi thronte.

Der Winter verging den Liebenden in Gesellschaft der Musen und des kleinen schalkhaften Liebesgottes ganz vortrefflich. Die Kaiserin hatte in dem bacchantischen Strudel ihrer verschwenderischen Hofhaltung, ihrer Bälle, Assembleen, Schlittagen und winterlichen Volksfeste den schönen italienischen Maler samt seinen Blattern vergessen.

Und wieder war es Frühling geworden und wieder Sommer, und Katharina II. residierte neuerdings in dem reizenden Landsitz der russischen Zaren. Ein Zufall wollte, dass sie eines Abends mit der Prinzessin Mentschikoff promenierend an jenem Gebüsche vorbeikam, in welchem sie Tomasi damals zeichnend überrascht hatte.

Mit einem Male stand, durch eine leicht erklärliche Ideen-Assoziation hervorgezaubert, das Bild des schönen Italieners in voller Farbenfrische wieder vor ihrer Seele.

»A propos!« begann sie, »haben Sie nie mehr etwas von jenem italienischen Maler gehört, Prinzessin, welcher mich im vorigen Jahre malen sollte, jedoch durch einen merkwürdigen Zufall an demselben Tage, an dem er zu beginnen hatte, an den Blattern erkrankt ist?«

»Wie hieß er, Majestät?« erwiderte die Prinzessin. »Ich habe nie etwas von ihm gehört.«

»Sein Name ist mir entfallen,« sprach Katharina II., »aber seine jugendlich schlanke Gestalt steht deutlich vor mir.«

»Ein italienischer Maler?« sann die Prinzessin nach. »Doch nicht jener am Ende, den Frau von Protasow diesen Winter geheimnisvoll in ihrem Palast beherbergt hat, der die Plafonds und Wände ihrer Säle mit den prächtigsten Bildern aus der Mythologie geschmückt hat?«

»Unmöglich!« rief die Zarin, »aber nein, doch nicht unmöglich, Prinzessin. Wenn diese Protasow, wenn sie mich hintergangen hat, Sie sollen dann einmal sehen, wie ich strafen kann.« Ihre Augen rollten unheimlich, und die ganze Fettmasse, Katharina II. genannt, begann gleich einer Gallerte zu zittern.

Kaum war die zentnerschwere Despotin in den Palast zurückgekehrt, befahl sie Frau von Protasow in ihr Arbeitskabinett, in dem sie, an eine zornige Ente mahnend, mühsam auf- und abwackelte.

» *Bon soir*, meine Teure!« begann sie. »Sagen Sie mir doch, was aus dem italienischen Maler geworden ist, den vorigen Sommer die Blattern verhindert haben, mich zu malen.«

»Er hat – er ist – er wird –«, stammelte die Vertraute in unbeschreiblicher Verwirrung.

»Man beschuldigt Sie, *ma chère*, ihn in Ihrem Hause in St. Petersburg gefangen zu halten«, inquirierte die Monarchin, mit den Fingern ungeduldig auf der Fensterscheibe trommelnd.

»Zu welchem Zweck?« entgegnete die Protasow mit einem erzwungenen Lächeln.

Katharina trat auf sie zu und heftete ihre durchdringenden blauen Augen forschend auf ihr Antlitz. »Soll ich es Ihnen sagen?«

»Ich kann beim besten Willen nicht erraten,« sagte die Vertraute, welche ihre Ruhe so ziemlich wiedergewonnen hatte.

»Man erzählt, dass er Ihren Palast mit Gemälden geschmückt hat,« fuhr die Zarin fort.

»Allerdings,« hauchte die Protasow.

»Sie kennen also seinen Aufenthalt?«

»Ja.«

»Sehr gut. Ich gebe Ihnen also drei Tage Zeit, um diesen – wie heißt er doch – diesen Maler aufzutreiben. Ich will mich von ihm malen lassen, es ist einmal eine Laune von mir, und ich wünsche nicht, dass Sie in irgend einer Weise sich nachlässig zeigen oder meine Absicht durchkreuzen. *Bon soir*!« Damit wurde die am ganzen Leibe bebende Vertraute von der auf das Höchste gereizten Kaiserin entlassen. Sie bestieg sofort ihre *Portechaise* und ließ sich nach dem Höfchen des alten Freibauern tragen, bei dem sie, wie im vorigen Jahre, Tomasi und seinen Freund Boschi einquartiert hatte.

»Ich bin die unglücklichste Frau der Welt«, rief sie in dem Augenblick, wo sie die Schwelle der Isba überschritt, in der die beiden Maler hausten.

»Was ist geschehen?« fragte Tomasi erregt.

»Die Kaiserin – ich weiß nicht, wie sie sich Ihrer wieder erinnert hat – genug, sie will sich von Ihnen um jeden Preis malen lassen«, berichtete die geängstigte Schöne; »sie hat mir befohlen, Sie längstens binnen drei Tagen zu ihr zu bringen. Mir droht Ungnade, Entlassung, ja, vielleicht noch weit mehr.«

»Nun, so lassen Sie mich denn in Gottesnamen das Monstrum malen,« fiel Tomasi ein.

»Aber die Blattern, sie wird die Spuren derselben vergebens suchen und erraten, dass wir sie getäuscht haben. Oh! sie ist furchtbar in ihrem Zorne, grausam, unerbittlich,« seufzte die schöne Frau.

»Verdammt!« murmelte Tomasi.

»Ich habe einen glücklichen Einfall«, rief plötzlich Boschi, der indes vor sich hingebrütet hatte. »Sehen Sie einmal meine Visage an, wie die von den Blattern zerrissen ist, ja, sie haben mir sogar das linke Auge zerstört. Ich habe so ziemlich Tomasis Gestalt, ich werde bei der Zarin seine Rolle spielen, und uns allen ist geholfen. Ihre Idylle erfährt keine Unterbrechung, und ich mache noch mein Glück an diesem kuriosen Hofe, so wahr ich Adriano Malefuzzi Boschi heiße.«

»Boschi, Du bist ein Prachtkerl«, schrie Tomasi auf, »ein wahres Genie, ich habe es immer gesagt.«

»Wir sind gerettet,« jauchzte Frau von Protasow. »Morgen Abend schon will ich Sie der Zarin vorstellen, versuchen Sie, was Ihr Mutterwitz und die Kühnheit, an der es Ihnen ebenso wenig fehlt, über die launenhafte Herrscherin von Gottes Gnaden vermögen.«

Während die Liebenden sich an dem nächsten Tage gleich mutwilligen Kindern in dem Obstgarten, welcher die Isba des Freibauern umgab, sorglos umhertrieben, schien Boschi mit einem Male ganz verwandelt; er, auf dessen Zunge sonst stets irgend eine Bosheit oder ein Witz saß, ließ den Kopf hängen und machte die trübseligste Miene von der Welt. Seine Mappe in der Hand, schlenderte er in der Gegend hin und her und hielt allerhand tragikomische Monologe.

»O, warum bin ich nicht schön!« sagte er immer wieder zu sich selbst, »ich könnte jetzt der Günstling der mächtigsten Monarchin der Erde werden. Sie ist zwar rund wie ein Heringsfass, und riecht auch wie ein solches, aber sie kommandiert ein großes Reich, unermessliche Schätze stehen ihr zur Verfügung.«

Er blieb vor einem Bache stehen, welcher murmelnd über die Steine sprang und ihn zu verspotten schien.

»Bin ich denn wirklich so hässlich?« fragte er und beugte sich über das Wasser, aus dessen bewegtem Spiegel ihn sein verzerrtes Gesicht angrinste. »In der Tat ein abscheulicher Kerl, aber dieser Bach hier ist ein mutwilliger Geselle, der seinen Scherz mit mir treibt. Ich will einen redlicheren fragen!«

Einige hundert Schritte weiter lag ein kleiner Teich. Boschi lief zu demselben hin und betrachtete sich neugierig in demselben. »Nun sehe ich viel besser aus«, seufzte er, »aber zum Verlieben doch nicht. Verflucht sei die Stunde meiner Geburt!«

Er befand sich jetzt auf einer großen, frisch gemähten Wiese, welche mit zahlreichen Heuschobern bedeckt war; in einiger Entfernung lag ein hübscher Landsitz, dessen weißgetünchte Mauern von dem frischen Grün der sie umgebenden Baumgruppen wirksam abstachen. Das Ganze gab ein freundliches ländliches Bild, so verschieden von den Landschaften seiner toskanischen Heimat, dass Boschi von demselben gefesselt sich in den nächsten Heuschober setzte und zu zeichnen begann.

Plötzlich war es ihm, als ob der Heuschober seufze.

»Seltsam«, brummte er, »ein Heuschober, der ebenso unglücklich zu sein scheint wie ich, am Ende ist er verliebt. He! wer ist da?«

Keine Antwort.

»Also doch der Heuschober.«

Nach einiger Zeit ertönte hinter ihm ein deutliches Schnarchen.

»Nicht übel«, lachte Boschi, »nun schläft er gar. Hier in diesem von Menschenhand noch ziemlich unentweihten Lande scheint die Natur beseelt zu sein wie zu Äsops Zeiten in Griechenland. Aber wir wollen doch sehen.«

Boschi erhob sich und umschritt langsam den Heuschober, da lag plötzlich ein Jüngling von außerordentlicher Schönheit vor ihm im Heu auf dem Rücken und schlief. Rasch holte er sich seine Mappe und begann den herrlichen Fremden, der weit mehr als das Seufzen des Heuschobers an Hellas mahnte, zu zeichnen. Boschi war mit seiner Skizze beinahe fertig, als der schöne Schläfer seine jungen Glieder zu strecken begann und zugleich die vollen roten Lippen zu einem lauten Gähnen öffnete.

»Rühren Sie sich nicht, mein Herr, Sie verderben mir mein Bild!« schrie der Maler.

Der Fremde war jetzt vollkommen wach geworden, setzte sich auf und sah ihn erstaunt an.

»Legen Sie sich nur noch für wenige Minuten auf den Rücken«, rief Boschi.

»Zu welchem Zweck?« fragte der Fremde, der den Italiener nicht begriff.

»Sehen Sie nicht, dass ich dabei bin, Sie zu zeichnen?«

»Mich?«

»Ja, Sie.«

Der junge Mann lachte hell auf.

»Lachen Sie, so viel es Ihnen Vergnügen macht,« erklärte Boschi, »aber nehmen Sie Ihre frühere Stellung ein.«

Der Fremde, dem das Abenteuer Spaß machte, fügte sich endlich den Bitten des Italieners, und dieser konnte ungestört seine Zeichnung vollenden. »So, jetzt sind Sie frei«, sprach er, seine Mappe zusammenpackend, »darf ich schließlich noch fragen, mit wem ich die Ehre habe?«

»Mein Name ist Platon Zuboff«, erwiderte der Jüngling sich erhebend, »ich bin Leutnant in der Preobraschenskischen Garde und im Augenblick hier auf Urlaub bei meinen Eltern. Das Gebäude, das Sie dort sehen, ist der Stammsitz unserer Familie. Und Sie?«

»Boschi, Maler aus Florenz«, sprach der Italiener.

»Aber wissen Sie, mein junger Herr, dass Sie ein Glückskind sind?«

»Ich?«

»Ja, Sie.«

»Sie irren«, sagte Zuboff, »ich bin der unglücklichste Mensch in ganz Russland, vielleicht in der ganzen Welt.«

»Unmöglich.«

»Doch«, fuhr der schöne Leutnant fort, »ich kann nicht avancieren, und meine Geliebte hat einen anderen geheiratet, wollen Sie noch mehr?«

»Nicht zu glauben. Sie – ein junger Mann von so seltener Schönheit –?«

»Oh! Sie schmeicheln –«

»Nicht im mindesten.«

»Mir hat noch nie jemand gesagt, dass ich schön bin, und so vergeben Sie mir, wenn ich Ihren Worten wenig Glauben schenke.«

»Das verstehen Sie nicht«, schrie Boschi. »Wenn ich Ihnen sage, Sie sind schön, so können Sie überzeugt sein, dass Sie es sind. Und Sie lassen sich so ohne weiteres vom Schicksal verfolgen, Sie, ein Mann, von der Natur mit allen jenen Gaben beschenkt, um an dem Hofe der nordischen Semiramis die erste Rolle zu spielen? Lassen Sie mich machen, junger Held, wir müssen Freunde werden, und wenn Sie diesen Leutnantsrock mit der Generaluniform vertauscht haben, dann vergessen Sie Ihren treuen Boschi nicht ganz.«

»Sie halten es für möglich?« rief Zuboff.

»Ich werde Sie protegieren«, sprach Boschi mit komischer Würde, »und das ist in diesem Augenblicke mehr, als wenn Potemkin Sie beschützen würde.«

»Aber ich verstehe nicht –«, stammelte Zuboff.

»Sie brauchen auch gar nichts zu verstehen.«

Am folgenden Tage wurde Boschi, der sich auf das lächerlichste aufgeputzt hatte, durch Frau von Protasow bei der Kaiserin eingeführt, welche in einem Fauteuil saß, die Füße auf einen Sessel ausgestreckt, und ein neues französisches Buch las. Sie sah den Maler lange forschend an und begann endlich über seine Toilette, welche an seinen Farbenkasten mahnte, zu lächeln.

»Sie also sind der Maler Tomasi?« fragte sie. »Ja, Majestät.«

»Ich hätte Sie beinahe nicht wieder erkannt,« fuhr Katharina II. fort, »es ist zu lange her, dass ich Sie nicht gesehen habe.«

»O! Majestät sind zu gütig gegen ihren submissen Knecht«, erwiderte Boschi mit einem plumpen Kratzfuß, »Majestät wollen mir nicht sagen, dass mich in der Zwischenzeit diese abscheulichen Blattern so zerrissen haben, dass mich mein bester Freund, der Maler Boschi, beinahe nicht mehr kennt.«

»Ich bedaure Ihr Unglück lebhaft«, sprach Katharina II., das Buch weglegend, »Sie waren ein sehr hübscher Mann, ja, sehr hübsch ohne Übertreibung, man musste Ihnen auf den ersten Blick gut sein.«

»Und jetzt finden Majestät, dass ich eine Art Ungeheuer geworden bin,« rief Boschi, »aber ich hoffe, dass eine Dame von Ihrem beispiellosen Genie mir deshalb ihre Gunst nicht ganz entziehen wird.«

»Ich hatte die Absicht, mich von Ihnen malen zu lassen«, begann die Zarin.

»O! geben Sie diese Absicht nicht auf, Majestät«, flehte Boschi. »Wenn Sie mich der außerordentlichen Gnade würdig finden, durch meinen Pinsel die Reize der schönsten Frau der Welt zu verewigen.«

»Sie dachten damals anders über diesen Punkt«, fiel die Zarin lächelnd ein.

»Damals habe ich noch nicht Rubens studiert«, beteuerte Boschi, »aber jetzt schwöre ich, dass Sie an Reizen nicht Ihres Gleichen haben, Majestät, ich schwöre dies, so wahr ich Tomasi heiße.«

»Gut denn, Sie sollen mich malen«, entgegnete Katharina II., Boschi stürzte in überströmender Dankbarkeit zu ihren Füßen nieder und küsste die kleine fette Hand, welche sie ihm huldvoll reichte. »Ich will aber kein Porträt, sondern irgend ein mythologisches Bild«, fuhr sie fort. Es war die Eitelkeit aller durch Korsett und Stöckelschuhe entstellten Damen der Rokokozeit, auf der Leinwand in der Rolle irgend einer stark dekolletierten Frau zu prangen.

»Natürlich ein mythologisches Bild«, schrie der schlaue Italiener, noch immer vor der nordischen Semiramis auf den Knien, »und wenn ich Sie so vor mir sehe, Majestät, in Ihrer ganzen unwiderstehlichen, kolossalen Schönheit, so sage ich mir, Sie können nur die Liebesgöttin vorstellen, keine andere. Ich werde ein großes Bild malen in dem Genre wie jenes Paolo Veroneses in Palazza Manfrei zu Venedig, ›Venus und Adonis‹.«

»Ja, aber wo nehmen wir den Adonis her, mein lieber Tomasi?« seufzte die Zarin.

»Schade, dass die Blattern Sie so mitgenommen haben, Sie wären ein prächtiger Adonis gewesen. O! wie schön Sie waren, armer Tomasi!« Sie legte ihm zärtlich die Hand auf die Schulter.

»Das ist einmal nicht zu ändern, Majestät«, rief Boschi, »aber ich werde mir schon ein passendes Modell auftreiben, lassen Sie das nur meine Sorge sein.«

Schon am nächsten Tage begann Boschi zu malen, er skizzierte die ganze Szene und ließ dann die Zarin sitzen. Es gelang ihm vortrefflich, das schwierige Problem zu lösen, ein gutes Porträt zu liefern und doch zugleich ein berückend schönes Weib auf die Leinwand zu zaubern. Katharina II. erschien auf seinem Bilde um mindestens dreißig Jahre verjüngt, mit allen Reizen geschmückt, welche sie zur Zeit besaß, als sie, den Hut mit Eichenlaub bekränzt, bei der roten Schenke die Truppen zur Empörung gegen ihren Gemahl, den Zaren Peter II., fortriss. Sie war sehr zufrieden und konnte sich kaum von dem Bilde trennen, als Boschi es in seine Wohnung bringen ließ, um auch den Adonis zu malen, der vorläufig nur mit ein paar kühnen Strichen gezeichnet, zu ihren Füßen lag. Es wurde Herbst, und der Hof war wieder in St. Petersburg, als er das Gemälde beendet hatte. Er stellte es in einem Saale des Winter-Palastes auf und ließ die Zarin einladen, es zu prüfen. Katharina II. kam so rasch, als es nur ihr Körperumfang gestattete. Boschi zog den Vorhang, welcher das Bild verhüllte, weg. In diesem Augenblicke stieß sie einen Schrei der Verwunderung aus. »Herrlich!« rief sie, »entzückend! Sie sind ein ausgezeichneter Künstler, Tomasi, aber dieser Adonis, dieser Jüngling, welcher an süßer Schönheit seines Gleichen sucht, ist wohl nur Ihr Ideal?«

»Nein, Majestät,« erwiderte Boschi trocken, »dieser Adonis ist ein wirklicher lebendiger Mensch und nennt sich Platon Zuboff.«

»Unmöglich,« rief Katharina II., das Bild anstarrend, »mindestens haben Sie ihn sehr verschönert.«

»Nicht im mindesten«, entgegnete der Maler, »übrigens können sich Majestät selbst davon überzeugen.«

»Ja, das will ich auch«, sagte die Zarin in unbeschreiblicher Aufregung, »und heute noch, ja, auf der Stelle.«

Als Boschi mit dem schönen Zuboff in den Saal trat, in welchem die Zarin noch immer in dem Anschauen des Bildes sich vertiefte, blieb diese anfangs sprachlos, dann stammelte sie, bald den Adonis auf der Leinwand, bald den Jüngling, der errötend vor ihr stand, mit den Augen verschlingend: »Ja, Tomasi, Sie haben recht, das ist Adonis, wie er leibt und lebt.« Dann näherte sie sich Zuboff, der sich demütig auf sein Knie niederließ, und sprach, ihn auf die Wange klopfend: »Sie gefallen mir sehr gut, junger Mann, wenn Ihre Geistesgaben in keinem zu großen Missverhältnis mit Ihrer körperlichen Schönheit stehen, werden Sie Ihr Glück machen, ich sage Ihnen das, ich, die Kaiserin.« Mit gnädigem Lächeln reichte sie ihm die Hand, und Zuboff presste dieselbe stürmisch an seine Lippen.

Die Kaiserin seufzte. Sie hatte sich im ersten Augenblicke sterblich in ihn verliebt, aber so schwach dieses große Weib auch war, sie verlor ihre äußere Würde, den Glanz ihrer Krone nie aus dem Auge und hätte um alles in der Welt keinen unbedeutenden Menschen durch ihre Gunst Einfluss auf die Geschicke ihres Staates gewinnen lassen wollen.

Sie sandte also Zuboff zu Frau von Protasow und beauftragte die letztere, den Adonis so vertraut als nur möglich zu machen und im intimen Verkehr mit ihm seine Talente, sowie sein Wesen und seinen Charakter zu studieren und ihr dann Bericht zu erstatten.

Die ganz außerordentliche Schönheit Zuboffs machte auf Frau von Protasow denselben Eindruck wie auf die Zarin. Die junge, weltgewandte Frau fand anfangs keine Worte, denn – als sie ihn mit der kindischen Bewegung eines schwärmerischen Mädchens einlud, neben ihr auf dem Sofa Platz zu nehmen, schoss ihr das Blut verräterisch in die Wangen, und als Zuboff, den das reizende Weib, mit dem er sich allein sah, gleichfalls entzückte, ihre Hand berührte, begann sie zu beben. Der Pfeil

Amors hatte ihr Herz ebenso ernstlich verwundet, wie jenes ihrer kaiserlichen Gönnerin.

Eine Stunde verrann in zärtlichem Geplauder und eine zweite. Frau von Protasow hatte ihre Ruhe wieder gewonnen und ließ alle die feinen gefährlichen Künste ihrer Koketterie spielen, um den schönen Adonis zu fesseln, zu erobern, was sehr überflüssig war, denn er lechzte ja förmlich darnach, sich in ihr Netz zu stürzen.

Aus einem zeremoniellen Besuch war zuletzt eine Schäferstunde geworden. Beide hatten an diesen Ausgang nicht im Entferntesten gedacht. Die Tür war offen geblieben, und so geschah es, dass Zuboff zu den Füßen der reizenden Frau lag und sie ihn mit den üppigen Armen umschlungen hielt und Tomasi, der wirkliche Tomasi, der begünstigte Anbeter der Frau von Protasow, plötzlich im Boudoir der schönen Verräterin vor der Gruppe stand, welche, so malerisch sie war, ihn in beispiellose Wut versetzte.

»Sofie!« schrie er auf, »was muss ich sehen! Schlange! Satan! Ich erwürge Dich.« Er stürzte auf die Geliebte los, aber Zuboff hatte sich rasch erhoben und seinen Degen gezogen.

»Was will dieser Mensch?« fragte er, gleichfalls von Eifersucht ergriffen.

»Beachten Sie ihn nicht«, entgegnete Frau von Protasow mit unglaublicher Kaltblütigkeit, »er ist nicht ganz bei Sinnen, und wenn er seinen Anfall hat, quälen ihn die merkwürdigsten Einbildungen, lassen Sie mich allein mit ihm, ich werde ihn schon zur Raison bringen.«

»Einbildungen?« schrie der Italiener, »ich bilde mir also ein, dass Sie mich lieben?«

»Gewiss bilden Sie sich das ein«, unterbrach ihn Frau von Protasow mit einem mutwilligen Gelächter, »gehen Sie, Zuboff, seien sie ohne Sorgen, ich fürchte mich nicht vor ihm«.

Zuboff steckte seinen Degen ein, küsste die Hand der schönen Frau und verließ mit einem triumphierenden Blick auf Tomasi das Gemach. Kaum war Frau von Protasow allein mit dem Maler, schnellte sie vom Sofa empor, ergriff Tomasi bei beiden Ohren und begann ihn, gleich einem unartigen Jungen, bei denselben hin und her zu zerren. »Wie können Sie mich so bloßstellen«, rief sie dabei, »wir sind geschieden, für immer geschieden. Verlassen Sie mich auf der Stelle!«

Kaum hatte sie ihn losgelassen, fiel Tomasi vor ihr auf die Knie und begann sie um Vergebung zu bitten. Sie schmollte noch einige Zeit, dann sagte sie: »Gut ich will diesmal noch mit Ihnen gnädig sein, aber wehe Ihnen, wenn Sie noch einmal eifersüchtig sind.«

»Habe ich denn keine Ursache dazu?« wendete der arme verliebte Maler schüchtern ein.

»Nein.«

»Wirklich nicht? – aber die Situation, in welcher –«

»Zuboff ist seit heute der Günstling der Zarin« sagte Frau von Protasow rasch, »Sie wissen, dass Katharina II. kleine Stücke in französischer Sprache verfasst und von ihrem Hofe aufführen lässt. In ihrem neuesten Produkte spielen ich und Zuboff die Liebenden, und so waren wir eben daran, eine Szene zu probieren.«

»Wirklich?«

Alle weiteren Zweifel erstickte die Frau mit ein paar feurigen Küssen.

Viertes Kapitel

Den Bericht, den Sofie von Protasow nach acht Tagen der Zarin über Platon Zuboff erstattete, lautete so günstig, dass Katharina II. den Adonis auf der Stelle zum Obersten avancieren und ihm Gemächer im Palast anweisen ließ. Er war nun der tägliche Genosse der beiden Frauen und sie wetteiferten, ihn mit Liebenswürdigkeiten zu überhäufen. Auch Boschi, der falsche Tomasi, hatte sein Glück gemacht. Katharina II. hatte ihm eine bedeutende Summe für sein Bild »Venus und Adonis« auszahlen lassen und weitere Szenen aus der Mythologie sowie ein Porträt Platon Zuboffs bei ihm bestellt. Auch erhielt er eine Wohnung und ein prächtiges Atelier im Palast.

Tomasi schien vollkommen beruhigt; da wollte ein boshafter Zufall, dass er eines Abends, als ihn Sofie bereits verabschiedet hatte, zurückkehrte, um sein Skizzenbuch zu holen, das er in ihrem Boudoir vergessen hatte. Schon im Korridor hörte er ein paar Stimmen, welche sich im Zimmer seiner Schönen lebhaft zu unterhalten schienen, als er sich ihrer Türe näherte, unterschied er deutlich die ihre und jene eines Mannes. Sofort fiel sein Verdacht auf Zuboff. Er legte das Auge an das Schlüsselloch und sah seinen Nebenbuhler mit Frau von Protasow auf einer Ottomane sitzen. Sie hielten sich umschlungen, plauderten und von Zeit zu Zeit zog die Treulose den Adonis an sich und küsste ihn auf die vollen blühenden Lippen.

Tomasi klopfte.

Es wurde still, aber Niemand meldete sich.

Er klopfte noch einmal.

Jetzt rief Frau von Protasow: »Wer ist da?«

»Ich, liebe Sofie.«

»Ich bin bereits zu Bett«, gab sie zur Antwort.

»Ich habe mein Skizzenbuch vergessen«, fuhr der Italiener fort, »sei so freundlich, mir nur für einen Augenblick zu öffnen.«

»Du kannst es morgen holen.«

»Nein, meine Liebe, denn ich will den Morgen benutzen, und nach der Natur zeichnen.«

»Du wirst eben morgen nicht zeichnen.«

»Ist Jemand bei Dir«, begann jetzt Tomasi, den die Eifersucht wahnsinnig machte, »Dein Betragen ist sehr geeignet, Verdacht einzuflößen.«

»Narr!« rief die Verräterin, »ich muss Dir also öffnen, um Dich zu überzeugen, wie albern Du bist.« Tomasi blickte wieder durch das Schlüsselloch, er sah wie Frau von Protasow den Adonis in einer Fensternische verbarg, die Vorhänge zuzog und dann über ihr Nachtkleid einen prächtigen Schlafpelz umwarf.

Endlich öffnete sie. Tomasi trat ein, schloss die Tür und heftete einen Blick voll Schmerz und Wut zugleich auf das schöne Weib, das ihm mit halb aufgelöstem Haare, das dunkle schwellende Pelzwerk um die üppige Büste und die vollen Arme, reizender als je erschien. »Also doch verraten«, murmelte er, »durch eine falsche gleisnerische Schlange, aber ich werde Dich zertreten, Schlange, Du sollst mir keinen mehr bestricken.« Er ergriff die Geliebte beim Arm und riss sie zu Boden.

»Bist Du von Sinnen?« stammelte Frau von Protasow.

»Ich bin nur zu sehr bei Verstand«, schrie er, »ich sehe jetzt alles klar, Elende, ich werde Dich töten und dann ihn, der dort hinter dem Vorhang steckt.«

»Hilfe«, rief die schöne Frau, »Hilfe!«

Schon hatte Tomasi die starke seidene Schnur von ihrem Schlafpelz herabgerissen, um ihren Hals geschlungen und drohte sie damit zu erwürgen, als ein Faustschlag in das Genick ihn zu Boden streckte und im nächsten Augenblicke Zuboff den Fuß auf den Halbbetäubten setzte. Ehe er sich fassen konnte, hatte die schöne Verräterin rasch entschlossen mit derselben Schnur, mit der er sie erdrosseln wollte, seine Füße gefesselt, und es wurde nun seinem Nebenbuhler leicht, ihm mit ihrer Hilfe auch die Hände auf den Rücken zu binden und ihn mit ihrem Taschentuche zu knebeln.

Jetzt, wo der unglückliche Maler sich weder regen, noch einen Laut von sich geben konnte, trat Frau von Protasow vor ihn hin und sprach mit spöttischem Lächeln: »Nun, Tomasi, bist Du jetzt zufrieden? Wenn Du es noch nicht wissen solltest, so sage ich es Dir jetzt, Du langweilst mich, ich liebe Dich nicht mehr, ich liebe diesen Adonis hier, Dich aber werde ich über die Grenze schaffen lassen, denn Du fängst an mir lästig zu werden.«

Noch in derselben Nacht wurde Tomasi auf Befehl des Polizei-Chefs, welcher der Vertrauten der Kaiserin stets zur Verfügung stand, in einer Kibitke, mit Ketten beladen, von Polizeidienern eskortiert, abgeführt und erst an der Preußischen Grenze frei gelassen.

Er rächte sich in sehr origineller Weise durch zwei Bilder, welche er in Paris ausstellte und die unbeschreibliches Aufsehen erregten. Das eine stellte Katharina II. als Circe dar, plump wie eine holländische Nymphe, von ihren Höflingen umgeben, welche ihrem Charakter entsprechend in Tiere verwandelt sind. Orloff erscheint als Bär, Potemkin als Tiger, Zuboff als Pfau.

Die zweite Leinwand zeigte Frau von Protasow als Diana, welche von Tomasi als Actaeon im Bade überrascht wird und denselben in einen Hirsch verwandelt. Es war der Augenblick festgehalten, wo die Verwandlung damit beginnt, dass auf dem Haupte Tomasis ein Geweihe emporschießt.

Von beiden Bildern fertigte der Italiener Stiche an und sendete Exemplare an die Zarin, welche sich rasend ärgerte, und an Frau von Protasow, welche herzlich darüber lachte.